きよのお江戸料理日記2

秋川滝美　Takimi Akikawa

文庫

https://www.alphapolis.co.jp/

目次

お礼のきんつば

文政七年（一八二四年）神無月《かんなづき》、深川佐賀町《ふかがわさがちょう》にある孫兵衛《まごべえ》長屋では、一組の男女が長火鉢の支度をしていた。奥から二番目の部屋の前に陣取り、女はせっせと長火鉢を乾拭《からぶ》きし、男はなにやら面倒そうに灰を篩《ふる》っている。

ふたりは逢坂《おうさか》の油問屋に生まれた姉弟で、姉の名をきよ、弟を清五郎《せいごろう》という。わけあって逢坂にいられなくなったあと江戸に移り、深川の料理茶屋『千川《せんかわ》』に奉公し始めてから三度目の冬を迎えようとしていた。

「なあ、姉ちゃん。これってしまうときにちゃんと篩ったんじゃねえのか？」

弟の清五郎の声が少しくぐもっているのは、鼻から下を手拭いですっぽり覆っているせいだ。そうでもしないと細かい灰を吸い込んでむせてしまうだろう。

「もちろんよ。でも、夏の間ずっと置いてあったんだから、湿気《しっけ》を吸って固まってるかもしれない。やっぱり使う前にちゃんとしておかないと」

「面倒くせえったらありゃしない。だったらいっそ、次からはしまう前に篩うのはやめにしようよ。同じことを二度もやるなんて手間なだけだぜ」

「なに言ってるの。それこそがっちがちに固まって篩うどころじゃなくなるわよ。ちょっと手をかけておけば次に楽できる。そんなことはたくさんあるでしょ？」

冬の終わりに手をかけた灰はさらさらでたやすく篩えるのだから、文句を言うほどのことじゃない、と姉に諭《さと》され、清五郎は渋々《しぶしぶ》作業に戻ったものの、すぐにまた文句を言い始める。今度は灰ではなく、火鉢そのものが矛先だった。

「それにしてもこの長火鉢、どうしてこうなんだろ。上方《かみがた》みてえに四方に縁《ふち》が付いてりゃいいのに。これじゃあ飯もろくに食えやしない」

上方と江戸の道具では、道具の呼び方が違うことがあるし、同じ呼び方でも姿形が異なることもある。かんてきと七輪《しちりん》は同じもので名前が違う例だけれど、火鉢、とりわけ長火鉢は姿形から異なる。いずれも長方形ではあるが上方のものは四方に太い縁があり、ちょっとした膳代わりに使えるのに対して、江戸の長火鉢には縁がなく端に天板があるだけ……。ひとりならそこで飯を済ませられるが、ふたりとなると難しい。

清五郎にはそれが不満でならないのだろう。

「そんなに文句を言わなくてもいいじゃない。あんたは火鉢でぬくぬくとご飯を食べてるんだから」

「だから、それがうまくないんだって」

食事のとき、きよは必ず長火鉢の天板を清五郎に使わせている。かわいい弟が少しでも心地よいようにとの気遣いからだったが、本人にしてみればそれはそれで心苦しいのだろう。

「天板しかないからそうなるんだ。実家にあったような火鉢ならふたりともが暖かく飯を食える。姉ちゃんは女なんだから、身体は冷やさねえほうがいいに決まってるのに、いくら言っても俺に譲ってばっかりだし」

「清五郎……」

文句の中に混じる心遣いに、思わず目尻が下がる。

清五郎が問題を起こして実家にいられなくなったのは今からおよそ二年前。きよは弟の世話役として一緒に江戸に出てきたけれど、近頃こんなふうに気遣われることが増えてきた。

弟の成長が嬉しい半面、心のどこかで寂しさを覚えている。清五郎は弟だけれど、母親が巣立ちつつある息子を見守るのと同じような心境なのかもしれない。

「ありがとね。でも郷に入っては郷に従えって言うし、江戸の長火鉢はどれもこういう形なんだからこれを使うしかない。だから気にしないで。どうしても冷えて我慢できなくなったら、そのときは使わせてもらうから」

「絶対だぜ？　遠慮なく言ってくれよ」

そして清五郎はまた灰を篩《ふる》い始める。

明日は玄猪《げんちょ》、本格的な冬の到来に備えて炬燵《こたつ》や火鉢に火を入れ始める日だった。

翌日、朝の片付けが済むなり、きよは奉公先である『千川』に向かった。もちろん清五郎も一緒だ。

「今日はずいぶん過ごしやすいな」

隣を歩く清五郎が嬉しそうに話しかけてきた。

「そう？　私は昨日より寒いように思うけど」

「お天道さまもしっかり出てるし、もう少ししたらうんと暖かくなる。それにどのみちへっついに張り付くんだろ？　多少寒いぐらいでちょうどいいじゃねえか」

「ものは考えようね」

いつも気楽でいいわね、あんたは……とため息をつくきよに、清五郎はやけに真剣な顔で言う。

「俺は気楽すぎるかもしれねえけど、姉ちゃんは考えすぎだよ。あんまり心配事ばっかり抱え込んでるとそのうちぱーんと弾《はじ》けちまうよ。心配事の種をばらまいてる俺が言うことじゃないんだろうけどさ……」

「あら、わかってるじゃない！」

そう言ってきよが立てた笑い声に、清五郎もほっとしたように答える。

「そうそう。そうやって笑ってるのがいい。姉ちゃんは、誰かに何かをしてもらったらすぐさまお返ししなきゃって考えるけど、あれだって俺に言わせりゃどうかと思うぜ。今の俺たちにできることなんて高《たか》が知れてるんだし、助けてくれるって人がいるのなら甘えていいんじゃねえかな」

『千川』や孫兵衛長屋の人々もなにかときよと清五郎に気を配ってくれる。けれど、そういった人たちはなにもお返しをしてもらおうと思って親切にしてくれているわけではない。きよの気持ちはわかるが、あまり律儀にお返しをするのは、かえってみんなの気持ちに沿わないのではないか、と清五郎は言うのだ。

「こんなにお返しに苦労させるぐらいなら、いっそなにもしないほうがいい、なんて思われたら、姉ちゃんだって損だろ？」

「もともと親切をあてにしてるわけじゃないんだから、損ってこともないわよ。それに私、前におりょう様にたくさん心付けをいただいたでしょう？　おかげで、あんなにいい包丁を買えたのに、いまだになにもお返ししてないのよ」

りょうというのは、与力《よりき》を務める上田《うえだ》の母親である。上田は、以前乾物屋でぶつかってきた清五郎が料理人を騙《かた》ったのをきっかけに『千川』に出入りするようになったのだが、親子ともどもきよの料理を気に入ってくれており、なにかと世話になることが多かった。

「だから、それが律儀すぎるんだよ。俺たちは姉弟で身を寄せ合ってなんとか暮らしてる身だぞ。与力のおふくろ様にお返しとか、逆におこがましいってもんだよ」

「そりゃそうだけど、他人様からなにかしてもらったらちゃんとお返ししろっておとっつぁんもおっかさんも……」

「俺もよく言われたけど、それって同じ人に返す必要ねえんじゃねえの？」

「え？」

お返しなのだから、くれた人に返すのは当たり前だ。なにを言っているんだ、この弟は……と思っていると、清五郎がしたり顔で言う。

「ものでも金でも、持ってる人が持ってない人に回す。助けてもらった人は、そいつを元にうんと頑張って、次は自分が困ってる人を助ける。順送りでいいと思う。俺も姉ちゃんから受けた恩はせいぜい誰かに……」

「えー……ちょっとは私に返してくれても」

ぼそりと呟いた声に、清五郎が大声で笑った。

「だよな。他人様に回す前に、姉ちゃんにいい思いしてもらわなきゃな」

「とはいえ、あんたにくっついて江戸に来られたことで先払いしてもらった気もするわ」

逢坂から江戸に来たことで、きよの人生は大きく変わった。最初は父に厄介払いされたと思ったけれど、それはただの勘違いで、父なりにきよの身を案じてくれていたこともわかった。

下働きから料理人になったおかげで給金も上がり、時々は逢坂の実家に文《ふみ》を遣《や》れるようになったたし、送るたびに韋駄天《いだてん》のような早さで返ってくる。父の達筆、母の柔らかな文字、長兄の清太郎《せいたろう》、双子の兄である清三郎《せいさぶろう》の手によるもの、時には嫁いだはずの姉せいのものまで入った分厚い便りを見るたびに、家族の絆と思いやりを感じる。それは、逢坂と江戸に離れたからこそ得られた思いだった。

「江戸に来なければ料理人になろうなんて思わなかったたし、そもそも女が料理人になれるなんて考えもしなかった。そういうのってやっぱり江戸だからこそってこともあるのかもしれない」

逢坂は古い町だが、江戸は違う。今までにないものを受け入れる気持ちが大きい気がする。だからこそ新しいものがたくさん生まれるし、新しいものを生み出す者を認める気風があるのだろう。男であろうと女であろうと、旨いものを作れるならそれでいいという度量の広さが、江戸にはあるように思えた。

「私は江戸に来てよかったと思ってるし、そのきっかけをくれたのはあんた。あんたが上田様にぶつかったおかげで今があるのも間違いない。でも、あんなはらはらした気持ちにさせられるのはできればもう勘弁してもらいたいわねえ……」

「悪かったって！」

最後の最後で釘を刺され、清五郎はつまらなそうに横を向いた。そして、ぎょっとしたように目を見開いたかと思ったら、ものすごい勢いで走り出す。

「ちょっと清五郎！」

何事かと清五郎が向かった先に目をやったとたん、黒江《くろえ》川の中程に人らしき姿が見えた。どうやら誰かが流されているらしい。岸から清五郎が大声で呼びかける。

「おい、大丈夫か⁉」

水面に顔を伏せているが、島田髷《しまだまげ》から女とわかる。紺の縦縞《たてじま》に小鷹結《おたかむす》びの帯というところを見ると、おそらくどこかのお女中だろう。

何度呼びかけても反応がないまま、女はゆっくりと流されていく。背に腹は代えられぬ、とばかりに清五郎が草履《ぞうり》を脱いだ。

「ちょっと清五郎、あんた飛び込む気⁉」

「しょうがないだろ！　見て見ぬふりはできねえ。姉ちゃんは、人を呼んできてくれ！」

姉弟がいたのは黒江川にかかる八幡橋《はちまん》の袂《たもと》、『千川』は目と鼻の先だからきよの足でもすぐに辿《たど》り着ける。とにかく急がなければ、ときよは裾の乱れも気にせず、人気《ひとけ》のない道を駆けた。

『千川』の裏口から入ったところにいたのは、板長の弥一郎《やいちろう》だった。

「どうした、おきよ。いつもより随分早いのに、そこまで息を切らして走ってくることもなかろう」

「い、板長さん、今、堀で女の人が流されてて……」

「なんだと⁉」

「清五郎が助けに飛び込んだんですが、人を呼んで来てくれって。たぶんひとりじゃ埒《らち》があかないんだと思います」

「そいつぁ大変だ！　おい、伊蔵《いぞう》はいるか？」

「へーい！」

「どこかに物干し竿があるから探して持ってこい！」

俺は先に行く、と叫ぶなり、弥一郎はものすごい勢いで飛び出した。もちろんきよは置いてけぼりだ。やむなくきよは兄弟子の伊蔵が物干し竿を探すのを待って、事情を説明しつつ来た道を戻る。辿り着いた八幡橋では、清五郎がなんとか女を助けようと躍起《やっき》になっていた。女は意識がないように見えるし、清五郎はずぶ濡れ……。伊蔵が持ってきた物干し竿を弥一郎がひったくった。

「清五郎！　その女を捕まえて、この竿に掴まれ」

「合点《がってん》だ！」

水の中ですったもんだしているより引き上げたほうがいいに決まっている。清五郎は右手で女の後ろ襟をひっ掴み、左手で物干し竿の端を握る。弥一郎と伊蔵がふたりがかりでこっちの端を引っ張り、なんとか岸にたぐり寄せた。

「参ったな。息はしてるみたいだが……」

鼻と口の先に手をかざした伊蔵が困ったように言う。

とにかく血の気が失せているし、何度呼びかけても返事がない。もちろん身体も冷え切っている。こんな朝っぱらから冷たい水に浸かっていたのだから無理もない。

「とにかく深庵《しんあん》先生のとこに連れていこう」

「『千川』さん、うちの大八車《だいはちぐるま》を使ってくれ！」

そこで弥一郎に声をかけてきたのは、騒ぎを聞きつけて出てきていた『下総屋《しもうさや》』の番頭だった。

深川は海や川を使って国中から米が集められ、金に換える場所であることから米を扱う店が多い。中でも『下総屋』はかなり大きな米問屋なので、大八車《だいはちぐるま》も二台、三台と備えている。一台ぐらい貸したところで支障はないのだろう。

「すまねえ『下総屋』さん、ちょいと借りるよ」

弥一郎、伊蔵、清五郎が三人がかりで女を大八車に乗せ、『下総屋』の番頭が引っ張って医者のところに運ぶ。深庵はこの近隣に住む医者で、齢《よわい》こそ五十を超えているが、腕は確かだし面倒見もいい。病《やまい》や怪我だけでなく、なにかにつけて相談に乗ってくれるためみんなが頼りにしていた。

伊蔵が先触れに走ったおかげで、大八車が着いたときには家の戸口は開け放たれ、深庵が待ち構えていた。

「ささ、早う中へ！」

よっこらせい、と声を掛け合い中に運び込む。家の中には火鉢がいくつも置かれていた。まだ火を熾《おこ》したばかりのようだが、これでもかと炭が入っているし、すぐに暖かくなるだろう。

「まずは着物を脱がせないと……そこの女、手を貸してくれ。男どもはちょいと外に出ておれ」

深庵がきよに声をかけた。

いくら気を失っていても、娘の着替えを男連中に手伝わせるわけにはいかない。本人だってあとで聞いたらさぞや気にするだろう。医者の自分は別にしても、とにかく男たちの目に触れぬように……。そんな配慮ができるところが、深庵の人徳の証だった。

濡れた着物は重く扱いづらい。それでもせっせと帯を解き、身体の熱を奪う冷たい布を剥《は》いでいく。

途中で深庵が感心したように言った。

「細い身体に見合わず、ずいぶん腕っ節が強いな。そなた、名はなんという？　弥一郎たちといたようだが、『千川』に勤めているのか？」

「きよと申します。弟と一緒に『千川』にお世話になっております」

「きよ……おお、『おきよの座禅豆《ざぜんまめ》』のきよか！　あの座禅豆は、柔らかくて甘くて大変美味だと聞いておる」

「え……先生のお耳にまで……。お恥ずかしい……」

「なんのなんの。悪い噂ではないからよいではないか。一度食いに行ってみたいと思いながら、なかなか機会がなくてな。『千川』に女の料理人が入ったと聞いたが、そなたのことだったのじゃな」

『千川』は客が多い店だから一度に作らなければならない量も多かろう、腕っ節も強くなって当然だ、と深庵はひとり合点《がてん》しているが、きよの力の強さは赤子の時分からだ。

だが、今はそんなことを話している場合ではない。濡れた身体を拭き、布団の上に移す。なにか着るものを……と思ったところで、深庵に乾いた手拭いを渡された。

「今、着物を持ってくる。だが、着せる前にこれで身体を擦ってやってくれ」

「はい！」

乾いた手拭いで力任せに擦る。痛いかもしれないが、擦ることで生まれる熱のほうが大事だろう。せっせと擦って、少し赤みが差してきたところに深庵が戻ってきた。

「おお、よい加減じゃ。どれ浴衣《ゆかた》を……」

ふたりがかりで女に浴衣を着せ、厚手の夜着を被せたところで、外から弥一郎の声がした。

「先生、お客みたいですぜ」

「客？　こんな朝っぱらから誰じゃ……」

「山本町《やまもとちょう》のおきくさんです」

「おお、取り上げ婆のおきくか！　それは都合がいい。入ってもらってくれ」

深庵の声で、女が部屋に入ってきた。四十過ぎ、もしかしたら五十の声を聞いているかもしれない。早朝にしてはやけに疲れた様子できくは入ってきた。深庵が取り上げ婆だと言っていたから、近くでお産があったのだろう。

「先生、冬木町《ふゆきちょう》のおたまさんのところ、なんとか無事に生まれたよ」

「おお、そうか！　ずっと血色がよくなかったし、むくみも出ておったから心配していたのじゃ」

「逆子だったみたいでずいぶん難儀したが、赤ん坊が小さめだったのが幸いした。元気な男の子、おたまさんもよう頑張った」

「無事でなにより。それで今、帰りか？　わざわざすまぬ」

「ああ。前々から先生も気にしてたからね。寝てるようなら出直すつもりだったが、家の中から人の声がするし、それならついでに知らせておこうと思ってさ」

「ご苦労じゃったのう」

よかったよかったと深庵が目を細める一方で、きくは横たわっている女を見て言った。

「それで、これはいったいなんの騒ぎだい？」

「黒江川を流れてるところを、通りかかった連中が引き上げて連れてきた」

「仕事帰りで疲れているところ済まないが、ちょっと診てやってくれないか？」

「堀を？　で、さっき都合がいいって言ってたけど、あたしになにか？」

「ははあん……」

きくは何事かを合点《がてん》したらしい。即座に畳に膝をつき、夜着の下に手を差し込む。そのまま腹から胸にかけてゆっくりと撫で回したあと、手を抜いて深庵を振り返った。

「たぶん、身重じゃないね」

「そうか……それはよかった。もしや覚悟の身投げかと……」

「着物は乱れてたかい？」

「さほどは……。歯は染めてないし、おそらく嫁入り前だろう。にもかかわらず孕《はら》んじまって思い余ってのことかと……」

「いや、ここまで乱れがないなら身投げなのは確かだろう。身投げのわけにはいろいろあるしな」

「なんてこったい！」

そこで怒声を上げて飛び込んできたのは、清五郎だった。

「四苦八苦して引っ張り上げてやったってのに、身投げだったって⁉」

「まあそう憤《いきどお》るな。きっと、やむにやまれぬ事情があってのことだろう」

「そりゃそうかもしれねえけど、俺の身にもなってくれよ！　堀に浸かって骨まで冷えちまった。それに着物だって洗わなきゃなんねえ。また姉ちゃんの仕事が増えちまう」

このままでは風邪を引くということで、女を深庵のところに運び込んだあと、清五郎は家に着替えに行っていた。

『下総屋』の番頭と一緒に出て大八車《だいはちぐるま》を返してからのはずだが、予想よりずっと早く戻ってきた。よほど女が気になったに違いない。そのまま、なんとか息を吹き返してくれと祈りつつ待っていたのに、身投げなどと聞かされれば腹も立つ。ついでに脱ぎっぱなしにしてきた着物が気になってもきたのだろう。

「そんなのいいのよ」

「いいことねえよ！　そうだ、姉ちゃんが洗うことはねえ。洗濯屋に出そう。どこの誰だか知らねえけど、目を覚ましたら手間賃をふんだくってやる！」

「馬鹿なことを言うんじゃないわよ！　この寒空に冷たい堀に飛び込むほど追い詰められてたのよ？　気の毒だと思わないの⁉　だいたい、あんたはついさっき、人から受けた恩は別の人に返したっていいって言ってたじゃないの！　今がその時よ！」

「ついさっきじゃねえよ……もう半刻《はんとき》（一時間）以上経って……」

「屁理屈を捏《こ》ねるんじゃありません‼」

久しぶりに恐い姉ちゃんが出た……と、清五郎が首を竦《すく》める。弥一郎と伊蔵はとっくに慣れっこなのか、何食わぬ顔だが、深庵ときくは大声で笑った。

「腕っ節は強いし、気っ風もいい。女にしておくには惜《お》しいのう」

「深庵先生、女を蔑《さげす》むようなことをお言いでないよ。先生だって女の股から生まれたんだからね。それよりあんた、取り上げ婆にならないか？　お産でのたうつ女を押さえ込むには力がいる。ぐじぐじ泣き出す女を叱りつけなきゃならないときもあるし、あんたみたいな人はうってつけだ」

「おきくさん、勘弁してくだせえ。おきよはうちの料理人なんで」

慌てたように言った弥一郎に、きくは残念そうに、それでもどこか嬉しそうな顔で答えた。

「そうかい。じゃあ、あんたも自分の腕一本で食ってるんだね。頼もしいことだ。この女もあんたみたいだったら、身投げなんてせずに済んだだろうに……」

そこできくは痛ましそうに女を見た。

事情もわからないのに、なにをみんなして好き勝手なことを言っているのだろう。それにしても、そろそろ気がついてもよさそうなものだけど……


「うへえ……」

そんなことを考えながら、きよは女の顔をじっと見つめた。そして、ふと火鉢の上の鉄瓶に目をやり深庵に声をかける。

「先生、お湯をいただいていいですか？」

「おお、すまん。皆に茶でも淹《い》れてくれるのか？」

「それはのちほど。今はこの方の髪を……」

きよの言葉で、きくが女の髪から櫛《くし》や簪《かんざし》を抜き始める。身体は拭いたし夜着も被っているけれど髪は濡れたままだ。これでは心地悪いだろうし、どのみち堀の水をたっぷり吸っているのだから洗わずにはいられない。今は無理だがせめて拭くぐらいは……というきよの考えを察してくれたに違いない。

桶を借り、鉄瓶の湯を移して水を足す。手を入れるには少し熱いかも、というぐらいの頃合いになったところで、先ほど身体を擦っていた手拭いを絞った。

「ちょいと貸しとくれ」

絞ったばかりの手拭いにきくが手を伸ばした。なにかと思えば、女の耳の下や首筋あたりを丁寧に拭っている。どうやら泥がついていたらしい。きれいに拭き上げ、もう一度絞り直して髪を拭く。

あまりにも手慣れた様子に感心してしまったが、当たり前と言えば当たり前。きくはいつも、お産で汗だくになる女の肌や髪を拭いてやっているのだろう。

何度も手拭いを絞り直して拭いているうちに、女が小さく呻《うめ》いた。

「おお……気を取り戻したか！」

離れたところできくのすることを見ていた深庵が、すっとんできて女の様子を確かめる。

「これ女。気分はどうじゃ？　どこぞ痛むか？」

深庵の声で目を開けた女は、ぼうっとしたまま深庵を見たあと周りを見回す。

「ここは……？」

「富岡《とみおか》八幡宮の近くじゃ。わしは深庵、町医者でな。そなたは堀に流されていたところを、この者たちに救われた」

「富岡八幡宮……？　堀に流されていた……？」

女は唖然としている。まったく身に覚えがないといわんばかりの様子に、弥一郎があまりにも不躾《ぶしつけ》な質問をぶつけた。

「あんた、身投げしたんじゃねえのか？」

「とんでもないことです！」

「身投げじゃねえなら……」

「わかりません。私はいつもどおり床《とこ》についたんです。それなのに……」

ますますわからない、と首を傾げた弥一郎に代わって、深庵が訊ねた。

「気づいたらここにいた、と……。あんた住まいはどのあたりだ？」

「……猿江町《さるえちょう》です」

「猿江町……黒江川とは方向違いもいいところじゃな。水に落ちた覚えは？」

「ありません。本当に私は堀に流されていたのですか？」

「流されていたからこそ、この有様じゃ」

見覚えのない浴衣《ゆかた》、解かれた髪、盥《たらい》には水を吸った着物や襦袢《じゅばん》が突っ込まれている。

水に落ちたのは間違いないと察したのか、女はまた呻き声を上げた。

「こんなに覚えていないなんて……。日頃から眠りは浅いほうなのに……」

「薬でも盛られたのかもしれぬ。それなら今の今まで目が覚めなかったのも合点《がてん》がいく」

ここまで深く眠り込むのは尋常ではない。おそらく飯に麻《あさ》の実でも入れられたのだろう、と深庵は言う。麻の実は古くから用いられ、不眠に効くとされていた。

「そなたを憎く思う者がいるようだ。心当たりはあるか？」

「ありません」

「勘弁してくれよ……」

面倒なことになりそうだ、かかわりたくねえ、と清五郎が後ずさりする。堀に落ちていた女を見つけて引き上げたのは、紛れもなく清五郎だ。それなのに今更かかわりたくないなんて……ときよは腹が立ってきた。

「ことの発端はあんたでしょ！」

「わかってるよ！　でも薬を盛られて堀に落とされたなんて、物騒すぎるだろ。もしやどこぞのお殿様に見初《みそ》められて、悋気《りんき》を起こした奥方が……」

「違います。お殿様はそんな方ではありません！」

「それはどうだか。お殿様って言ったって男は男だ」

弥一郎のもっともな意見に、清五郎は大きく頷いた。

「そうそう。こう言っちゃあなんだが、あんた大した別嬪《べっぴん》じゃねえか。見初められたって不思議はねえ」

そうだ、そうだと弥一郎も伊蔵も口を揃える。困り果てている女を見かねたのか、きくが言った。

「当て推量はおやめ。本人の口からじっくり聞こうじゃないか。こうなったら乗りかかった船だ、あたしらにできることはするさ」

さあ話してごらん、まずは名前から、ときくに言われ、女は口を開いた。

「私はゆうと申します。とあるお屋敷の奥女中をしております」

「奥女中⁉　奥女中ときたら殿様のお手つき……やっぱりお家騒動じゃねえか！」

「おだまり！　いい加減にしないと猿轡《さるぐつわ》をかますよ！」

ついにはきくにまで叱られ、清五郎はしゅんとする。姉でありながら、いい気味だと思う自分に苦笑しつつ、きよはゆうの言葉を待った。

「本当にお殿様とはかかわりありません。そもそも私は姫様付き、しかも下っ端も下っ端ですので、お殿様にお目通りすることなんて滅多にないんです」

「本当に殿様とは関わりねえのかい？」

「はい。でも……若様とは……」

「若様？」

清五郎だけではなく、深庵やきく、弥一郎もまっすぐにゆうを見ている。その眼差しから親身になってくれそうだと感じたのか、ゆうはぽつりぽつりと事情を話し始めた。

「実は私は商人の娘で、三番目の若様と夫婦《めおと》になる前提で嫁入り修業がてら奉公に上がりました。半年ほど過ぎて、そろそろ祝言《しゅうげん》を交わそうと思っていたところだったんです」

「それは誰の考えで？」

深庵の問いに、ゆうは少し考えて答えた。

「おそらくはお殿様だと……」

「もしや、奥方が面白く思っていなかったとか？」

「わかりません。でも、奥方様も私には優しくしてくださっていましたし……」

「さようか。それなら相手の男かもしれんぞ。まだ腰を落ちつけたくない、あるいはそなたとの婚姻は親の言いつけ、実は他に想う女がいるとか……」

そこでゆうは、深庵をきっと睨み付けた。

「あり得ません。若様は、武家のことなどわからないことだらけだった私に、様々なことを細かに教えてくださいました。いつもお優しくて、祝言《しゅうげん》が待ち遠しいって……。嘘がつけるお人柄ではありませんし、私以外の女と親しく口をきいている姿を見たこともありません。他に女なんているわけないんです！」

「わかった、わかった！　そういきり立つな。身体に障る」

勢いよく身を起こしたゆうを再び寝かせ、やれやれ、とため息をついた深庵を咎《とが》めるようにきくが言う。

「今のは先生がよくないよ。当て推量でひどいこと言うから」

「悪かった……。では、おゆうは近々祝言を挙げるはずだった。相手との仲もなにも問題がない。恋敵はいないし、誰かに憎まれる覚えもない、ということじゃな？」

「そのとおりです。いったいどうして……」

「そなたに心当たりがないとすれば、誰ぞが若様に岡惚れしているのかもしれぬ。男にその気はなくても、その若様を憎からず思っている女がいた。しかし若様はなびかぬし、近々祝言と聞いて焦り、いっそ亡き者に……と」

「そんなこと、実際にあるもんかい？」

清五郎が首を傾げた。きよも、それではまるで読み物だ、想像が過ぎると呆れつつも話を聞いていた。

「それにしても、今後をどうするかじゃな……」

深庵は薄い髭《ひげ》を捻りながら考え込んでいる。

奉公先でも心配している者がいるかもしれない。だが、本当に薬を盛られて堀に流されたとしたら、恐ろしくて戻るどころではない。かといって、このまま行方をくらますわけにもいかない。なにより相手の若様が気の毒すぎる。

「相手の男にだけでも居場所を知らせるわけにいかねえかな……」

弥一郎の言葉に、清五郎も頷く。

「遣いをやってこっそり呼び出せばいいんじゃねえかな。なんなら俺がちょっくら走って……」

「それはいいが、まかり間違っておゆうさんに悪さをしたやつの耳にでも入ったら大変だぞ」

悪者はおそらくゆうが命を落としたと考えているだろう。どうかすれば亡骸《なきがら》が上がるのを待っているかもしれない。無事だとわかればまたなにか仕掛けてくるに決まっている。迂闊《うかつ》なことはできない、そう弥一郎が言うのはもっともだった。

「おゆうさん、あんたはどうしたい？　夫婦《めおと》になりたいという気持ちは失せてないのじゃな？」

「もちろんです。今ごろきっと心配してくださっているでしょうし……なんとかあの方にだけでも知らせなくては……」

「心配で済めばいいけど、悪者に吹き込まれでもしておゆうさんが儚《はかな》くなっちまったと思い込んだ日には、やけになって後追いなんてことも……」

「ろくでもないことを言うな！」

深庵に大声で叱られ、清五郎はびくりと首を竦《すく》めた。きくがゆうの枕元に這《は》い寄り、力づけるように言う。

「大丈夫だよ。仮にも武士、しかも夫婦約束までして情も通じてたんだろ？　知らせがなくても、あんたが無事だって気持ちのどこかで感じてるさ」

「そうだ、そうだ！　いずれにしても、なんとかして知らせねえと。かといって見ず知らずの者が行ったら怪しまれるだろうし、文《ふみ》だって無事にその若様に届くとは限らねえし……」

清五郎が唸る。飯に薬を盛れるぐらいだから、悪者は屋敷内にいるに決まっている。文は門番に渡すのが常だから、若様宛にすれば横取りされかねない。

「あーあ……いっそ忍びの知り合いでもいればなあ……」

じれったそうに清五郎が言う一方、伊蔵は心配そうに弥一郎に話しかけた。

「それはそうと……板長さん、俺たちずっとここにいて大丈夫なんですか？」

「大丈夫とは？」

「そろそろ五つ半（午前九時）になろうかって時分じゃねえかと……」

「まずい！」

弥一郎がものすごい勢いで立ち上がった。

『千川』はたいてい昼四つ（午前十時）から四つ半（午前十一時）の間に店を開ける。急いで戻らないと間に合わなくなる。伊蔵は住み込みなので、早朝から弥一郎とふたりで仕事にかかっていたはずだが、いくら仕込みが終わっていたとしても、料理人が揃って不在では店を開けられない。

ゆうのことは気になるが、今は店に戻るしかなかった。

深庵の家から大急ぎで戻った一同は、『千川』の前をうろうろしていた主《あるじ》――源太郎《げんたろう》に出くわした。角を曲がってきた弥一郎を見つけるなり、源太郎が駆け寄ってくる。間近で見た源太郎の顔は、堀の水にでも浸かったのではないかと思うほど血の気が失せていた。

「無事だったか……。みんな一緒だったんだな」

「どうした親父《おやじ》？」

「どうしたもこうしたもねえよ！」

裏の自宅で朝飯を済ませ、帳面でもつけようと来てみれば、店はもぬけの殻。さらに、奉公人ばかりか息子の弥一郎まで姿が見えないと気づくに至って、これはただ事ではない、事件に巻き込まれたのかもしれないといても立ってもいられなかったらしい。

弥一郎が後ろ頭を掻きつつ言う。

「そいつはすまねえ。慌てて飛び出しちまって、あとのことなんてすっかり頭から抜けちまってた。考えたら、なにも四人揃っておゆうさんが気を取り戻すのを待つ必要なんてなかった。俺と伊蔵だけでも店に戻るんだった」

「おゆうさんって誰だい？」

「それはあとで。今は店を開けなきゃ」

そのとおり、ということでみんなが一斉に動き出す。大車輪で働いたおかげで、なんとかいつもどおりの時刻に暖簾《のれん》を出すことができた。

その日はいつになく大入りで、店を開けるまでの慌ただしさが一日中続いた。いつもであれば昼時を過ぎれば一段落する客足がまったく衰えず、源太郎は大喜びする一方で、今朝の子細《しさい》を聞く間がなく気を揉んでいる様子でもあった。

そんな源太郎にようやくゆうについて語ることができたのは、仕事を終えて夕飯を食べに来る職人たちが去ったあと、暮れ六つ半（午後七時）のことだった。

「なんて忙《せわ》しねえ一日だ。なんで今日に限ってこんなに客が詰めかけたんだか。もう肩も首もかっちかちだぜ」

首を左右に折り曲げながら嘆く弥一郎のところに、源太郎が来て訊ねた。

「ご苦労さん。だがおかげで今日は大儲《おおもう》けだよ。それで、朝方なにがあったんだい？おゆうさんってのはいったい……」

「どこかのお屋敷の奥女中らしい。堀に流されてるところを清五郎が見つけちまって、みんなして引き上げるやら深庵先生のところに運ぶやらでてんやわんやだったんだ」

「堀に流されてた？　奥女中ってことは子どもじゃねえよな？　なんだってそんなことに……」

「よくわからんが、いろいろ事情があったらしい」

「それでそのおゆうさんってのは大丈夫だったんだろうな？　まさか土左衛門《どざえもん》……」

「土左衛門に名前が聞けるかよ。とはいえ、引き上げようが大八車《だいはちぐるま》で運ぼうが気を取り戻さなくてな。どうしたことかと思ってたら、薬を盛られてたみたいだ」

「眠ったまま水に落とされてよく無事に済んだな。ああそうか、そのほうが妙に暴れねえからさほど水を呑まなかったってこともあるかもな」

「かもな……。で、俺たちはおゆうさんの無事を確かめたところで戻ってきたってわけだ」

「なるほど、話はわかった。ただ、今度からは知らせを寄越してくれ。生きた心地がしなかったぜ」

「すまねえ……って、こんなことがしょっちゅうあったら堪《たま》らねえよ！」

「だよな」

　そこで親子は大笑い、釣られて伊蔵ときよも笑い出したところで、暖簾《のれん》の隙間から白髪頭が覗いた。店の中に首だけ突っ込んで、きょろきょろと見回したのはきくだった。

「おや、おきくさんじゃないか」

とらはきくを知っていたらしく、気軽に声をかける。源太郎は源太郎で、嬉しそうに訊ねた。

「飯かい？　前に来てくれてから二年近くになるじゃないか。さ、そんなところに突っ立ってないでお入りよ」

話しぶりから察するに、きくは『千川』の客になったことがあるらしい。とはいえ、きくや清五郎のことを知らなかったところを見ると、二年近く前に来たきりという源太郎の言葉は間違っていないのだろう。

今日は餡《あん》かけ豆腐が旨いよ、などと話しながら源太郎はきくを席に上がらせようとした。ところが、入ってきたきくは、源太郎ととらに会釈したあと、まっすぐ板場にやってきた。

「ああ、よかった。みんないてくれたんだね。これなら話が早い」

「俺たちにご用ですかい？」

「ああ。おゆうさんになにか滋養のあるものを……と思ってね。深庵先生は男やもめでろくなものは作れないし、材料だってない。昼は様子見であたしがお粥を炊いてやったんだけど、いつまでもそれじゃあ力がつかない。この際家に戻ってなにか拵《こしら》えようと思ってたんだけど、お呼びがかかっちまったんだよ」

生業《なりわい》が取り上げ婆だけに、朝昼問わず呼び出される。ゆうのことは気になるが、生まれそうになっている赤ん坊を放っておくわけにはいかない。できればなにか届けてやってくれまいか、ときくは頼みに来たという。

「『千川』が持ち帰りをさせない店だとはわかってるけど、ことがことだけに特別になんとかしてもらえないかねえ……」

そこで、きくは弥一郎と源太郎の顔を交互に見た。さらに、ちょっとずるそうな目をして言う。

「ほかにも特別があるみたいだし、ここはなんとか……」

「ほかにも？」

「お惚《とぼ》けでないよ。時々風呂敷包みを提《さ》げた黒羽織が出ていくらしいじゃないか。どうかすると徳利《とっくり》も……」

「知ってたのかい……。もしや噂になってるとか？」

げんなりした顔で訊ねた源太郎に、きくはにやにやしながら答えた。

「噂ってほどじゃないよ。ただ『千川』もお役人は特別扱いなんだな、って。まあ、菓子折に小判を敷き詰めて持たせたってわけでもないだろうし……」

「当たり前だ。うちにそんな金はねえし、あったとしてもそんなことをしなきゃならない理由がない」

「そりゃそうだ。だったらよけいに、包みの中は料理ってことになる。ここはひとつ、かわいそうな女のために特別をひとつ増やしてやっておくれよ。餡《あん》かけ豆腐なら打ってつけだ」

じゃあ頼んだよ、と言い置いて、きくは店を出ていく。小走りに去っていったところを見ると、産気づいた女はよほど切羽詰まっているのだろう。

「頼まれたはいいけど、誰が代を引き受けてくれるんだよ」

まさか深庵に払わせるわけにはいかない。医者の中にはろくに病人も治せないくせに、とんでもない金を取る者もいるが、深庵は違う。よほど金に余裕がある者なら余分に取るぐらいのことはしているらしいが、本当に困っている家からは薬代すら取らない。それどころか、食うものがないと知れば自分の米を分けてやるほどなのだ。男やもめでろくに料理もしないくせに、米だけはふんだんに置いているのは、困っている患者たちに分けてやるためだろう。そんな人に料理代、しかも深庵が食べるわけでもないものを払わせるなんてありえない、と源太郎はため息をついた。

弥一郎が笑いながら言う。

「今日一日、やけに忙しかったと思ったらこういうことか」

「こういうことかって？」

「たっぷり儲《もう》けたんだから、多少は施《ほどこ》せってこと。いいじゃねえか、どうせうちの損は材料代だけなんだし。情けは人のためならずとも言う。いつか回り回って返ってくるさ」

「しょうがねえなあ……。じゃあまあ、適当に見繕《みつくろ》ってやってくれ」

「合点《がってん》。そろそろきよと清五郎は引け時だ。帰り際に届けさせるとしよう」

回り道になるがよろしくな、と言われ、きよはもちろん清五郎も元気よく頷く。もとより帰りに寄ってみようと思っていた。清五郎だって同じ気持ちだろう。多少の遠回りなど気にもならなかった。

適当に見繕ってくれ、と任された弥一郎は天井に目を向けた。おそらく品書きの中から食べやすくて滋養のあるものを選ぼうとしているのだろう。しばらくそうしていたあと、きよに話しかけてきた。

「餡《あん》かけ豆腐はよしとしても、あとをどうするかな？ 堀に落ちた女に人気の料理とかあるか？」

弥一郎の軽口に、きよは苦笑する。

「堀に落ちた女に人気って……そんなもの聞いたことありません。ただ、病《や》み上がりは魚や葉物をたくさん食べるといいと聞いたことがあります。きっと身体にいいのだと思います。今なら鰈《かれい》の煮付けとか……あとは、蕪《かぶ》の葉の炒《い》り煮なんかがいいかもしれません」

「蕪の葉の炒り煮……含め煮とは違うのか？」

「含め煮は生の葉を出汁《だし》で煮ますが、炒り煮は葉を刻んで炒め、醤油と味醂《みりん》で味をつけるんです。大根の葉でも同じようにできますし、胡麻《ごま》油の香りがなんとも言えず、実家の者たちには白飯やお粥に添えると箸が止まらなくなると人気でした。あ、削り節を入れるとなおいいかもしれません。出汁を取ったあとのもので十分ですし」

「それは旨そうな……。蕪の葉も出汁を取ったあとの削り節も山ほどある。よし、早速作ってみてくれ。あとは？」

　三品も届ければ十分な気がするが、弥一郎はまだ物足りないらしい。料理屋の沽券《こけん》に関わるのだろうか、と思いながら、きよは板場をくるりと見回した。目についたのは、大きな味噌樽だった。

「なにか汁を……蜆《しじみ》はどうでしょう？」

「それがいい。では深庵先生とふたり分、届けることにしよう。飯も忘れずにな」

　魚と葉物、豆腐と汁物、そこに飯を加えれば贅沢な夕飯になる。ゆうはもちろんのこと、深庵も喜んでくれるに違いない。

手早く蕪《かぶ》の葉を刻み、炒《い》り煮を作る。その間に、伊蔵が蜆汁《しじみじる》を拵《こしら》えてくれた。最後に味噌を溶くに至って、きよはそっと頼んだ。

「店に出すときより少しだけ味噌を控えてもらえませんか？」

「薄味にしろってことか？」

「はい。母が、病人や年寄りには薄味がいいって言ってたんです。うちのお客さんは職人さんやお酒を呑まれる方が多いので、幾分味付けが濃いめですし……」

鰈《かれい》の煮付けと餡《あん》かけ豆腐はもうできあがっているから仕方がないが、他は薄味のほうがいいかもしれない、ということで、炒り煮に使う醤油を控えた。胡麻《ごま》油がきいているし、削り節もふんだんに入れたから、味わいは十分だろう。

「なるほど、そういうこともあるのか……」

知らねえことばかりだ……と呟きながら、伊蔵は蜆汁を仕上げる。そこにやってきたのは、なんと与力の上田だった。

「これはこれは上田様……」

至って愛想よく迎えた源太郎に、上田はなんだか難しい顔で応えた。

「邪魔をしてすまんが、少々訊ねたいことがあって参った」

「と、申しますと？　なにかまた物騒な事件でも？」

雛祭りのころ、近くで押し込みがあり、犯人が潜んでいるかもしれないから行き帰りに気をつけるようにと言いに来てくれたことがあった。今回も同様かと源太郎が心配するのも無理はなかった。

「物騒は物騒だが、この店とはかかわりない。ただ、この界隈《かいわい》の医者について調べたくてな」

「医者？　それならなにもうちにいらっしゃらなくても」

上田は与力なのだから、手下がたくさんいる。医者の所在ぐらい簡単に調べられるはずだ。わざわざ『千川』にやってくる必要はない。

当たり前の問いを受け、上田は難しい顔で店内を見回した。この与力が入ってくるのと同時に、ひとりだけいた客が帰ったので、店内には源太郎親子と奉公人が残るのみだった。それでももう一度、戸口から入ってこようとする客がいないかを確かめ、上田は口を開いた。

「実はとある屋敷で女がひとり行方知れずになっておってな。昨夜まで確かにいたはずが、朝になってみたら姿がない。屋敷中を探したが見つからず、奉公人たちも寝所に下がったあと誰も見ていないと口を揃えたそうな……」

「拐《かどわ》かしですか？　上田様、そちらのお屋敷と懇意にされてるのですか？」

「いやいや、わし自身はほとんどかかわりがない」

「じゃあどうして……」

「そこの中間《ちゅうげん》と我が家の小者《こもの》が親しくてな。なんとか探してくれないか、と頼んできたそうだ」

中間はその家の一番下の若様付で、とてもかわいがられていた。女の姿が見えないと知った若に探すように申しつけられた中間は、家の中を探し回ったが見つけられず、家の外にまで探しに出た。その途中で上田家の前を通りかかり、折良く門前にいた小者に頼み込んでいったらしい。

与力の家に奉公しているからといって、探索に長《た》けているわけではない。無理だと断ったが、中間は小者をあてにしているわけではなく、上田に頼んでほしいと言う。

いずれ若様が祝言《しゅうげん》を挙げる相手、しかも相思相愛の仲だ。なんとか助けてもらえないかと縋《すが》りつかれ、やむなく小者がりょうように相談し、りょうが上田に……という具合だったそうだ。

「若様は心配のあまりいても立ってもいられぬ様子らしく、中間は足を棒にして探し回っていた。聞けば、ふたりは親が仕立てた縁組みとは思えぬほど仲が良く、とりわけ若様は祝言を待ちわびていたそうじゃ。おふくろ様も、あまりに気の毒、なんとかしてやってくれと申される。とはいえ相手は武家。もちろん届けなど出ておらぬ。与力といえども簡単に入り込むわけにいかず、まずは近隣から、と密かに探らせてみたところ、ひとつふたつわかったことがあった」

「わかったこととは？」

「ひとつ、明け方、件《くだん》の屋敷の裏口からなにやら大きなものを担いで出てきた男を見た者がいる。ふたつ、この近くで堀になにかを投げ込んで逃げ去った者がいる。かなり大きな水音だったそうだ」

投げ込んだのなら堀に残っているはずだ、と調べてみたが、それらしい物は見当たらないし、土左衛門《どざえもん》も上がっていない。万が一投げ込まれたのが捜している女だったとしたら、運良く助けられ近場の医者に担ぎ込まれたのではないか。そんな憶測の下、上田は医者について訊きに来たそうだ。

「医は仁術というが、中には面倒にかかわりたくないという者もいる。そちたちなら、人情に厚く腕もいい医者の心当たりがあるのではないかと思ってな」

「行方知れずの女、若様の許嫁《いいなずけ》……どこかで聞いた話だな」

源太郎の呟き声に、すかさず上田が訊ねた。

「心当たりがあるのか？」

「俺ではなく弥一郎たち、正確には清五郎でさあ」

「清五郎か！　つくづく面倒を起こす男だな！」

「あ、ひでえ……」

源太郎の後ろで話を聞いていた清五郎が、情けなさそうに言う。上田の評価は仕方のないことだろう。だが、前回は確かに面倒は面倒だったけれど、今回は人の命を救っている。褒められこそすれ、叱られる義理はなかった。

どういうことだ、と上田に訊かれ、清五郎はなんだか得意そうに経緯を語った。

「なるほど、それは手柄であった。ではその女、名はなんという？」

「おゆうさんです」

「おそらく間違いない。それが、中間《ちゅうげん》が探しておった女だろう。その深庵という医者のところにいるのだな？」

「はい。今から帰りがてら飯を届けに行くところです」

「ちょうどよい。わしも一緒に行って確かめるとしよう」

腰の軽い与力は、とらが淹《い》れた茶に見向きもせずに『千川』を出る。深庵の家など知らぬくせに、先陣を切るところが面白かった。

「深庵先生、お邪魔します」

清五郎はふたり分の料理が載っている大きな盆を掲げている。代わりにきよが声をかけ、引き戸を開けた。

「おお、おきよと清五郎か……え……」

そこで言葉を切ったのは、ふたりの後ろに上田の姿が見えたからだろう。日もとっぷり暮れているというのにいきなり黒羽織に登場されては、様々な患者に接してきた深庵といえども驚いたに違いない。

一方、清五郎は至って気楽な様子で上がり框《かまち》の脇に盆を置く。

「ここに置いてもいいですよね。いやあ、重かった」

「なに言ってるの。そんなに重くないでしょ？」

「でもよー、姉ちゃん。盆そのものは大したことねえけど、店からここまで持ってきたらやっぱり重く感じるんだって。先生、これ、召し上がってください」

「おお、飯か！　それは助かるな。今日は患者がやたらと多くて、ろくに飯を食う暇もなかったのじゃ」

「先生のところもですか。『千川』もいつになく千客万来でした」

「料理屋はそれでいいだろうが、医者が千客万来ではなあ……。それで……？」

心配そうに目を向けた深庵に、上田は自ら名乗った。

「わしは与力で上田と申す。ちと確かめたいことがあって参った」

「と、申しますと？」

「今朝方、ここに女が運び込まれたと聞いた。名はゆうで間違いないな」

「……はい」

深庵は一瞬黙り込んだものの、すぐに神妙に頷いた。ゆうにとってよくない話かもしれないが、名前まで言い当てられてはごまかしようがないと腹をくくったのだろう。

「堀に流されていたそうだが、容態は？」

「かなり冷えて難儀している様子でしたので、身体を温めて休ませました。昼頃に粥を食ったあとは血の気もすっかり戻り……」

「それはよかった。話ができそうか？」

「おそらく。大事を取って今も奥で横にならせておりますが……」

「そうか。では失礼する」

「ちょっとお待ちください！」

雪駄《せった》を脱ぎかけた上田をきよは慌てて押しとどめ、自分が先に上がり込んだ。

「眠っていらっしゃるかもしれません。私が先に様子を見て参ります」

「おお、そうか、そうじゃの。女子《おなご》の寝床に男がいきなり踏み込むのはよろしくないな」

いろいろ問題を持ち込む人ではあるが、察しは悪くない。さすがは与力様……と感心しつつ、きよは診療所と奥を隔てる襖《ふすま》をそっと開けた。

「おゆうさん？」

小声で呼びかけてみると、すぐに返事が聞こえた。

「はい……どなた？」

行灯《あんどん》に火が入れられていないため部屋は暗く、きよの顔も見えないのだろう。それでも朝よりずっとはっきりした声に安堵し、また声をかける。

「きよです。ご気分はいかがですか？」

「おきよさん！　朝はお世話になりました。なんとお礼を言っていいやら……」

「いいんですよ、そんなこと。それより、お夕飯をお持ちしました。食べられそうですか？」

「ええ、もうぺこぺこです」

「なによりです。じゃあ、行灯をつけましょう」

そう言うと、きよは深庵のところに戻って付け木を借り、行灯に火を入れる。薄明かりの中に、身を起こしたゆうの姿が浮かび上がった。

「今、持ってきますね。それと、おゆうさんにお話を聞きたいという方がいらっしゃっています」

「私に？」

ゆうがなんとも表しがたい表情になる。許嫁《いいなずけ》が探し当ててくれたならいいが、もしも自分に悪さを仕掛けた者たちだったら……と不安になったのだろう。

「うちによく寄ってくださる与力様で、私たちもなにかと力になっていただいてるんですよ」

「与力様……？」

「ええ。その方の小者《こもの》がとあるお屋敷の若様付の中間《ちゅうげん》と親しいらしくて、人捜しを頼まれたそうです」

「人捜し……あっ！」

そこでゆうは小さく声を上げ、身を乗り出すように訊ねた。

「もしや若様が……」

「ええ、そのもしや。おゆうさんの姿が見えないのを心配して中間に頼まれ、その中間が与力様のところの小者に相談されたみたいですよ。上田様とおっしゃって……」

「与力って上田様のことだったのですね！　そういえば、以前お屋敷の前で若様付の中間がよその家中《かちゅう》の方と話していたことがありました。あとで聞いたら上田様の小者だと……。じゃあ、その与力様を通じて私がここにいることを若様に？」

「おそらく。今お呼びして大丈夫ですか？　それともお食事を先に？」

「今すぐ！　ご飯など後回しで」

あんなに空腹そうだったのに大丈夫だろうか、と心配になったが、上田のことだ。聞きたいことを聞けば、さっさと帰っていくだろう。先に済ませたほうが、ゆっくり食べられるに違いない。

それでは、とばかりに襖《ふすま》の向こうに声をかけると、上田が入ってきた。

寝床の上に座っているゆうの姿を確かめ、名を訊ねる。

「ゆうか？」

「はい」

「許嫁の名……いや、これは聞かぬことにしよう」

上田はいったん口にした問いを即座に打ち消した。若様の名前を出せば、きよたちにどこの家中で起きた事件かわかってしまうかもしれない。それはさすがによろしくないと考えたのだろう。

はて……と少し考えた上田は、はたと膝を打ち、改めて訊ねた。

「若様付の中間の名を知っておるか？」

「総二郎《そうじろう》様です」

「もしや我が家の小者《こもの》の名も？」

「確か甚之助《じんのすけ》……いえ、甚右衛門《じんえもん》様でした」

「間違いないな。無事でなによりじゃ」

「あの、それで若様は……？」

「大層ご心配で、飯も喉を通らぬご様子。中間《ちゅうげん》は、わしに伝えると約束するまで立ち去らず、うちの小者も難儀したそうじゃ。そこまで心配できる女がいるのが羨ましい、などと申しおったわ」

「そうですか……」

薄暗い中ではよくわからないが、きっと頬を染めているのだろう。祝言《しゅうげん》を待ちわびていたのに、こんな日に遭うなんて気の毒すぎる。なんとかふたりが無事に夫婦《めおと》になれるよう祈らずにいられなかった。

その後、きよは今朝起こったことと、ゆうを亡き者にしようとしたのではないか、という周りの推測を語った。それを聞いた上田は難しい顔で言う。

「災難であったな……いずれにしても無事でなによりじゃ。甚右衛門によると、総二郎殿は明日も当家に立ち寄るだろうとのこと。その際に、そちの居所を伝えることにしよう」

「ありがとうございます。あ、でも……」

そこでゆうは、心配そうに襖《ふすま》のほうを窺《うかが》った。とはいえ、閉まった襖の向こうが見えるわけもなく、ため息をつきつつ呟く。

「居所が伝わったところでその先どうしたらいいのか……。深庵先生をはじめ、皆様にもすっかりお世話になってしまいました。いつまでもここにいるわけにもいきませんし、お屋敷に戻るのも……」

誰に悪さをされたかなど見当もつかない。若様に会いたいのは山々だが、このまま屋敷に戻るのは恐ろしすぎる、とゆうは嘆く。

上田も困ったように言う。

「それはそうじゃな。なんといっても命を狙われたのだからなあ……」

「上田様。おゆうさんに悪さをした者を捕らえることはできないのですか？」

「きよの気持ちは重々わかる。ゆうも若君もなんとも気の毒。わしもできればそうしてやりたいが、先ほども申したとおり、町人ならまだしも相手は武家だ。わしの手には余るのじゃ」

すまぬ、と頭を下げられ、きよは慌てて謝った。

「申し訳ありません。そうでした……与力様といえどもできることとできないことがあるのでしたね」

「聡《さと》いきよも、気が高ぶるとそんなことになるのじゃな」

　別に気が高ぶったわけではない。心底、ゆうがかわいそうでなんとかならないか、与力は悪者を捕まえるのが仕事ではないか、と思ってしまっただけだ。同じ武士であっても、与力に武家で起こった事件を裁く権限がないのを忘れていたのだ。

　それでも、ここで言い返しても状況がよくなるわけではない。それよりもゆうの身の振り方を考えることが肝要だった。

「お屋敷の方々は、おゆうさんが亡くなったと思っているのでしょうか？」

「いや、ただの行方知れずと思っているのではないかな。ゆうに悪さをしかけた者たちにしても、下手に死んだなどと告げればなぜ事情を知っておる、ということになる。それよりも勝手にいなくなったことにしておいたほうが無難というものだ」

　若様にも、祝言《しゅうげん》を嫌って逃げ出したに違いない、いないものはいないのだから諦めろ、とでも言い聞かせるのだろう。

　薬で眠り込んだところを堀に投げ込んだ。早朝のこと、誰かに助けられるはずもなく命を落としたに決まっている。いずれ亡骸《なきがら》でも上がれば、諦めざるをえなくなる。

　悪者が自分で後釜に座るか、誰かを座らせるつもりなのかは知らないが、いずれにしてもそのあとで……と考えているのだろう、と上田は眉を顰める。

聞けば聞くほど腹が立つ話だった。

「もう、堂々とお屋敷に戻って、若様に『殺されそうになりました』って訴えるわけにはいかないいんですか？」

ごちゃごちゃやっているよりそのほうが手っ取り早い。そこまで心配してくれるのであれば、若様が守ってくれるのではないか。

ところが、そんなきよの考えにゆうは眉根を寄せつつ答えた。

「守ると言っても、二六時中共に過ごすことはできません。食事も別々ですし、なによりまた薬を盛られたら、と思うと心配で喉を通らなくなりそうです」

「そうですね……おゆうさんのご飯にだけ薬を盛ることはたやすいでしょうし、次は毒ってことも……。むしろ、今回眠り薬を選んだことのほうが不思議な気もします」

「さすがに、屋敷の中で死人を出すのはまずいと思ったのじゃろう。いずれにしても、ろくに飯も食えぬような屋敷に戻ることはできぬな……」

三人が三人とも思案顔で黙り込んでしまった。このまま話していてもいい案は浮かびそうにない。今はゆうに食事をさせたほうがいいと判断し、きよは腰を上げた。

「とりあえず中間《ちゅうげん》の方から無事を伝えていただくということで、お食事にしませんか？」

「そう……ですね」

　にわかに空腹を思い出したのか、ゆうも頷く。計ったように、清五郎が襖《ふすま》を開けた。

「へい、お待ちってなもんだい！」

「あんたって子は……」

おどけた表情の弟に呆れつつ、きよは料理の載った盆を受け取る。盛ってきたままになっているから、おそらく深庵もまだ済ませていないのだろう。

「深庵先生もまだ召し上がっていないのですね。取り分けないと……」

運びやすいように、どの料理もふたり分をまとめて皿や鉢に盛ってきた。盛り分けないと食べづらい。話している間に分けてくれればよかったのに、と気が利かない弟を恨みつつ、きよは器を借りに行く。ついでに小鍋も借りて、冷えてしまった蜆汁《しじみじる》を火鉢にかけた。ふたり分の汁はしっかり熾《おこ》った火鉢ですぐに温まった。味噌の香りがふわりと広がる。ふたつの椀に注ぎ分け、さっと拭った鍋で餡《あん》かけ豆腐も温める。こんなこともあろうかと、餡をたっぷり持ってきたのは我ながら英断だった。

餡の中でふつふつと豆腐が踊る。あまり温めすぎると豆腐が固くなるし、舌が焼ける。人肌よりすこし熱くなったぐらいで火から下ろし、中深皿に移した。

「はい、できましたよ。熱い汁やお豆腐は身体が温まりますし、蕪《かぶ》の葉や煮付けはご飯が進むと思いますので、たくさん召し上がれ」

どうぞごゆっくり、ときよが盆を置くと、待ちかねたようにゆう、そして深庵が箸を取った。

「これはなかなか……鰈《かれい》の身は骨離れもよく柔らかで食しやすい。汁と炒《い》り煮は出汁《だし》をきかせて薄味に仕上がっておる。これなら病人でも箸が進む」

次から病人たちには、『千川』の料理をすすめることにしよう、などと深庵は嬉しいことを言ってくれた。

ゆうも一口一口噛みしめるように味わいながら言う。

「本当に優しいお味……。それでいて、胃の腑《ふ》に落ちるそばから力に変わっていくような気がいたします」

「然《しか》り。白身の魚や豆腐はこなれがよいから、力に変わるのも早い。味付けだけではなく、食材そのものもよく考えられておるな」

深庵の言葉で料理選びに間違いがなかったことがわかり、きよはほっとする。一方、頷き合う深庵とゆうの様子を見ながら、上田が涎《よだれ》を垂らさんばかりに言う。

「なんとも旨そうな。そういえば腹が減ったのう……」

料理から目が離せなくなっている上田に、きよは思わず声をかけた。

「店に戻って上田様の分もお持ちしましょうか？」

「姉ちゃん、それより店に行ってもらったほうが早いよ。俺たちも一緒に……」

今ならまだ店は閉めていない、と言う清五郎に、上田は鷹揚《おうよう》に手を振った。

「いやいや、それには及ばぬ。きよたちはもう仕事を終えたのだろう？　早朝からの人助けのあと一日働いたのじゃ。さぞや疲れておるはずじゃ。わしも家に戻る。そちたちも戻るがよい」

そう言ったあと、上田はゆうと並んで食べている深庵に訊ねた。

「すまぬが深庵、しばらくゆうを置いてやってはくれぬか？」

「もとよりそのつもりです」

「それは重畳《ちょうじょう》。わしのほうでどうにかゆうの落ち着き先を探してみるゆえ、それまで頼む。ゆうの相手には当家の小者《こもの》を通じて様子を伝えておく。今日のところはそんな次第でお開きとしよう」

ささ、きよたちも帰るがよい、と上田が促《うなが》す。ゆうはかなり元気を取り戻したようだし、また具合が悪くなっても深庵に任せておけばいい。お産が終わればきくも様子を見に来てくれるはずだ。

なによりここには住み込みの弟子がいる。先だって見かけたが、かなり屈強そうな身体つきだった。今のところ、ゆうの身の上とここにいることを知っているのは、『千川』の数人ときく、あとは上田だけだが、たとえ悪者に嗅ぎつけられて踏み込まれたとしても、あの弟子がいれば心強い。

ここならゆうも安心できるに違いない、と判断し、姉弟は上田とともに深庵の家をあとにした。

翌日、昼の客が引けた頃合いで『千川』にきくがやってきた。しかも意外すぎる知らせを持ってである。

「おゆうさん、家移《やうつ》りしたよ」

奉公していた屋敷に戻ったのであれば、家移りなどという言葉は使わない。おそらく新しい住処《すみか》を見つけたのだろうけれど、昨日の今日ではさすがに早業《はやわざ》すぎる。

どうしたことだ、と首を傾げた『千川』の面々に、きくは嬉しそうに告げた。

「お産が朝までかかってね。やれやれ、と思いながら深庵先生のところに行ってみたらちょうど迎えが来たところでさ。駕籠《かご》に乗っていったよ」

「駕籠……ですか？　まさかお屋敷からお迎えが来たとか……」

きよがへっついの火加減を見ながら訊ね返すと、きくはそのときの様子を語ってくれた。

「お屋敷じゃない。おそらく別のところだ。深庵先生も驚いていなかったから、顔見知りなんだろうね。おゆうさんも、ほっとしていたみたいだったし。それにしても、黒羽織のお迎えとは恐れ入ったよ」

「黒羽織……では上田様が？」

「あんた方も知ってる御仁かい？」

この状況で駕籠《かご》を仕立てて迎えに行く、しかも黒羽織となったら上田以外に考えられない。そこできよは、きくに上田が『千川』に時折立ち寄る客であること、さらに昨夜の経緯を伝えた。

「ああ、そうか……どこかで見た顔だと思ったら、ここの特別扱いの客か。そりゃあ深庵先生もおゆうさんも安心だ。いい隠れ場所が見つかってよかったよ。しかも、顔を見られないように駕籠で迎えに来るなんて、なんとも気が利く男だねえ」

その気配りは上田その人によるものなのかと疑問が過《よぎ》る。

おそらく上田は帰宅したあと、ゆうの落ち着き先についてりょうに相談したのだろう。思慮深いりょうのことだ。迂闊《うかつ》に事情を知る者を増やすよりも当家で匿《かくま》ったほうがいい、などと言い出しかねない。

そのとき、隣から弥一郎の面白がっているような声がした。

「それは……上田様のおふくろ様——おりょう様だな」

反対隣から伊蔵も言う。

「間違いないですね。どうして一緒に連れて帰らなかった、とか叱られてたりして」

「さもなきゃ、朝一番で駕籠を仕立てて、なんてことにはならねえな」

清五郎の言葉で源太郎も大笑い、上田がこの場にいたらさぞや肩を落としたことだろう。きくが不思議そうに訊ねた。

「なんだい、その与力様のおふくろ様ってのは、そんなに恐ろしいお方なのかい？」

「とんでもない。おりょう様はとても気遣いに富む、心優しいお方です」

ただ上田が、おふくろ様が大好き、かつ大事に思うあまり、頭が上がらなくなっているだけだ、とは言わなかった。さすがにそれでは形無しすぎるだろう。

なんとか言葉を呑み込んだきよを気にもとめず、きくは繰り返し頷く。

「それはよかった。いくら与力様の家でも、家の中に鬼みたいな人がいたら気が休まらないからねえ」

「そんな心配はご無用、おゆうさんはきっと心地よく過ごせると思います」

「なによりだよ。じゃあ、あたしはこれで」

ゆうの無事を知らせに来ただけだから、ときくは帰っていった。

普段であれば源太郎か弥一郎が引き留めて、なにか食べていくように言ったかもしれない。だが、きくも夜中《よるじゅう》お産に付き合って疲れているはずだ。早く帰って休んだほうがいいと判断したのだろう。

いずれにしてもよかった。どんな悪者に狙われていようが、与力の家なら安心だ、と喜び合い、『千川』の面々は仕事に戻った。


それから七日ほど経ったある日、板場にやってきた源太郎がきよに話しかけた。

「おきよ、上田様とおりょう様になにかお届けしたほうがいいかと思うんだが……」

「というと？」

「いや、この間の騒ぎだが、上田様とおりょう様がおゆうさんをお屋敷で匿《かくま》ってくださったのは、うちがかかわっていたせいじゃねえかと思ってさ。いくらお調べの最中だったとしても、女を拾ったのが清五郎じゃなければ、そこまではなさらなかっただろう。迷惑料と言うか、礼と言うか……」

「そのとおりかもしれません」

ではなにを……と考えながら周りを見回したきよは、弥一郎の脇にあった丼に目をとめた。そこには水で溶いた粉が入っている。おそらく揚げ物に使った残りだろう。
「どうした、おきよ？　溶いた粉が珍しいわけでもあるまいに……。あ、これを使って
なにか作ろうってのか？」
丼に見入っているのに気づいたのか、弥一郎が訊ねてきた。きっと弥一郎も、お礼の
品について考えてくれているのだろう。
「あの……上田様方へのお礼はお菓子がいいのではと……」
「菓子？」
「はい。餡《あん》を丸めて溶いた粉を絡めて焼いてみてはどうでしょう？」
「お、きんつばだな！」
「あ……」
伊蔵の声にはっとした。確かに餡に溶いた粉を絡めて焼くのはきんつばだ。もともと
は上方《かみがた》で生まれた菓子で、米粉で作った薄い皮で餡子を包んで焼いた『ぎんつば』が、
江戸に伝わったところ、米粉の皮が小麦粉になり、呼び名も『きんつば』になったらし
い。おそらく銀より金のほうが景気がいいとでも考えたのだろう。もしかしたら、上方
ではもっぱら銀貨だが、江戸では金貨が使われることにも関わりがあるのかもしれない。
いずれにしても、広く売られているお菓子だった。

せっかくいい工夫だと思ったのに、ずっと昔からある菓子だったと気がついて、きよはがっかりしてしまった。

肩を落としたきよに、弥一郎が慰めるように言う。

「そんなにしょんぼりしなくていい。人なんて、案外みんな似たようなことを考えるものだ」

「そうそう。それより、上田様にお届けするなら試しに作ってみなきゃ」

「とかなんとか言って、おこぼれにあずかる気だな?」

弥一郎が呆れ顔で伊蔵に言った。

大福やきんつばは町人にも人気の菓子だが、大福はひとつ四文《もん》、きんつばはもっと値が張るような気がする。たとえ慣れないきよの手作りにしても、ただでありつけるなら……と伊蔵は考えたのだろう。

「へへっ、ばれたか! でも、そんな顔をするところを見ると、板長さんだってまんざらじゃないはずですぜ」

言われて見ると、確かに弥一郎もにやにやしている。この人もお菓子が好きだったのか、と思っていると、源太郎や清五郎、そしてとらまでが期待のこもった目できよを見ていた。

源太郎が近づいてきて言う。

「今日は大入り、きよの座禅豆《ざぜんまめ》も品切れだ。明日は新しく煮なきゃならねえ。二口のへっついを使って隣で餡《あん》も煮るがいいさ」

「でも、小豆《あずき》が……」

この時刻ではもう乾物屋は閉まっている。小豆がなくては餡は作れない。困ったように言うきよに、源太郎は平然と返した。

「小豆なら、鏡開きで汁粉を作った残りがあるはずだ。去年の豆だし、そろそろ使っちまいたいんだ」

「そうですか……じゃあ、そうさせてもらいます」

この騒ぎの発端は清五郎だ。ゆうを助けられたのはよかったと思うものの、見つけたのが清五郎でなければこんなことにはならなかっただろう。弟のせいでまた『千川』に迷惑をかけてしまった。それでも、お試しで作ったものをみんなに食べてもらえば少しはお返しができる。

かくして、翌日は餡と座禅豆を並べて煮ることに決め、きよはその日の仕事を終えた。

翌日、朝一番で『千川』にやってきたきよは早速小豆を煮始めた。

しばらくして鍋の中の小豆餡《あずきあん》を見て、ほっと一息つく。

――よかった、ちゃんとできた……

鍋に水と小豆を入れてへっついにかけ、ぐらぐら沸かせて湯を捨てる。もう一度同じことを繰り返し、三度目は火を弱めて柔らかくなるまで煮る。煮えた小豆の皮をざるで漉《こ》したあと、鍋に戻してとろ火にかける。

それらの仕事を迷うことなくできたことが、きよはとても嬉しい。数えるほどしか作ったことはなかったが、料理にかかわることはそう簡単に忘れたりしない。そんな自信のようなものが生まれた。

あとは塩を加えて水気がなくなるまで練り上げるだけだ、と思いながら、きよは店のほうを窺《うかが》った。

幸い、客が立て込んでいる様子はない。もうしばらくは大丈夫、と安堵しつつ弥一郎に目をやると、彼は赤芋を揚げようとしていた。赤芋はその名のとおり皮が赤紫色で、薩摩《さつま》で広く作られているので薩摩芋、あるいは栗より旨い（九里四里《くりより》旨い）ということで十三里《じゅうさんり》とも呼ばれている。熱すると実《み》は黄金色となり、強い甘みを持つ芋だ。

――大きな赤芋。さぞや甘いでしょうね……

そんなことを思ったあと、餡を練り始める。しばらく続けたあと、きよははっと思いついた。

——赤芋を茹で潰して餡にしたらどうかしら……。小豆の餡のほんのりとした甘さはとてもいいものだけど、赤芋ならもっと甘くなる。おりょう様は甘い座禅豆《ざぜんまめ》をお好みになるぐらいだから、甘い餡もお好きに違いない。よし、試してみよう！

「板長さん、赤芋を少し使っていいですか？」

「赤芋ぐらいいくらでも使っていいが、どうするつもりだ？」

「餡を作ってみようと思って……」

「赤芋の餡……それはいいかもしれない」

弥一郎は手元にあった大きな赤芋を手に取り、すいすいと皮を剥く。続いて指二本ぐらいの大きさに刻み、伊蔵に渡した。

「茹でてやってくれ」

「へーい」

伊蔵は至って気楽に返事をする。慌てたのはきよだ。

「伊蔵さん、それは私が……」

「いいってことよ。おきよは餡で手一杯だろ」

「そうそう。早く戻らないと焦げ付くぞ」

ふたりに言われ、慌ててへっついの前に戻る。伊蔵には申し訳ないが、いきなり思いついた工夫だ。思っていたよりも暇がかかるに決まっている。手を借りられるのはありがたかった。

小豆《あずき》の餡《あん》がもうすぐ練り上がるというころ、伊蔵が赤芋を持ってきてくれた。しかも、茹でたばかりか潰して裏ごしまでしてあった。

伊蔵が得意げに言う。

「餡にするならこのほうがいいだろ？」

「ありがとうございます！」

深々と頭を下げ、赤芋が入った鉢を受け取る。

鉢の中の赤芋はぱらぱらになっているが、味醂《みりん》で少し緩めれば押し固めることができるだろう。

少し掬《すく》って味見をすると、思ったとおり小豆の餡よりずっと甘い。これはいいことを思いついたと悦《えつ》に入《い》るも、もう一工夫できないかと頭を巡らす。

——赤芋の餡は小豆の餡に比べて甘いのは間違いない。でも、もっと甘くできれば両方がより引き立つ気がする。お菓子屋さんのように甘くできればいいのに……

逢坂にいたときから、小豆に加えるのは少しの塩のみだった。餡にあるのは豆本来のほのかな甘みだけというのが常なのだ。

赤芋の餡をもっと甘くしたいのであれば、砂糖を入れればいい。それはわかっているが、なにせ砂糖は値が張る。そこらの町民が簡単に使えるようなものではない。

せいぜい味醂を多めに入れるしかないか……と思ったとき、外から子どもの賑やかな声が聞こえてきた。『よかよか』とか『おくれ』とか言っているから、飴売りが来ているのだろう。

飴売りは、賑やかに歌い踊りながら子どもを引き連れていく。迷子が出なければいいが、と心配しかけたところで、きよははっとした。

「飴を使ったらどうかしら……」

思わず口をついた言葉が耳に入ったのか、弥一郎がこちらを向いた。

「飴？　なにに使うつもりだ？」

「あ……」

ひとり言を聞きつけられたきよは、恥ずかしく思いながらも弥一郎に伝えてみた。

「赤芋の餡をもっと甘くできないものかと思って……。でも、砂糖は値が張るし、それならいっそ水飴を使ったらどうかって考えたんです」

「水飴か……それはいいかもしれない。いくら礼の品にしても高い砂糖は行き過ぎだ。

「だが、水飴なら気軽に使える。なにより餡《あん》をうまくまとめてくれそうだ」

早速やってみるがいい、と許され、きよは焼き物の壺から水飴を掬《すく》い取り、赤芋を移した鍋に垂らした。ただでさえ水飴は粘りが強い上に、寒さでさらに固さを増している。それでもへっついの熱に溶かされ、案外すんなり混ぜ込むことができた。

「できたか？」

杓文字《しゃもじ》の動きが止まったのに気づいたのか、弥一郎が通路に首だけひょいと出して訊ねてくる。小皿に取って渡した赤芋の餡を口に運んだ板長は、感じ入ったように目を閉じた。

「甘《あめ》え……なんだか元気が出てくる気がするぜ。それになんともいい照りだ」

「照り……？」

訊ね返したきよに、弥一郎は皿に残った餡を見せた。日中のこと、通路と違って店はずいぶん明るい。光の中で見る餡は、まさに黄金色に輝いていた。

「水飴で照りが出たんだろうな」

「すごく美味しそう……」

「作った本人が言うことじゃねえな。だが『旨そう』じゃなくて、本当に旨い。これに溶いた粉を絡めて焼いたら堪《こら》えられねえだろうな」

味見が待ちきれねえ、早く拵《こしら》えろ、と弥一郎はじれったそうに言う。急かされたところで赤芋の餡も小豆《あずき》の餡も煮上がったばかりで素手では触れない。冷めるのを待つしかなかった。

　少しでも早く冷めてほしくて団扇《うちわ》を持ち出す。今まで杓文字で混ぜ通しだったせいで腕がだるかったが、仕上がりが楽しみで手が止められなかった。

　ようやく触れるほどになった餡を小さくまとめ、溶いた粉を絡めて焙烙《ほうらく》にのせる。何度か転がすようにひっくり返し、薄茶色に焦げ目がついたところに、弥一郎が寄ってきた。

「できたか？　おや、小さいな……」

「このくらいの大きさのほうが、おりょう様が食べやすいかと思いまして」

「なるほどな」

　弥一郎が早速手を伸ばす。

「これは旨い！」

　ひとつ口に入れた弥一郎が声を上げる。すぐに源太郎もやってきた。

「弥一郎、大きな声を出すんじゃない。店まで丸聞こえ……お、きんつばができたのか！」

「親父《おやじ》、食ってみろよ。これは相当なものだぞ」

「どれどれ……おや、片方は黄色いな……」

「おきよの工夫だよ。赤芋を使った餡《あん》だ」

「赤芋！　おお、絡めた粉が焼けてなんとも香ばしい。ぱりっとした皮を食い破る感じがなんとも言えねえ。それにこの甘さ！　これは赤芋だけじゃねえな？　まさか砂糖を……」

源太郎は慌ててきょろきょろ見回している。

弥一郎によると『千川』にも砂糖はあるにはあるらしい。ただし、滅多に使わないため奥にしまい込まれているという。もちろん、きよは見たことがない。その大事な砂糖を持ち出したのか、と源太郎は心配になったのだろう。

「そんなに心配しなくても、砂糖は使ってねえ。入れたのは水飴だ」

「水飴か……なるほど。よく考えたな」

「甘みを出すのに水飴を使うことはよくありますし、それなら餡に入れてもって」

「そういえば、さっき飴売りが通ったが、さてはあのときに思いついたな？」

「図星です。飴の甘さを餡に生かせたら、さぞや美味しいだろうと……」

「そうか。餡は豆だけの甘さでいいと思ってたが、甘い餡は旨いな。水飴でここまでできるなら御の字だ。ちょいとしょっぱい小豆《あずき》の餡と食べ比べもできる。これなら、上田様もおりょう様も大喜びされることだろう。さすがはおきよだ」

源太郎が手放しに褒める。弥一郎も満足そうに言った。

「新しい工夫だな。いっそ売り出すか。おきよの二色きんつばとか名付ければどうだ？」

「そいつはいい、と言いたいところだが、うちは菓子屋でも茶屋でもねえしなあ……」

「確かに。それに、一日だけならともかく毎日菓子にかかり切りになられても困る」

「だろ？　ってことで、こいつは特別、本日限り。それでいいな、おきよ？」

「もちろんです。では早速拵《こしら》えることにします。それで大きさは……」

やはりもう少し大きくしたほうがいいだろうか、と訊ねたきよに、弥一郎はきっぱり答えた。

「このままでいいと思う。むしろ、これぐらい小さいほうが食いやすいし、数がたくさん作れる。取り合いにならずに済むんじゃねえか？」

「さては弥一郎、数を増やして自分の取り分を確保しようって算段だな？」

「ばれたか……」

珍しく、弥一郎が素直に、そして幾分照れくさそうに笑う。だがきよは、弥一郎は自分の取り分もさることながら、伊蔵やとら、清五郎の分も残してやりたいと考えているような気がした。三人は先ほどからちらちらこちらを見ている。そんな奉公人に、弥一郎が気づいていないとは思えないからだ。

だった。

「では、小さめに作ることにします」

そんなこんなで試し作りと味見は無事に終了。あとは次から次へと焼き上げるだけだった。

きんつばが焼き上がり、ちょうど重箱に詰め終えたところに源太郎がやってきた。

「できたようだな。では早速届けるとしよう。そうだ、おきよ、おまえが行っておいで」

「え……私がですか？」

菓子を作り終えたら板場に戻ろうと思っていた。すぐに届けに行くにしても、他の奉公人が行くと思っていたのだ。

だが源太郎は、手早く重箱を風呂敷で包みながら言う。

「思ったより早く仕上がった。それに心付けももらいっぱなしだろう？　改めて礼を言いたいだろうし、おりょう様もおまえの顔を見たがっておられるに違いない。それにおゆうさんとやらの様子も知れる。さっさと行っておいで」

ゆうにしても、見ず知らずの家に引き取られたのだから、それはそれで不安だろう。少しでも関わりのある人間が顔を見せてやればほっとできるのではないか、と源太郎は微笑んだ。

「あ、ありがとうございます！」

即座に前掛けを外し、手に水をつけてほつれた髪を撫でつける。おりょうに会って心付けの礼を言いたいという気持ちを察してもらえたのが心底嬉しかった。

「ひとりで大丈夫だね？　できれば清五郎でもつけてやりたいが、さすがにふたりいなくなられるのは……」

「わかっております。上田様のお屋敷に行ったことはありませんが、清五郎に道を訊いていきますし、ひとりで平気です」

「よしよし。では行っておいで。今すぐ出れば、夕飯で混み合う前に戻れる……いや、いい。どのみちおきよは今日は一日中菓子職人のはずだったのだから、ゆっくりしてくるがいいさ」

思いやりがこもった言葉に、涙が出そうになる。なんて優しい主《あるじ》だろう。虐《いじ》められて逃げ出す者も多いと聞く中、こんなにいい奉公先に恵まれるなんて……

あやうく落ちそうになった涙を堪《こら》え、きよは風呂敷包みを抱えて『千川』を出た。

「おお、きよか！　よう来た、よう来た！」

上田は、どすどすと足音を立てて玄関に現れるなり、嬉しそうな声を上げた。

お勤め中だっただろうに、わざわざ出てきてくれるなんてと恐縮していると、さらに大声で奥に向けて叫ぶ。

「母上ー！　きよでござる！　きよが参りましたぞー！」

「あ、あの……」

そこまで大げさに迎えてくれなくても、と恥ずかしくなるほどだったが、りょうはその上を行った。

足音こそ立てなかったが、それだけに忍びのように見える速さで現れたかと思うと、きよの手を引く。

「ささ、お上がりなさい」

「いえ、私はここで……。与力様にご面倒をおかけしたお詫びと、先日おりょう様からいただいた心付けのお礼を言いたくて伺っただけですし」

「それはそれは……でも、とりあえず上がって暖まっていきなさい。外はよほど寒いのですね。こんなに血の気が失せて……」

心配そうな眼差しを向けられ、きよは首を傾げた。そんなに顔の色が良くないのだろうか。さほど寒さも覚えていないけれど……と思いつつ、腕を引かれるままに草履《ぞうり》を脱ぐ。通された座敷は火鉢が置かれ、確かにほっとするような暖かさだった。

まずは礼の品を渡さなければ、と風呂敷包みを開いて重箱を差し出す。

「これは主《あるじ》からです。お口に合えばいいのですが……」

「あら、なにかしら？」

早速重箱を開けたりょうが歓声を上げた。ちなみに上田はお勤めに戻ったらしく、座敷にはりょうときよのみである。

「お菓子ですね！　なんておいしそうな……あら、色違いなのね」

「小豆《あずき》の餡《あん》と赤芋の餡です」

「これはおきよが作ってくれたの？」

「はい。おゆうさんがこちらに移られたと聞いた主が、それはきっと『千川』が関わったことだからだろう、いただいた心付けのお礼も申し上げていないのだから、合わせてお礼ということで届けてこいと」

主の言葉を伝えたところで思い出した。

そう言えば、ゆうはどうしているのだろう。若い娘のこと、もうかなり回復しているだろうけれど、許嫁《いいなずけ》は会いに来てくれたのだろうか……と気になったきよは、りょうに訊ねてみることにした。

「おりょう様、おゆうさんはどうされていますか？」

「おゆうさんなら、もうすぐ元のお屋敷に戻られますよ」

「え……」

また悪者に狙われるのではないか、おちおち食事も取れない屋敷に戻って大丈夫なのか、と心配になる。りょうは眉根を寄せてしまったきよを見て、ゆうが上田家に移ったあとのことを話してくれた。

「移ってこられた日、日の暮れ間近にあちらの中間《ちゅうげん》が来ました。それはもう、疲れた様子で……。きっと若様に急かされて探し回っていたのでしょうね。私はすぐにでもお会わせしたいと思ったのですが、息子に止められました」

「止められた……どうしてですか？」

「中間に悪者の息がかかっていないとは限らない、と……」

さすがは与力様……と、きよは感心してしまった。

りょうは息子のことをあれこれ責めるけれど、与力としては立派な仕事ぶりだ。きよや『千川』の人たちであれば、そのまま知らせてしまっただろう。若様の言いつけで探し回っている中間を疑うことなど考えもしなかったはずだ。

「与力様のおっしゃるとおりです。それで、どのようにお知らせしたのですか？」

元の屋敷に戻るのであれば、なんらかの方法でつなぎをつけたはずだ。中間を通さずに知らせることは難しいだろうに……というきよの問いに、りょうは少々得意そうに答えた。

「今は療養中なので会わせることはできない、と帰らせ、許嫁《いいなずけ》にのみ知らせるように伝えました。他言無用、こっそりと若様ただひとりだけに、と念を押して」

「ひとりだけ……それでなにか変わるのですか？」

「若様が悪者でない限り、この話を知っているのは中間だけ。万が一当家に悪者の手が伸びるようなことがあれば、中間が悪者に通じているということです」

中間は許嫁に言われて探し回っているのだろうけれど、必ずしもそれだけとは限らない。もしかしたら中間も悪者の一味で、堀に落としたはずのゆうが、どこかで助けられているのではないかと疑っているかもしれない。なにせ、亡骸《なきがら》が見つかっていないのだから……

悪者たちがゆうの無事を知れば、また襲いに来る恐れがある。その兆候があるかどうかで、中間の善悪がわかるはず、というのが上田の考えだったそうだ。

「さすがに与力の家に悪さを仕掛けることはないだろうが、少なくとも探りが入る可能性はある。二、三日様子を見つつ、あちらの動きを探ってみよう、とあの子が言いまして、私もそれはいい考えだと……」

「探る？　でも、与力様でもお武家様のお屋敷には立ち入れないのでは？」

「そこはそれ……」

そこで、りょうは意味ありげな笑みを浮かべた。

おそらく与力には調べるための手段がいろいろある、正面切って訊きに行くことはできなくてもこっそり探ることはできる、と言いたいのだろう。

「それで、お調べはついたのですか？」

「ええ。すぐというわけにはいきませんでしたが、三日ほどで事件の概要はつかめたようです」

「やはり中間《ちゅうげん》の方が？」

「いいえ。中間はかかわりありませんでした。おかげで我が家に胡乱《うろん》な者が現れることもなく、ただ……」

「ただ？」

「町飛脚が来ました」

ゆうが上田家にいると知らせたあとは、胡乱な者どころか件《くだん》の中間すら姿を見せなくなった。そのかわりに、許嫁《いいなずけ》の文《ふみ》が届き始めた。それも、毎日欠かさずだったらしい。

「おゆうさんの許嫁の若様はかなり利発な方と見えて、見事に息子の言わんとするところを察したようです。ご自分どころか中間すら我が家に通わせず、文すらも町飛脚を使ってきました。しかも、返事はいらないとまで書いてあったそうです。万が一にもおゆうさんの居所を知られてはならないと考えたのでしょう」

「では、若様もおゆうさんが何者かに狙われたとご存じだったのですか？」

「確信はなかったかもしれませんが、与力の家に匿《かくま》われていると知って思うところがあったのかもしれません。いずれにしても、あれほどまめに文を寄越すのであれば、おゆうさんを大事に思う気持ちに嘘はないと……」

上田家でゆうを匿い続けることはできなくもない。ただ、それはゆうと許嫁にとってまったく不本意だろう。さっさと『家の中を掃除』してふたりを夫婦《めおと》にしてやるべきだ、と上田もりょうも考えたという。もっともな話だった。

「それで、おゆうさんに悪さをしたのはどういう？」

この方は少々長語りの癖があるな……と思いつつ、きよは先を促《うなが》した。そろそろもどかしくなってきて、とにかく結末が早く知りたかったのだ。

りょうは、そうそうそれでした、と頷いて、やっと悪者について話し始めた。

「どうやら、奥女中のひとりが若様をお慕いしていたようです」

その女中はとある武士の子女だったらしいが、さすがに若様では釣り合いが取れない。

結ばれることなどないと諦めていたのに、夫婦になるのを前提に奉公に来たのは商家の娘。それなら武家の出の自分のほうが相応《ふさわ》しいはずだと考えて色目を使ってみたが、当の若様は見向きもしない。それどころか、みるみるうちにゆうに夢中になり、一日も早く祝言《しゅうげん》を急ぎ出した。女中はゆうが恨めしくてならず、思い余って手をかけた。自分でゆうの飯に薬を盛り、眠り込んだところを運び出して堀に捨てたそうだ。もちろん、女の力では無理とわかっていたのか、金で雇った破落戸《ならずもの》を裏口から引き入れてまで……

「なんてひどい……」

いくら自分の想いが叶いそうにないからといって、そこまでするのは正気の沙汰ではない。ましてや素気《すげ》なくした若様ではなく、ゆうを亡き者にしようなんて鬼の所業だ。

憤《いきどお》るきよに、りょうは少し考えて言う。

「本当に……。でも、そういったとき、想いを寄せる相手ではなく娘のほうが憎くなるのが女の常なのかもしれません。思えば、その女中も気の毒のような……」

内偵を進め、この件に関わっているのは屋敷内ではその女中のみとわかった。事を終えたら江戸を出る約束だったらしく、破落戸たちの行方も知れない。一味ではないと判明したあと、中間《ちゅうげん》を使って許嫁《いいなずけ》にことのあらましを伝えた結果、女中は親元に帰されることになった、というのが、りょうがゆうから聞かされた話らしい。

「お咎《とが》めなしで、ということですか？　おゆうさんを亡き者にしようとしたのに？」

そんなことが許されるのか、さらにきよは腹立たしくなってくる。だが、りょうは小首を傾げつつ答えた。

「おゆうさんはね、もしかしたらやりようによっては防げた事件かもしれないって言うのよ」

若様はその女中にはあまりににべもない態度、一方のゆうには目に入れても痛くないほどの振る舞い。もしも立場が逆だったら、自分も同じように悪事に手を染めていたかも、とゆうは語ったそうだ。

「なんてお人好《よ》し……」

「そういうところが、若様が気に入られた理由のひとつでしょうね。でも、正直なところ、私は無事に親元に帰れるとは思えないのよ」

「と言うと？」

「おゆうさんはともかく、若様やお殿様がそれですませるわけがないわ。大事な、しかもお殿様が自ら決めた許嫁に薬を盛って堀に流したのよ？　かと言って、おゆうさんが仕置を聞いたらやっぱり気にせずにはいられない。だから、おゆうさんには親元に帰したと言っておいて……」

そう言うとりょうは、意味ありげに笑った。そこから先は言わぬが花、しかも当て推量に過ぎないのだから……ということだろう。

「わかりました。とにかく、おゆうさんは安心してお屋敷に戻れるってことですね」

「そのとおり。こんなことがあったのですから、なおのこと祝言《しゅうげん》は急ぐはずです。これにて一件落着よ」

そう言って満足そうに頷いたあと、りょうは改めて重箱を見た。

「というわけで、おゆうさんのことはもう心配いりません。そうだわ。ここに呼んで、一緒にお菓子をいただきましょうか」

そう言ってりょうは立ち上がりかけた。だが、すぐにすとんと腰を下ろす。どうやら思い直したらしい。

「これは息子と私のためのお心遣いでしたね。まずはしっかり味わってから、おゆうさんにお分けすることにしましょう」

そしてりょうは火鉢にかかっていた鉄瓶を下ろし、お茶を淹《い》れ始めた。お礼に来たのにお茶をいただくなんて……とまた恐れ入るきよに、私が飲みたいの、と言い切るあたり、さすがとしか言いようがなかった。

りょうは手早く淹れたお茶をきよにすすめ、自ら先に口をつけた。熱い茶を一口飲んだあと、重箱からきんつばをひとつ取り出す。りょうが選んだのは黄金色のきんつば、赤芋を使ったものだった。

「ああ、甘い……疲れが溶けていくような気がします。赤芋だけでこんなに甘くなるとは思えないのだけれど……もしやお砂糖を？」

「いいえ。うちは菓子屋ではありませんので砂糖の用意はありませんでした。甘みが強いのは水飴を使ったせいでしょう」

「水飴！　それはおきよの工夫なのね？」

「工夫と言うほどのものでは……」

「いえいえ、立派な工夫ですよ。精進《しょうじん》を続けているようで安心したわ。身なりも整ったようだし、本当によかった」

――どうしよう……やはりおりょう様は、あの心付けで着物を買ったと思っていらっしゃる。娘らしく装うようにとくださったのだから当然だけど、本当は包丁を買ってしまったのに……

欺《あざむ》いているようで心苦しい。その思いが顔に出たのか、りょうが怪訝《けげん》そうに訊ねた。

「どうしたの？　まだ寒い？　もっと火鉢のそばにお寄りなさい」

「いえ、寒くはありません。ただ……」

そこでまたきよはりょうの顔を見た。優しい笑顔に耐えられなくなり、きよは両手を畳についた。

「申し訳ありません！　実は……」

何事かと目を見張ったりょうに、着物は主夫婦《あるじ》からの貰い物で、心付けは包丁に使ったことを告げる。叱られる、あるいは落胆されるのでは、という思いとは裏腹に、りょうはころころと笑い出した。

「あらあら、包丁を買ったのね。なんともあなたらしい」

「おりょう様……本当に……」

「なにを詫びることがありましょう。あの心付けはあなたにあげたもの。どう使おうがあなたの勝手ですよ。それに、着物よりも帯よりも包丁が欲しいと思ったのは素晴らしいことです。それぐらいの心がけがなければ、女の身で料理人の道は歩めないのかもしれません」

さらにりょうは心底嬉しそうに言う。

「これからも、そんなふうに一心に料理の道を進むといいわ。美味しいお菓子やお料理をたくさん生み出して……。あなたの料理を気軽に味わえる『千川』の客が羨ましくなるほどです」

上田は、ことあるごとにりょうから『千川』に行ってこいと言われると言っていたが、本当はもっと頻繁に言いたかったのかもしれない。それほどりょうは嬉しそうに、そして美味しそうにきんつばを食べてくれた。一口一口を大切に味わい、目を瞑《つむ》って甘みを堪能し、にっこり笑う姿を見ていると、しみじみお届けしてよかったと思えてくる。

自分の手で作ったもので、こんな笑顔を引き出すことができる。料理人というのはなんと幸せな仕事だろう。女に料理人なんて無理だと諦めなくてよかった。

――おりょう様に与力様、旦那さんに板長さん、そして清五郎……みんなみんなありがとう……

ふたつ目のきんつばに手を伸ばすりょうを見ながら、きよは背中を押してくれたすべての人たちに感謝することしきりだった。

鴟《し》尾《び》と糸切り大根

「では行ってくる。あとは頼んだよ」

源太郎が羽織の袖に手を通しながら言う。

日の暮れが近づいてから主《あるじ》が店を空けるのは珍しいことだが、今日に限ってはやむを得ない。なぜなら本日は恵比寿講《えびすこう》、八百万《やおよろず》の神々が出雲《いずも》に会する中、たった一柱で留守を預かる恵比寿様をお慰めする日だからだ。

なんと言っても恵比寿様は商《あきな》いの神様、店を持つ者が蔑《ないがし》ろにできるわけがない。とにかくお参りし、日頃のご加護にお礼、さらには今後の商売繁盛を願わねば……というのが源太郎の言い分だ。とはいえ、実はそれは二の次、本音は恵比寿講に合わせて開かれる市《いち》の賑やかさを楽しみたいというところだろう、と弥一郎は言う。

おそらく両方なのだろうな……と苦笑しつつ、きよは出かける主を見送る。

源太郎が詣《もう》でるのは日本橋にある宝田《たからだ》神社だ。宝田神社は永代橋《えいたいばし》を渡って半刻《はんとき》ほどで着くので、行って戻って一刻、どれだけ市をゆっくり見て回ってもせいぜいもう一刻かかるかかからないか。先ほど夕七つ（午後四時）の鐘が鳴っていたから、遅くとも宵五つ（午後八時）には帰ってくることだろう。

主不在の『千川』にひとりの男が現れたのは暮れ六つ（午後六時）過ぎ、半分ぐらい席が埋まったころのことだった。

頭には笠、着物は尻端折《しりはしょ》りしているし、帯には小刀、印籠も提《さ》げられている。手甲、脚絆《きゃはん》、振り分け荷物……どこからどう見ても旅者だ。そして彼は、寸分もためらうことなく店に入ってきた。

旅の途中に料理茶屋で飯を食う者は多い。『千川』は富岡八幡宮《とみおかはちまんぐう》の参道に面しているため、時折旅姿の客を見かけることもある。だが、そんな客たちは決まって店の前に佇《たたず》み、しばし中の様子を窺《うかが》う。この男のように、真っ直ぐに店に入ってくることは稀《まれ》だった。

そのとき、きよは裏に置いてある醤油を取りに行って戻ったところ、とらも清五郎も客の相手をしていた。そのままにしておくのは……と思ったきよは、客に声をかけた。

「いらっしゃいまし。笠をお預かりいたしましょう」

「ああ」

短く答えて笠を取った男の顔を見て、伊蔵が目を丸くした。

「彦《ひこ》さん……？」

その声で、仕事をしていた弥一郎が勢いよく顔を上げる。幽霊でも見たような表情に、きよはびっくりしてしまった。

「本当に彦じゃねえか……。いったいどうして……」

「おおよそ三年ぶりだってのに、なんて言い草だよ。相変わらず冷てえな、兄貴は」

「兄貴……？」

思わず声が出た。料理を運んでいた清五郎はもちろん、とらもあんぐり口を開いている。とらが『千川』に入ったのは三年ほど前と聞いている。おそらくこの男とは入れ替わりで、顔も知らなかったのだろう。

「おまえは上方《かみがた》で修業中のはずじゃねえか」

「上方に行ってから三年、修業はもうおしまいだ」

「そんな知らせは来てない。親父《おやじ》だってなにも言ってなかったぞ」

「知らせより俺のほうが早かったんじゃねえの？　あの店はなにかにつけてのんびりしてるからな」

「いくらのんびりしてても、預かった息子が修業を終えたことを知らせない店はねえだろ！」

本当に修業は終わったのか、と弥一郎は再び訊ねる。だが、男はそっぽを向いて返事をしようとしなかった。

そういえば、上方に料理修業に行った息子がいると聞いたことがある。名前は確か、彦之助《ひこのすけ》……伊蔵も弥一郎も『彦』と呼んでいたし、この男に間違いないだろう。

弥一郎が呆れ果てる一方で、彦之助は店をぐるりと見回して訊ねる。

「それで、親父は？　まさか病《やまい》でも……」

この時刻に源太郎が店にいないのは珍しい。どんなに無鉄砲でも親は親、具合でも悪いのかと心配になったのかもしれない。

ところが弥一郎は、そんな弟にあくまでもぶっきらぼうに答えた。

「宝田神社だよ。忘れたのか？　今日は恵比寿講だ」

「恵比寿講……そうか二十日か。うっかりしてた、なにせ上方じゃ十日だったから」

そういえばそうだった、ときよは懐かしく思い出す。

実家は油問屋だから当然恵比寿講のお参りは欠かせない。きよは行ったことなどなかったが、兄たちは時折連れていってもらっては、大根漬けや熊手を抱えて帰ってきた。熊手には興味はなかったが、塩気のある糠漬けや麹《こうじ》を使った甘いべったら漬けが楽しみで、兄たちの帰りを待ちわびたものだ。そしてそれは、江戸のように神無月《かんなづき》の二十日ではなく、十日と決められていた。

「上方《かみがた》に三年もいりゃあ、あっちの色に染まっちまうのも無理はねえな」

「染まってなんていねえよ。言葉だってこっちのままだろ！」

「なにをそんなに怒っているんだ……。まあいい、とにかく親父《おやじ》はいねえよ。おまえは、おふくろに顔を見せてこい」

「ああ、そうする」

「おきよちゃん、それはあたしが……」

とらが、きよが持っていた笠に手を伸ばしながら言う。すかさず弥一郎が、声をかけてきた。

「おとら、笠は彦之助に返せ。ここに置いておく理由がねえ。おきよ、注文が山積みだ。さっさと戻ってくれ」

「あ、はい」

即座にきよは板場に戻る。弥一郎と伊蔵の間に収まったきよを見て、彦之助が目を見開いた。

「どういうことだ？ そいつ、女じゃねえか……」

「うるせえ。おまえにかまってる暇なんてねえんだ。さっさと家に行け！」

弥一郎に叱りつけられ、彦之助は渋々《しぶしぶ》笠を受け取る。振り向きざまにぶつけられた視線がひどく険しい。誰かからあんな目で見られたのは初めてだ。表情と口ぶりから、きよが板場に入ったことが気に入らないのは明白だった。

前々から、女の料理人を面白く思わない人はいるだろうと思っていた。だが、源太郎や弥一郎は気にするなと言うし、伊蔵もとても優しくしてくれる。上田は言い出した張本人だし、他の客は面白がりこそすれ、不快な目を向ける者はひとりもいなかったのだ。最初のひとりが彦之助、しかも彼は源太郎の息子である。修業を終えて帰ったと言うからには、当面彼はここに留《とど》まるのだろう。源太郎や、その妻のさとは奉公人たちにすら、あれほど親身になってくれる人たちだ。たとえ勝手に逃げ帰ってきたのだとしても、息子を追い出すとは思えない。

以前、料理人のひとりだった欣治《きんじ》が暇《いとま》を取るにあたって、後釜をきよにという話が出たとき、きよは源太郎の下の息子の存在を気にした。上方で修業中の息子を呼び戻すのではないかと思ったのだ。そんなきよに清五郎は、源太郎にも弥一郎にもそのつもりはなさそうだ、と言っていた。だが、それはあくまでも清五郎の想像、しかも過去の話だ。いざ帰ってきて奉公先がないとなったら、『千川』で……と考えかねない。その場しのぎに過ぎなくても、とりあえず板場に入れようと思うかもしれない。

そうなったらきよの席はなくなる。主《あるじ》の息子を押しのけて居座るなんて、無理すぎる相談だった。

——せっかくお客さんの前で料理することにも慣れて、これから様々な工夫を、と思っていたところだったのに……

なんのかんの言っても、板場の仕事はやり甲斐があるし、楽しみでもある。下働きに戻れば裏に入れて気楽なことは確かだが、彦之助がいるのであれば話は別だ。毎日、あんなふうに敵《かたき》でも見るような目を向けられては、同じ店で働くことすら恐くなる。

腹立たしげに去っていく彦之助を見送りながら、きよは肩を落とした。


上方《かみがた》から戻ってきて数日の間、彦之助が『千川』に姿を現すことはなかった。本人はかなりの急ぎ旅だったと言っていたそうだから、疲れを癒やしていたのだろう。

このまま『千川』に関わらないでいてくれればいいのに……と我ながら意地が悪いとうんざりしそうなことを思ったものの、そんなに都合のいい話があるはずもない。彦之助が店にやってきたのは、霜月《しもつき》初日のことだった。

「親父《おやじ》、今日から俺も店に出るぜ」

彦之助は、畳んだ前掛けを懐《ふところ》から出しながら源太郎に声をかけた。源太郎が、やけに面倒そうに答える。

「もう旅の疲れは取れたのか?」

「おう。ばっちりだぜ。なんと言っても俺は若いからな!」

「なに言ってんだか。ここ数日、飯を食ってはぶっ倒れるみたいに寝ちまってたじゃねえか」

「おかげで元気いっぱい。こうして働きに来たってわけだ」

「あいにく手は足りてるんだよ」

「手は足りてる? そんなわけねえだろ。足りねえからこそ、あんなやつが板場に入ってるんじゃねえのか?」

聞こえよがしの声が飛んでくる。『あんなやつ』が誰を指すかなど、言われるまでもない。その証拠に、源太郎ばかりか清五郎やとらまできよを振り返った。

「気にかけるんじゃねえぞ、おきよ」

伊蔵がこちらも見ずに声をかけてくれた。俯《うつむ》いたまま、囁《ささや》くような声だったのは、彦之助や源太郎に気取られぬようにという配慮からだろう。幸い彼らの耳に届いた様子はない。ただ、弥一郎にだけは聞こえたようで、彼は包丁を止めて伊蔵を見た。

「す、すみません……」

蚊の鳴くような声で伊蔵が詫びた。きよを庇う、すなわち彦之助を悪く言うことだとわかっているのだろう。ところが弥一郎は咎《とが》めるどころか、さらに言葉を足した。

「伊蔵の言うとおり。おきよは立派にやってる。胸を張ってろ」

毎日並んで仕事をしている弥一郎と伊蔵が認めてくれている。しかもわざわざ慰めてくれた。それが嬉しくて、きよは笑みを浮かべる。だがそのとたん、飛んできたのは不機嫌きわまりない声だった。

「板場でにやにやするなんて、料理人の風上にも置けねえ。真剣みの欠片もない。間に合わせにしたってひどすぎるじゃねえか」

彦之助の声は店中に響き渡り、客たちも何事かと窺《うかが》っている。さすがにまずいと思ったのか、源太郎がきっぱり言った。

「ここは俺の店だし、板長は弥一郎。誰を板場に入れるかは、俺たちが決めることだ。おまえが口出しすることじゃない」

「だったら俺はなんのために上方《かみがた》に行ったんだよ！　いっぱしの料理人になってこの店に入るためじゃなかったのか？」

「今は商《あきな》い中だ。おまえにかまってる暇はねえ。いいから家に戻れ！」

源太郎に一喝され、彦之助は渋々《しぶしぶ》店を出ていった。源太郎はすぐにきよのところに来て言う。

「すまなかった。気を悪くしないでおくれよ。あいつはがきのころから我《わ》が儘《まま》で、このままじゃろくなことにならねえ、ってんでよそに修業に出した。外の釜の飯を食えばちったあましになると思ったんだが、どうにも……」

効き目が薄かったようだ、と源太郎はしょんぼりしている。弥一郎が、慰めるように言う。

「親父《おやじ》のせいじゃねえよ。おふくろが甘過ぎた。末の子だからって、あれだけ猫かわいがりされたら駄目にもなる」

「そうは言ってもなあ……」

親子はしきりに嘆き合う。そんなふたりを見ていたきよは、うっかり笑い出しそうになった。

末の子をよりかわいがるのは、上方も江戸も変わらない。その挙げ句、甘ったれになったことを嘆くのも同じだし、外の釜の飯でも食わせれば、と考えるところも同じらしい。もっと言えば、外に出たからといって必ずしもしっかりするとは限らないところまで……

それを思えば、清五郎はまだましなのかもしれない。逢坂にいられなくなるほどの騒ぎを起こしてしまったけれど、江戸に来てからは真面目に励んでいるし、きよへの思いやりもずっと深くなった。飯炊きや汁の拵《こしら》え方を覚え、振売《ふりうり》からお菜も買えるようになった。自分に自信がなく、なにかといえば落ち込んでばかりのきよを励まし、料理人になればいい、姉ちゃんならできると言ってくれたのも清五郎だ。

洗濯や掃除はともかく、気持ちの上ではこちらが面倒を見てもらっているのかもしれない……

そんなことを思っていると、清五郎が料理を取りに来た。盆に皿を載せながら、弥一郎がため息をつく。

「同じ末の子だってのに、なんで彦はああなんだろ。いっそおまえの爪の垢でも煎じて飲ませてえぐらいだぜ」

「へ、俺？　それはあんまりおすすめできませんぜ。なんせ俺は与力様相手に騙《かた》りをしでかすような男……」

照れ隠しのようにおちゃらけて返す清五郎に、源太郎が言う。

「それは、もうそろそろ忘れていいんじゃねえか？　確かに褒められるようなことじゃなかったが、あの一件のおかげで今がある。上田様は親子揃ってご贔屓《ひいき》にしてくださるし、おきよが作る座禅豆《ざぜんまめ》や田楽《でんがく》は大人気。おまえだって近頃はめっきり真面目になって、他人様の命まで救ったぐらいだ」

「そういうことだ。清五郎とあいつは全然違う。これからもその調子で頼むぜ」

「へい」

耳を赤く染め、清五郎は料理を運んでいく。清五郎らしからぬ短い返事に、冗談でごまかしたくない喜びが溢《あふ》れているようだった。


翌日、『千川』にやってきたきよは、裏に入ってぎょっとした。いつもどおり、青物を洗うことから始めようと思ったところ、洗い場が泥だらけになっていたのだ。誰かが使ってそのままにしたのだろうか、と思いかけたが、弥一郎は裏の洗い場を使わないし、他の奉公人にしても洗い場を汚しっぱなしにする者はいない。しかも、昨夜帰るとき、まだ洗っていない青物も芋もなかった。日が暮れてから青物が届くことなどないのだから、洗い場が泥で汚れるはずがないのだ。

いずれにしてもこれでは仕事ができない。とにかくきれいにしてから……と井戸に水を汲みに行く。砂と土が混ざった汚れを洗い流し、必要な青物を洗い終えたのは、いつもよりずっと遅い時刻だった。

「すみません……」

「珍しいな、こんなに手間取るなんて」

いつもより量が多かったわけでもあるまいに、と弥一郎が呟く。

そこで、洗い場が汚されていたことを言えばいいようなものだが、きよは告げ口ができる質《たち》ではない。誰かが使ったあとうっかり掃除し忘れたのであれば、その人が責められることになってしまう。滅多にあることではない……と呑み込んで、へっついの前に座った。

ところが、難儀は洗い場だけに留《とど》まらなかった。いつもならすっと熾《おこ》る炭が、いつまで経っても燻《くすぶ》るばかりでちっとも赤くならない。どうした？ と覗き込んだ伊蔵が、ちっ……と舌を鳴らした。

「奥がひどく湿気《しけ》ってやがる。なにか噴きこぼしたか？」

「いいえ……」

「だよな……。たとえ噴きこぼしたところで、へっついの床までこんなに湿気ることはねえ」

どっちにしても、これではすぐには使えない。困り果てるきよに、弥一郎が言った。

「仕方ねえ。今日のところはそこのへっついを使え。ただし、おきよに回る仕事は増えるぜ」

二口あるからな、と言いつつ弥一郎が顎《あご》で示したのは、通路にあるへっついだ。料理人を目指すことを決めたときからずっと使っていたし、この間もそこで座禅豆《ざぜんまめ》と餡《あん》を一緒に煮たばかりだ。お馴染みすぎる場所ではあるが、やけに気持ちが塞ぐ。

——なんだか、昔に戻ったみたい……

餡を煮たときはやむを得ない事情だった上に、やっぱりお客さんの目に触れないところは気楽だとまで思った。けれど、こう立て続けに奥ばかりとなると、それはそれで後戻りしたような気持ちになる。

いつの間にかきよの中にも、料理人は店に出てこそ、という思いが育っていたようだ。弥一郎の言ったとおり、その日は忙しかった。二口のへっついを使って、すぐに客に出す料理と明日以降の仕込み、つまり長い時間をかけて煮込む料理を同時に作ることになったからだ。片方は強火、もう片方は弱火と火加減もこまめに調節せねばならなかったが、なんとか無事にこなせた。それどころか、仕事が終わったときには弥一郎に褒められたほどだ。

「おきよに二口のへっついを任せると、こっちが楽できていいな」

伊蔵は伊蔵で嬉しそうに言う。

「仕込みが半分ぐらい片付いちまった。明日はちょいと朝寝できるかも……」

「そうはいくか。他にも仕事は山ほどある」

弥一郎に窘《たしな》められ、うへっと伊蔵が首を竦《すく》めた。始まりは散々だったけれど、なんとか無事に一日を終えられたことにほっとしつつ、きよは帰り支度をする。そこにやってきたのはまたしても彦之助だった。前掛けを外したきよをじろじろ見ながら言う。

「なんだ、こいつもう上がるのか？」

「ああ、きよは通いだからな」

「通い？　奉公人にそんな我《わ》が儘《まま》を言わせてるのかよ。『千川』も落ちたもんだな」

ひどい言い草だが、あながち間違ってはいない。上方《かみがた》にしても江戸にしても、所帯を持っていない奉公人は住み込みが常だ。たまたまきよたちの父親が源太郎と懇意で、弟と一緒に逢坂からやってきたという事情がなければ許されなかったかもしれない。

現に、ひとり者の伊蔵もとらも住み込みで働いている。きよと清五郎が我が儘だと言われれば、返す言葉がなかった。

しょんぼりと俯《うつむ》くきよに、彦之助は鬼の首でも取ったように言う。

「店を閉める前に帰っちまうような奉公人なんて聞いたことがねえ。こんな女に任せるぐらいなら、俺がやったほうがずっと店のためになる」

「黙れ。おまえには関わりのない話だ。なにより、ここから先は店の客も減るし、今日のうちにできる仕込みもあらかた終わってる。三人でぼけっとしてる必要なんてねえんだよ！」

そして弥一郎は、唇を尖らせた彦之助を尻目に清五郎に声をかける。

「清五郎、さっさと姉ちゃんを連れて帰れ！」

「へーい」

清五郎はすぐさま前掛けを外し、くるくると丸めて懐《ふところ》に突っ込む。さあ帰ろうと、袖を引っ張られ、きよは『千川』をあとにした。

「なんて嫌な男なんだろう！」

『千川』を出てしばらく歩いたところで、清五郎が吐き捨てるように言った。ここまで来れば、店に聞こえることはないと思ったのだろう。

「あれが息子だなんて信じられねえよ。旦那さんも奥さんもものすごくいい人だし、板長さんだって口下手だけど心根は真っ直ぐで温かい人柄じゃねえか。本当に血が繋がってるのかよ。もしかしたらもらい子じゃねえのか？」

「滅多なことを言うんじゃありません。誰かに聞かれたらどうする……って言うより、誰も聞いてなくても言っていいことじゃないわ。あんたは相変わらず考えなしなんだから……」

ぎょっとして言い返すきよに、清五郎はふん、と鼻を鳴らす。

「本当に考えなしだったら、あの場で言い返してるよ」

「そんなことをしたら喧嘩になるじゃない！」

「なったところで平気の平左《へいざ》だ。板長さんの言うとおり、あいつは『千川』には関わりのねえ男なんだからな」

「そんなはずないでしょ。旦那さんの息子さんなのよ？　面倒なことになりかねないわ」

「まあな。だからこそ黙って、しかもさっさと帰ってきたんだ。俺だって、子どもの喧嘩に親が出る、の面倒くささは身に染みてるよ。ま、旦那さんたちがそんなことをするとは思えないけど、君子《くんし》危うきに近寄らずってなもんだ」

そんな言葉をよく覚えていたものだ、と思うのと同時に、頭に血が上っているようでも心得るべきことはちゃんと心得ているのだと安心する。それに、よく考えれば清五郎が腹を立てているのは、きよのためなのだ。感謝こそすれ、叱り続けるのは酷というものだろう。

「わかってるならいいわ。あの人の物言いには私もちょっと肝が焼けるけど、それこそ関わりのない人。聞き流すように努めるわ」

「だな。誰がなんと言っても、姉ちゃんは『千川』の料理人だ。客からの人気も高い」

「そうなの？」

　きよは思わず弟を二度見した。客からの人気が高いなんて聞いたことがなかったし、思ったことすらなかったからだ。

　清五郎は、目をまん丸にしたきよに笑いながら答える。

「なんて顔だよ。でもまあ無理もねえ。客の声はよっぽどじゃない限り、板場までは聞こえない。どっかの与力みたいに大声なら別だけど」

「上田様を悪く言うんじゃありません。それで？　私、本当にお客さんの人気が高いの？」

「間違いねえよ。常連さんの中には姉ちゃん贔屓《びいき》が山ほどいる。その証に、真ん中のへっついが空いてると、まあ訊かれる訊かれる……」

　前に餡《あん》を煮た日も、今日も同じだった。板場に目をやってきよの姿がないと知るや、客は注文より先に訊ねてきた、と清五郎は言う。

「けっこう真面目な顔でさ、『あの女料理人は何処《どこ》に行った？　まさか暇《いとま》を出されたわけじゃねえよな？』ってさ」

「暇を出された？　暇を取った、じゃないのね……」

そこで清五郎が噴き出した。しばらく笑い続ける様を怪訝《けげん》に思いながら見ていると、ようやく笑いやめて言う。

「姉ちゃん、自分じゃ首になったりしねえ、辞めるなら自分からだって思ってるんだな」

「え……」

「そりゃそうか。姉ちゃんはもともと料理好きだったけど、店に出てまでなんて考えてなかった。言い出しっぺは上田様、旦那さんや板長さんにも望まれて、鳴り物入りのご登場だ。暇《いとま》なんて出されるわけがねえよな」

「別に私は……」

「はいはい、姉ちゃんが、そこまで考えちゃいねえってことはわかってるよ。そんな自信家だったら心配ねえし。でも、前に比べりゃ、ちょっとは自信ってものが出てきたんだなーって思っただけ。でもって、客は本当に姉ちゃんを気に入ってるよ。姉ちゃんって言うか、姉ちゃんの料理を」

「私の料理？　それは座禅豆《ざぜんまめ》とか田楽《でんがく》、素麺《そうめん》に限ったことでしょ」

きよが板場に入るようになったのは、それまでいた欣治が暇を取ったからだ。

料理人として店に出たはいいが、欣治の仕事をそのまま引き継ぐのは無理だろうということで、欣治の仕事を伊蔵が、伊蔵の仕事をきよが、と玉突きにした。その際、作り方はほとんど伊蔵が教えてくれたし、もとから『千川』で出していた料理だ。きよが考えた料理だけは別だが、それ以外なら大差ないはずだ。

ところが清五郎は、なぜか得意げに言う。

「それが違うんだなあ……。それこそ伊蔵さんには内緒だけど、もともとあった料理にしても、前より旨くなったって言ってる」

「そんなはずはないわ。どれも伊蔵さんに教わったものだもの。お客さんの舌が変わったんじゃないの？」

「ひとりやふたりならそうかなと思うけど、年明けからこっち、けっこうな数の客に同じことを言われた。もちろん、こっそりだけど」

主《あるじ》や奉公人が気のいい店は、気のいい客が集まる。料理の作り手が変わったからと言って、あからさまに比べるようなことはしない、と清五郎は語る。ただ、食べた瞬間に小さく呟くのだと……

「呟くってなにを？」

「『へえ……』とか『お……味が変わったか？』とか。先に言っとくけど、そういう客はみんな嬉しそうだ。俺も気になってついつい見ちまうんだけど、箸が止まらねえ感じ。あれは、旨くなったと思ってるに違いねえ」

「そうだったの……」

「そう。ってことで、姉ちゃんが板場にいねえと客はがっかりするんだ。今日なんて、品書きを指さして、こっそり訊いてきた客がいたぐらいだぜ。『こいつを食いてえんだが、あの女料理人はいねえのか？』ってさ。このところずっと姉ちゃんが作ってた料理だよ。俺が、今日は裏でやってます、って言ったらほっとしたように注文したよ」

同じ料理、同じ作り方でも料理人によって味が変わることがある。醤油や味醂《みりん》、塩や味噌を同じように入れたつもりでも、わずかな差で出来が異なる。入れる順番によって、風味が変わることもあるのだろう。『千川』の客は味にうるさいから、伊蔵ときよの差をちゃんと感じ取っているに違いない、と清五郎は断定した。

「そんなこんなで、姉ちゃんが暇《いとま》を出されることはない。たとえあの胸くそ悪い野郎が押しのけようとしたって、旦那さんも板長さんも、なにより客が許さねえ。真ん中のへっついは姉ちゃんの場所、どっかと胡座《あぐら》を掻いているがいいさ」

「胡座なんて行儀が悪いことできないわ」

「そうかい？　板長さんはときどき胡座を掻いてるし、近頃は伊蔵さんだって……」

「あのふたりは男。私はこれでも女なのよ！」

「おっといけねえ、そうだった。あんまり気っ風がいいからつい……」

「清五郎！」

「ほらほら、そんな恐い顔をするから……」

そんなふざけ合いをしているうちに、いつもの曲がり角に出た。清五郎はここで折れて湯屋へ、きよは先に戻って飯の支度を、というのが常である。じゃあ、と手を上げて湯屋に向かう弟を見送って、きよはにっこり笑う。

今日は朝から気落ちするようなことが続いた。彦之助にも酷いことばかり言われた。あれだけきよを悪く思っていると知れば、洗い場の汚れもへっついの床の湿りも、彦之助の仕業《しわざ》のような気がしてくる。証拠もないのに決めつけるのはどうかと思うけれど、どちらもきよが使うとわかっている場所だし、仕事を妨げるつもりなのはあきらかだ。

伊蔵やとらと喧嘩をしたわけでもないのに、いきなりそんな悪さを仕掛けられるとは思えない。だとしたらやはり彦之助……さっきの物言いからしても、彦之助はとにかくきよが気に入らないのだろう。これからもこんな嫌がらせが続くのかもしれない。きよが逃げ出すまで……

正直、明日からのことを思うとため息が止まらなくなりそうだった。それでも、清五郎と話したおかげで、落ち込んでいた気持ちが軽くなった。仕事仲間だけでなく、客たちもきよの存在を受け入れ、料理を楽しんでくれている。清五郎が今、この時にそれを知らせてくれたのは、きよにとって一番の薬になるとわかっているからに違いない。ずっと一緒に育ってきた弟ならではの心遣いだった。

――清五郎がいてくれて本当によかった。夕飯は朝の残りの飯と味噌汁に香の物で済ませようと思っていたけど、食いしん坊のあの子のために、なにかもう一品工夫してやろう。せめてもの感謝の印だ。清五郎はいつも烏《からす》の行水だから、あっという間に帰ってくる。買い置きの材料でなにか……そうだ、わざわざ作らなくても、棒鱈《ぼうだら》の煮物があったわ！

棒鱈は魚の鱈《たら》を干して作る乾物で、からからに乾いた様が棒のように見えるところから名付けられた。魚にもかかわらず、長く置いても傷《いた》むことがない重宝《ちょうほう》な食材だが、なにせ料理に手間がかかる。水で戻すだけでも早くて五日、どうかすると六日、七日……その上、煮込むのに一刻ほどもかかってしまう。

それでもしっかり煮染《にし》めた棒鱈はしみじみ旨いし、一緒に煮た油揚げや芋は魚の旨味を吸って堪《こた》えられない味わいとなる。おまけに鱈は『たらふく』食べられるに通じ、極めて縁起のいいものとされている。だからこそ、時折求めては毎日水を替えながら戻し、油揚げや青物と炊き合わせているのだ。

ちょうど今朝、六日かけて戻した棒鱈を芋と煮てきたところだ。本当は明日のお菜にしようと思っていたけれど、今夜少し出してやろう。魚は食べ応《ごた》えがあるし、清五郎も棒鱈は大好きだから、きっと喜んでくれるはずだ。

棒鱈だ！　と歓声を上げ、もうひとつ芋をおくれよ、と擦り寄ってくる清五郎を思い浮かべ、きよはにんまりと笑った。

翌日、また汚されていたらどうしよう、と思いつつ裏に入ったきよは、洗い場を見てほっとした。土も砂もなくきれいな状態で、ひやひやしながら見に行ったへっついの奥も、湿ってはいなかった。

ところが、ふと見たら水がない。まったくないわけではないのだが、昨日は水瓶《みずがめ》にたっぷりあった洗い物用の水が、今は半分以下になっている。

自分が帰ったあと、そんなに洗い物が出たのだろうか……と考えてみたが、そんなはずはない。二口のへっついを使ったおかげで仕込みはほとんど終わっていたから、鍋や釜を洗う必要はない。きよが帰ってから店を閉めるまでの間に来る客はそんなに多くないのだから、使う器だって高《たか》が知れている。

この水瓶に入っているのは井戸水だ。料理に使うのは水売りから買った塩気のないものだし、朝届いたらしき青菜も芋もまだ洗っていない。水かさがそれほど減る理由は思いつかなかった。

いずれにしても、残っている分では朝のうちに底をついてしまう。まずは水を汲むところからだった。

桶を持って井戸に行く。つるべを手繰《たぐ》り、水を移した桶を持ち上げようとしたところで、違和感を覚える。いつもなら、楽々持ち上げられるのに、ひどく重く感じたのだ。やむなく水を減らす。これでは何度も行ったり来たりすることになるが、ふらついて水をこぼすよりましだった。

井戸と洗い場を二度、三度と往復していると、彦之助がやってきた。六分目ほどしか水が入っていない桶を見て、嘲《あざけ》るように言う。

「それっぽっちしか運べねえのか。これだから女ってやつは……。それじゃあ、いつまで経っても洗い物が終わりゃしねえ」

「すみません」

相手をしていてはますます仕事が遅くなる。一言だけ告げて、きよはさっさと水を運ぶ。それがさらに気に入らなかったのか、彦之助は重ねて言う。

「そもそも、朝一番で仕事ができるように支度ができてねえ、ってのがおかしいだろう。水が足りないなんてあっちゃならねえことだ。なんだっておまえみたいな女が料理人でございって顔で居座ってやがるんだ」

ああそうか……と合点《がてん》がいく。やはり嫌がらせをしていたのは彦之助だ。

昨日は洗い場とへっついだったが、今日の悪さは水瓶《みずがめ》だった。おそらく彦之助は、きよが帰ったあとこっそり水瓶の水を捨ててしまったのだろう。

どこまでも意地の悪い男だ、とうんざりしたところに、やってきたのは源太郎だった。

「おきよ、ここにいたのか。与力様がお越しだ。なにやらおまえにお話があるとか」

「はい、ただいま」

水瓶はまだいっぱいにはなっていないけれど、夕方ぐらいまでなら間に合うだけの量を汲んだ。あとは暇を見て足せばいい、ということで、きよはさっさと店に戻る。

後ろで彦之助が舌を鳴らす音がした。おそらくもっと皮肉を言いたかったのだろう。

「おお、きよ。朝から呼び立てて済まぬな……おや、どうした？」

そこで上田は、まじまじときよの顔を見た。泥でもついているのかと慌てて擦ってみる。

「これ、女子《おなご》がそのように強く顔を擦るでない。なにもついてはおらぬ」

「そうですか……ではなぜ？」

「いつもより顔色が優れぬようじゃ。どこぞ具合でも悪いのか？」

「いいえ。おそらく寒い外で水を汲んでいたからでしょう」

「水を汲んでいた？　力仕事をしていたのであれば、むしろ血の気がよくなりそうなものじゃが……。まあいい、具合が悪くないのなら、ひとつ頼まれてくれないか」

「と、もうしますと？」

この与力の頼みというのは、おおむね母親がらみだろうな、と思いつつ、きよは上田の言葉を待った。

「先日、きよが届けてくれた菓子が大層旨かった。わしやおふくろ様は言うに及ばず、ゆうも気に入ったようでな。おふくろ様はそれを察して、ご自分ではほとんど召し上がらず、ゆうに譲ってしまわれた。さぞや心残りであろうと……」

りょうはつくづく優しい人だ、ときよは改めて思う。

二色のきんつばを届けたとき、きよははっきりお礼だと伝えた。だからりょうは、自分たち親子のために作られた菓子だとわかっていたはずだ。あれほど美味しそうに召し上がっていたにもかかわらず、大半をゆうに譲ったのは、ゆうの身体を回復させたいという思いと、身の上を気の毒に思う気持ちの両方からだろう。もしかしたら、元の屋敷に戻ったらもうこんなに美味しいお菓子は食べられない、と思ったのかもしれない。それを告げに来る上田も優しい人だった。

優しい人の優しい息子がすまなそうに言う。

「そこで相談なのじゃが、あの菓子を今一度拵《こしら》えてもらうわけにはいかぬかのう……」

珍しく言いづらそうな様子なのは、『千川』が菓子屋ではない以上、きよの仕事に菓子作りは含まれていないとわかっているからに違いない。

それでもあえて頼みに来た。りょうはもちろん、自分がもう一度食べたい気持ちもありそうだ。それほど美味しかったのか……ときよは嬉しくなってしまった。

「わかりました。ただし、すぐにというわけにはいきませんが、それでもよろしければ」

前回は上田家に世話になった礼だったから、店で作ることを許された。だが、次はそうはいかない。自《おの》ずと帰ってからになるし、そうなると使える時間は限られる。小豆《あずき》の餡《あん》を煮る、赤芋の餡を煮る、それらを丸めて溶いた粉をつけて焼く、と何日にも分けて作っていくことになるから日数がかかってしまうだろう。そもそも、小豆や赤芋を買うところから始めねばならないのだ。

「日がかかる、か……。もっともな言い分じゃな。きよは菓子職人ではない。そうそう菓子を作るわけにはいかぬし……ううぬ、なるべく早く、おふくろ様に召し上がっていただきたいと思っていたが、残念無念……」

そこで上田はちらちらと源太郎を見る。なんとか仕事中に菓子を作る許しを得られないか、という下心が透けて見えるようだった。

源太郎も察したのか、苦笑まじりに答えた。

「おきよ、他ならぬ上田様の頼み事だ。菓子を作って……」

「あら、またお菓子を作るの？」

いきなり嬉しそうな声が聞こえた。驚いて振り向いてみると、声の主はさとだった。

さとは源太郎の妻ではあるが、『千川』で働くことはない。嫁に来てすぐのころは、洗い物をしたり、料理を運んだりしていたそうだが、弥一郎が生まれたあとは子育てと家のことに専念するようになったという。

日中に店に来るなんて珍しい、なにかあったのだろうかと思っていると、さとは源太郎に話しかけた。

「この間のお菓子、とても美味しかった。どうせならたくさん作ってもらいましょうよ。そうすればみんなで食べられるし。ね、おとらもそう思うでしょ？」

いきなり話を振られたとらは、驚きつつもこっくり頷く。さとは我が意を得たり、とばかりに言う。

「ほらね。小豆《あずき》と赤芋なんてそう値が張るものでもないし、みんなよく働いてくれるんだから、ご褒美にお菓子をあげてもいいじゃない。かかり切りになれば、たくさん作れるでしょう？」

「そうだな……」

「ちょっと待ってくれよ」

そこで大乗り気のさとと、なし崩しに許しを与えようとした源太郎を止めたのは弥一郎だった。

「おきよに菓子にかかり切りになられたら、板場はどうなるんだよ」

「あら弥一郎、前のときは大丈夫だったんでしょう？　だったら……」

「百歩譲って上田様の分だけならまだしも、おふくろや奉公人の分までとなったら一日がかりになるかもしれない。おまけに今日は縁日だ。客の入りが全然違うんだよ」

三人でも回しかねるのに、ひとり欠けては話にならない、と弥一郎に仏頂面《ぶっちょうづら》で言われ、源太郎はすんなり頷いた。

「そうだった、そうだった。確かに今日は縁日、前の時は縁日の明くる日だった。客の数は段違いだな」

「だろ？　上田様、申し訳ございませんが……」

「わかった。待つとしよう」

弥一郎に言われ、とうとう上田も諦めたようだ。だがあまりにも残念そうな姿に、ついきよは口を開く。

「上田様の分だけなら私が家で作ってきます」

「一日店で働いて、帰ってから菓子を作るつもりか？　おまえのことだから、あまり待たせるのは……とかなんとか言って、夜通し餡《あん》を練りかねない」

そんな無理はさせられない、と弥一郎は言う。源太郎は源太郎で、心配そうにきよを見た。

「そうだなあ……。さっき上田様もおっしゃっていたが、なにやら今日のおきよは顔色が冴えない。無茶はしないほうがいい」

また顔色の話か……とうんざりする。上田家にきんつばを届けたときにりょうにも言われたし、今日は上田、源太郎とふたりがかり……いったいどうしたことだろう、と思いつつ、きよは答えた。

「大丈夫です。あれぐらいのお菓子なら……」

「無理をして身体でも壊されたら、困るのは店のほうなんだよ！」

弥一郎に叱りつけるような調子で言われ、きよは思わず首を竦《すく》める。ただ、店が困るというのは本当にしても、裏にきよを心配する気持ちがたっぷり込められているのはわかった。

源太郎が上田に頭を下げて言う。

「上田様、申し訳ございやせん。そんなわけで、しばらくお待ちいただけると……」

「おまえさん、なにも上田様をお待たせしなくても、いい策があるじゃないか」

「というと？」

源太郎、上田、弥一郎、伊蔵、そしてきよもさとの顔に見入る。おそらく清五郎やとらも聞き耳を立てているだろう。衆目を浴びても、さとは一切臆する様子もなく、口を開いた。

「うちにはもうひとり料理人がいるだろ？」

「もうひとり……って？」

きょとんとした源太郎に、さとは呆れたように言う。

「しっかりしておくれよ。いるじゃないか、彦って料理人がさ」

きよが菓子を作っている間、彦を店に出せばいい。十分間に合うはずだ、とさとは自信たっぷりに言い切った。

「馬鹿なことを」

弥一郎はふん、と鼻を鳴らし、相手にもしない。なおもさとは繰り返す。

「なにが馬鹿なんだい？　彦は三年も上方《かみがた》で修業を積んできたんだ。すぐさま店に出たって支障はないさ。ね、彦、できるよね？」

　そこでさとは、上田の後ろにいた彦之助に訊ねた。いつの間に近づいていたのだろう、と思っていると、彦之助は得意満面で答えた。

「あたぼうよ。料理修業を始めたばかりの女よりよっぽど役に立つ。与力様はその女の菓子をご所望なんだから、菓子を作らせればいい。かわりに俺が板場に入る」

「ね、これで万事解決。さ、おきよ、今日は存分に菓子をお作り。のんびりやっていいよ。今日のあんた、本当に顔色がよくない。なんなら、しばらく板場は彦に任せて、裏でゆっくりするといいよ」

　そう言ったあと、さらにさとはだめ押しする。

「奉公人とは言っても、おきよは大事な預かりもの。何かあったら親御さんに申し訳が立たないよ」

　これには弥一郎も源太郎も二の句が継げなかった。

　結局その日、きよは裏で菓子を作り、彦之助が板場に入ることになった。

　上田も、そろそろ勤めに戻らねばならないと帰っていった。菓子ができ次第お届けします、と源太郎が告げたあと、なにか言いたそうにきよを見たものの、結局そのまま出ていった。

　今日のうちに菓子ができるとわかってほっとしたはずなのに、なにやら心配そうだったのは、彦之助がきよを面白く思っていないことを察したせいかもしれない。あるいは、心配がやまぬほど、顔色が冴えなかったのか……

いずれにしても、きよにとってはいい方向に進んでいるとは思えない。さとが滅多に来ない店にやってきたのも、実は彦之助を板場に入れろと進言するためだったのではないか。明日以降、自分は板場に戻れるだろうか……

募《つの》るばかりの不安を振り払うように、きよは小豆《あずき》を洗い始めた。

つい先頃作ったばかりということもあって、二色のきんつばは思ったよりずっと早く仕上がった。さっさと板場に戻りたいという気持ちから、前のとき以上に素早く手を動かした。本来ならもう少し冷ましてから……と思うほどの熱さの餡《あん》も、手を水で冷やしながらせっせと丸めたのだ。

「板長さん、できました」

少々誇らしげな気持ちで知らせると、弥一郎は彼にしては珍しく満面の笑みで答えてくれた。

「そうか！　早かったな！　じゃあ清五郎にでも……」

そう言いながら、弥一郎は目を上げて清五郎を探す。ところが、清五郎はもちろん、とらも源太郎も客の相手でそれどころではない様子……。弥一郎の読みどおり、縁日で参詣帰りの客が詰めかけたようだ。

まいったな……と呟いたあと、弥一郎はふと隣を見て軽く頷いた。打ってつけの男がここにいた、と思ったに違いない。

「彦、ちょいと……」

「やだよ」

言い終えもしないうちに彦之助に拒まれ、弥一郎は目を見開いた。

「なんだと？」

「どうせあの与力のところに菓子を届けに行けって言うんだろ？　遣いならその女にさせればいいじゃねえか」

「うるせえ、そこはおきよの居場所だ。さっさとあけろ」

「やりかけの料理があるんだよ！　それに、その女の顔色、ちっとも戻っちゃいねえじゃねえか。ゆっくりやれって言われたくせに、大車輪でやっちまったせいでますます草臥《くたび》れちまったんだろ？　おっかさんも言ってたとおり、今日はのんびり裏仕事のほうがいい」

言葉だけなら、きよを思いやってくれているように聞こえる。だが、心底彦之助が気遣ってくれているとは思えない。その証に、彦之助の顔には嘲《あざけ》るような笑みが浮かんでいる。おそらく、奉公人に無理をさせたくない源太郎や弥一郎の気持ちを逆手に取って、きよを板場から遠ざけたいだけだろう。

弥一郎は改めてきよの顔を覗き込み、あきらめ顔で言った。

「彦の言うとおりみたいだな……。このところ忙しかったから、疲れがたまっちまってるんだろう。やっぱり遣いはきよが……いや、上田様の屋敷まで歩くのも難儀か……」

「だ、大丈夫です！　お遣いぐらいできます！」

ここまで気遣われて届け物もできないとなったら、本当の役立たずだ。板場に入れないのであれば、遣いに行くしかなかった。

「おーい、料理が遅いぞ！　まだできねえのかよ！」

客のいらだった声が飛んできた。これ以上問答している暇はない。遣いに出ることを決めたきよは、また裏に入って菓子を詰めた重箱を風呂敷に包み始めた。

——彦之助さんは、本当に私を板場に入れたくないのね……というよりも、自分が板場に入りたいんだろう。旦那さんも板長さんもあの調子だし、おかみさんはどう考えてもあの人の味方。心配したとおりだ。この分だと、私は明日になっても店に出られない。彦之助さんはともかく、旦那さんや板長さんに心配されるほど、私の顔色は良くないんだろうか……

薄暗い土間のこと、洗い桶に張った水を覗き込んでみても顔の色はわからない。ただ、今朝、いつもなら楽々運べる井戸の水に難儀した。今も足、とりわけ膝に力が入らない。いつもどおり元気いっぱいと言えないことは間違いなかった。

「姉ちゃん、大丈夫かい？　気をつけてお行きよ」

忙しく動き回りながら清五郎が声をかけてくれた。

ありがとう、行ってきます、と頷き店を出る。大急ぎで行って帰ってきたところで、板場に戻れるわけではない。なんのかんの理由をつけて、彦之助はへっついの前を譲らないだろう。それなら無理をせず、身体を休めることを考えよう。とにかく元気になりさえすれば、少なくとも顔色が戻りさえすれば、板場に入れない理由がひとつ減るのだから……

そんな思いでゆっくり足を進める。けれど、途中からは本当にゆっくりしか歩けなくなって、上田家に着くころには、きよはへとへとになっていた。

「いかがいたした⁉」

『千川』から遣いが来たと聞いて、喜び勇んで出てきた上田は、きよを見るなり二の句が継げないようだった。

菓子を渡してそのまま帰ろうと思っていたのに、とにかく休んでいけと座敷に通され、無理やり座らされた。すぐにりょうもやってきて、驚いたように言う。

「こんなに血の気がないなんて……。この間もあまり元気そうには見えなかったけれど、あのときよりもずっとひどい」

「この間も？」

息子に訊き返され、りょうは呆れたように答えた。

「気づかなかったの？　ずいぶん前に『千川』にお邪魔したときは、頬も薄紅色でそれはそれは溌剌《はつらつ》としていたわ。それなのにお菓子を届けに来てくれたときはなんだか顔が白っぽくて、白粉《おしろい》を塗りすぎたのかと思う程でした。でも、近づいてみたら白粉はうっすらとしかついていないし……」

「それは迂闊《うかつ》だった。今朝は確かに顔の色が悪いと思ったが、そんなに前からのことだったとは……いや、すまぬ……」

無理をさせてしまった、と詫びる上田に、りょうが何事かと訊ねている。ただ、そのやりとりすらなにやら夢の中のことのように思える。どうやらふわふわして膝に力が入らない感じが、頭まで上ってしまったようだ。

「お礼のおかわりを催促に行ったのですか!?　なんという恥知らず！」

りょうの叱る声が聞こえた。きっと上田が、きよがここに来ることになった次第を説明したのだろう。だが、その間に交わされたはずの問答に覚えがない。どうやらすべてが耳を素通りし、急に大きくなったりょうの声だけが届いたようだ。

「いや、わしは母上に喜んでいただきたい一心で……」

「だからといって、そんな無理強いをするなんて。私はちゃんといただきましたし、おゆうさんに力をつけてもらいたいと分け与えたのも私です！　そもそもおきよは料理修業を始めたばかり。ずいぶん慣れたとは言っても、片手間にお菓子を作れるほどにはなっていないはずです」

「それは心配いらぬ。菓子に専念できるように他の料理人を……」

「他の料理人？」

「そうじゃ。上方《かみがた》に修業に行っていた息子が戻ったらしい。きよの代わりにその者が板場に入った。おかげでこうして遣いにも……」

「なんということでしょう!!」

さらにりょうの声が大きくなる。あたりに響き渡るほどの声に、思わず顔をしかめてしまう。心なしか、頭がくらくらする。背筋を伸ばして座っていることができなくなるほど辛《つら》い。

そんなきよの様子に、気づくことなくりょうは話し続ける。

「ではあなたの頼み事のせいで、おきよは裏に押し込められてお菓子を作ることになった。その上、小僧のように遣いに出された、ということなのですね？」

「そんな言い様は……」

そこで上田が言葉を切った。おそらくりょうに見据えられでもしたのだろう。上田は慌てて言い直す。

「いや、母上のおっしゃるとおりです」

「それでは気落ちは必須、顔の色だって失せるに決まって……おきよ⁉」

ゆらりと身体が揺れた。持ち直すことができず、そのまま倒れ伏す。それからあとは覚えていない。次に気づいたときに目に入ったのは、心配そのものという顔で覗き込んでいるりょうの姿だった。

「気がついたのね。よかった……」

「おりょう様……ここは……？」

「私の部屋です。急に倒れたから、慌てて床《とこ》を延べて運ばせました」

「申し訳ありません……」

「いいのよ」

優しい笑顔で、りょうは額《ひたい》にかかっていたきよのほつれ髪を掻き上げてくれた。子どものころ、母がしてくれたような仕草に涙がこぼれそうになる。身体ばかりか気持ちも弱っているようだ。

「寒くはない？」

りょうに訊ねられ、思いのほか身体がほかほかしていることに気づく。少し首を伸ばして見てみると、身体にかけられているのは着物の形をした夜着ではなく、四角い布団だった。

さすがお武家は違うな……と感心したところで、りょうの呟くような声が聞こえた。

「なんだか我が家は、最近具合の悪い娘ばかりがやってくるようね。しかも今日のおきよは、あのときのおゆうさんよりも具合が悪そう」

前に菓子を届けに来てくれたときより、ずっと顔の色が悪い。そればかりか気まで失うとはただ事ではない。大きな病《やまい》かもしれないから、医者に診てもらったほうがいい、とりょうは言う。

だが、きよにしてみればとんでもない話だった。

「病に罹《かか》っている暇などありません。そうでなくても居場所が……」

「居場所？」

うっかり口にしてしまった言葉を、りょうはすかさず捕らえる。じっと見つめられ、やむなくきよは『千川』の現状を語った。ぽつりぽつりと言葉を繋ぎながら、いかに自分が弱音を吐きたかったのかを思い知る。

『千川』に関わりがなく、家族でもない。それでいて上田のように、頻繁に『千川』に現れるわけでもないりょうは、聞き役として絶好の人だった。

「先ほど代わりの料理人が板場に入ったと聞きましたが、てっきり一時のことだとばかり思っていました……」

上方《かみがた》から戻った主《あるじ》の息子が、きよを面白く思っていない。なんとか追い出して、自分が板場に入ろうとしている、と聞いたりょうは痛ましそうな目をして言った。

「同じ奉公人であれば、気にとめる必要はありません、望まれて板場に入ったのですから胸を張って勤めなさい、と言ってあげられるけれど、ご亭主の息子では難しいわね。ましてや、母親の肩入れがあるとなると……」

いかに見込みのある料理人がいようと、所詮は他人。どうせなら我が子を店に入れたいという気持ちはよくわかる、とりょうは眉根を寄せた。

「そう……ですよね。血を分けた息子、しかも上方でしっかり修業をしてきたのですから、腕だって確かに違いありません。私の出る幕など……」

「上方《かみがた》で修業を……それでは、おきよの持ち味も薄れてしまいますね……」

りょうの言葉に、きよは愕然《がくぜん》とした。

単に板場に入れる、入れないだけではない。より深い問題があったことに気づかずにいたのだ。

きよが『千川』で料理人に、と望まれたのは、上方の料理を江戸の人たちの口に合うように工夫する力があったから、すなわち上方と江戸の両方の料理をよく知っていたからに過ぎない。裏返せば、江戸で生まれ育ち、上方で料理修業をしてきた彦之助であれば、きよと同じような工夫ができるだろう。それどころか、家で遊び半分に料理をしていたきよと、上方の店に入って三年も働いた彦之助では比べるべくもない。

りょうに『持ち味が薄れる』と言われるのはもっともだった。

「おりょう様のおっしゃるとおりです。早く店に戻らなければ……」

慌てて身を起こしたきよに、りょうは怪訝《けげん》な目を向けた。

「早く戻るって、どうして？　今日はゆっくりしてきていいとお許しをいただいているのでしょうに」

「ゆっくりしてきていいと言われたからといって、そのとおりにしていたら彦之助さんになにを思われるか……。隙あらば怠《なま》けようとする奉公人なんてろくな者じゃない、なんて言われかねません」

「それはないでしょう。具合が悪くなって休んでいたと言えば済むことです」

「それはもっと駄目です！　ただでさえよく思われていないのに、身体を壊してろくに働けないとなったら、それこそお払い箱にしろとか……」

「でも、具合が悪いのは本当なのですから、無理をしてはいけません」

あまりにも顔色が冴えない。誰かに送っていかせる、あるいは明日までこちらで休ませると『千川』に遣いを出したいほどだ、とりょうに言われ、きよはますますこうしてはいられないという気持ちになってくる。

りょうの気持ちはありがたいけれど、送られるのも、このまま上田家に留《とど》まるのも、好ましいとは思えなかった。

「お邪魔いたしました」

両手をついて挨拶をしたあと、ふわふわする足を踏ん張って立ち上がる。そんなきよを、りょうはなおも引き留めようとした。

「せめてもう少しだけ休んでいかれては？　途中で倒れたりしたら……」

「大丈夫です。立ったり座ったりするのは少し難儀ですが、歩き出してしまえばそれほどでもありません」

そこでりょうが立ち上がった。これ以上引き留めても無理だと察したのだろう。なおも心配そうに寄り添い、きよと一緒に玄関に向かう。

途中で、向こうからやってきた上田に出くわした。

「おお、きよ。具合はどうじゃ？」

「ありがとうございます。お世話をおかけして申し訳ありませんでした」

「もう起きて大丈夫なのか？　もっと休んでいけばいいものを。なんなら夕餉《ゆうげ》を支度させるぞ。とは言っても、きよの口に合うかどうかはわからぬがな」

当家の料理もなかなかのものではあるが、『千川』は格別だからのう、と上田は笑う。

上田やりょうが日頃どのような料理を食べているのか気になりはしたが、今はそれどころではない。一刻も早く、店に戻りたかった。

「今朝方もお伝えしたとおり、本日は富岡様の縁日です。『千川』も忙しいに違いありません。表は足りているにしても、裏が大変なことになっているでしょう」

源太郎と清五郎、そしてとらがいれば料理を運ぶことはできる。だが、あまりに客が詰めかけるとそれだけで精一杯となり、裏に入る暇がなくなる。客が使った器は山積みになっているだろうし、料理がたくさん売れれば、朝のうちに洗ったり下拵《したごしら》えしたりしておいた青物や魚では間に合わなくなる。とにかく早く戻るに越したことはないのだ。

「道理ではあるが……」

上田は、先ほどのりょう同様、心配そのものの表情になる。それでも、きよが頑固者で言っても聞かないことは薄々察しているようで、諦めたように言った。

「言われて見れば、頬に赤みが戻ったような……」

それはおそらく、事の成り行きに気が高ぶったせいだろう。とにかく少しでも回復したように見えるのであればそれに越したことはない。きよはなんとか上田とりょうを説《と》き伏せ、ひとりで上田家を出ることに成功した。

「おきよ、上がっていいぞ」

店のほうから聞こえてきた弥一郎の声で、きよは詰めていた息をふう……と吐いた。

源太郎は戻ってきたきよの顔色を、心配そうに確かめた。それでもやはり店はてんてこ舞いの有様で、すぐに裏に入ってくれと申しつけられた。

弥一郎はきよを板場に戻そうとしてくれたけれど、朝と同じように彦之助は譲らず、最後は弥一郎の声など聞こえぬふりを始めた。店の中は客だらけで、料理を作っても作っても追いつかない様子、裏は裏で想像どおりに使った器で一杯……

押し問答している場合ではない、ということで、きよは裏に入ることにした。その陰には、やはり足元がおぼつかず、また気を失っては大変だという気持ちがあった。

空元気で上田家を出たまではいいが、手足の先は冷え上がり、確かめなくとも顔色も失せていることがわかる。夕暮れが迫っているにしても、板場はそれなりに明るい。気づかれて面倒なことになるよりも、今日のところは人目につかない裏にいたほうがいい。

——具合が悪いことを悟られてはいけない。さもなければ、明日も板場には入れなくなる。明日どころか、次もその次の日も、あの人は何のかんのと理由をつけて、へっついの前に陣取る。最初は旦那さんや板長さんに言われて渋々《しぶしぶ》だったけれど、やっぱり料理は楽しいし、自分が作ったものを食べて喜ぶ人の顔を見るのは励みになる。せっかくここまで頑張ってきたのだから、今更後戻りは嫌だ。私はちゃんとした料理人になりたい。もっともっとたくさんの人に、私が作った料理を食べてもらいたい！

彦之助に板場から追い払われて、改めて自分の気持ちと向き合った。自分は、思っていたよりもずっと料理人になりたかったらしい。まっとうな料理人になるために、学ばなければならないことはまだまだある。

弥一郎と伊蔵の間は格好の学びの場、けっして譲れない。明日こそは戻る、という一心で、きよはその日を乗り切ったのだ。

まだまだ自分は若い。しっかり食べて一晩寝れば、明日には元気になっているはず。

そう信じて、きよは暗い道を歩いた。


「姉ちゃん、姉ちゃんってば！」

翌朝、きよは、清五郎の声で目を覚ました。

清五郎が早起きするなんて珍しい。近頃は家の仕事もずいぶん手伝ってくれるようになり、朝の飯炊きはすっかり弟の仕事になった。とはいえ、目覚めが悪いのは相変わらずで、きよが起き出して着替えたり布団を上げたりする気配でようやく薄目を開ける。どうかすると、それでも気づかず、きよが声をかける日もまだまだ多い。清五郎がきよを起こすなんて、初めてのことだった。

「どうしたの？　ずいぶん早い……えっ……」

そこできよは言葉を失った。

家の中に炊けた飯の匂いが漂っていた。それどころか、味噌汁の香りまで……。開け放たれた引き戸の外はすでに明るい。清五郎が早起きなのではなく、自分が寝坊したことはあきらかだった。

「ごめん！　こんなに遅くなってるなんて……」

慌てて身を起こして布団から出たものの、足の頼りなさは少しも取れていない。むしろ、昨日より悪くなっているのではないか、と思うほどだった。

立ち上がることが辛《つら》く、膝をついたままなんとか着替えたけれど、いつものように動くことができない。水屋箪笥《みずやだんす》にしまってあった香の物を取り出すのもやっとだった。

「どうしちまったんだよ……」

清五郎が困惑したように言う。だが、きよにしてみれば、こっちが訊きたい、という気分だった。

夕飯はしっかり食べた。普段なら二杯のところを、無理やりのように三杯おかわりし、大根の煮物もすっかり食べてしまった。実は大根の煮物は昨日の朝飯用に作ったもので、たくさん煮たから明日の朝にも……と思っていた。だが清五郎に、まずは力をつけないと、と言われ、あんたが食べたいだけでしょう、なんて苦笑いしながらも食べ切ってしまったのだ。

寝床に入ったのもいつもより早かった。なにせ湯屋に行く元気がなく、濡らした手拭いで身体を拭くだけで済ませてしまったのだから……

たっぷり食べて、たっぷり眠った。にもかかわらず、ちっとも回復していない。その事実にきよは打ちのめされていた。

「姉ちゃん、それじゃあ仕事は無理だろ……」

「大丈夫よ」

「とてもじゃねえが、そうは見えない。まだ白粉《おしろい》も塗ってねえのに、顔の色が真っ白だぜ。ろくに歩けもしねえ様子だし、旦那さんには俺が伝えるから、今日は寝てたほうがいい」

「そんなことできるわけが……」

「できてもできなくても動けないんだから仕方ねえじゃねえか。なあに、一日ぐらいなんとでもなる、っていうより、ここでしっかり休んでさっさと治さねえと、もっと大変なことになっちまう」

　親の伝手でいろいろ便宜を図ってもらっているが、それにも限度というものがある。いくらなんでも、病《やまい》に罹《かか》った奉公人をそのまま置いておく店はない。長引けば暇《いとま》を出されること請け合いだ、と清五郎は脅す。返す言葉もなかった。

「わかった……今日は休ませてもらうわ。でも明日は必ず！」

「うん、そうしな。俺もきついことを言ったけど、旦那さんも板長さんも姉ちゃんには目をかけてる。なんたって、姉ちゃんの工夫は大人気だもん。そう簡単に首にしないと思うよ」

「だといいけど……」

「決まってるさ。ま、どっちにしても今日はゆっくり寝てな。あ、しまったあ！」

そこで清五郎は、ぱしりと額《ひたい》を打った。

「姉ちゃんが家にいるなら、もっと飯を炊いておくんだった！」

何事かと思えば、清五郎はきよの昼飯の心配をしてくれたらしい。芝居がかった仕草がおかしいやら、心遣いがありがたいやらで、ついつい目尻が下がってしまう。

そんなきよの顔を見て、清五郎はほっとしたように言った。

「うんうん。そんな顔をしてるがいいさ。なんせ昨日から姉ちゃん、眉間に皺が寄りっぱなしだったからなあ」

「え、私そんなだった？」

「ああ、なんだか知らねえけど難しい顔……いや、歯を食いしばってるみてえな感じかな。これは相当具合が悪い、さもなきゃ、あいつがよっぽど気に入らねえんだろうなって……」

『あいつ』が誰を指すかなんて訊くまでもない。そして清五郎の心配はふたつとも大当たりだ。力が入らない足はもどかしいし、我が物顔で板場に入っている彦之助には腹が立った。

具合の悪さを見とがめられないから、と自ら裏に入っておきながら、終《しま》いごろには、そこは私の仕事場だ！　と怒鳴りたくなった。自分の中に、こんなに激しい感情があるなんて思いもしなかったのに……

無言で見つめるきよに、清五郎は言う。

「残ってる飯と汁は食っちまっていいよ。ふたり分あるんだから、昼と夜に間に合うだろう。なんなら夜は俺を待たずに食っちまって、行けそうなら湯屋も早めに済ませな」

「それじゃあ、あんたの夕飯がなくなるじゃない」

「俺は帰りに蕎麦《そば》でも手繰《たぐ》ってくる。湯屋近くの蕎麦屋、滅法《めっぽう》旨かったし」

「それが狙いだったのね」

きよは思わず笑い声を立ててしまった。

以前、仕事帰りにふたりで蕎麦の屋台に寄ったことがある。寒い中で啜る蕎麦はとても美味しかった。清五郎もずいぶん気に入っていたようだし、この機会に……と考えたのだろう。

自分は休むというのに、清五郎は今日も一日中仕事だ。それぐらいのご褒美はあって当然だった。

「じゃあ、そうして。お金は持っていってね。天ぷらや卵とじは無理だけど、しっぽくかあられぐらいなら奢《おご》るわ」

「ありがてえ」

いそいそときよの財布から銭を抜き、清五郎は出かけていった。

昨日も今日も『千川』には迷惑をかけ通しだ。しっかり食べて休んで、なにがなんでも今日のうちに調子を戻さねばならない。とはいえ、清五郎ときよでは食べる量が違うから、飯は残ることだろう。

蕎麦《そば》だけでは足りないに違いない弟のために、きよは汁や香の物も残してやることにした。


だるさは覚えるものの、眠いわけでない。ただ、立ち上がろうとしても足に力が入らず、横になっているほうが楽に思える。

できれば洗濯や明日のお菜の支度をしようという考えは早々に手放し、きよは丸一日を休むことに費やした。昼飯も冷えた飯と香の物を掻き込み、いつもなら使い終わった茶碗は白湯《さゆ》できれいにするのに、湯を沸かすことすら億劫《おっくう》で水で済ませたほどだ。

そのあとはまた床《とこ》についた。これほど横になっていたのだから回復しないわけがない。そう信じて一日を過ごしたというのに、日が落ちるころ厠《かわや》に行こうと立ち上がったきよの足は相変わらず江戸の豆腐のよう……。それどころか、腰のあたりまで力が抜けたようだった。

――どうしよう……ちっともよくなっていない。日がな一日なにもせずに、ただ横になっていただけだっていうのに、昨日よりひどくなってるみたい……

だが、二日も続けて休むわけにはいかない。なにがなんでも明日には店に出る。そのためには、よくなっていないことを清五郎に悟られないようにしなくては……

そろそろ清五郎が戻ってくる時分だ、と思ったきよは、無理やり起き上がり、火鉢に炭を熾《おこ》す。残しておいた味噌汁を温めながら待ってると、清五郎らしき足音が聞こえてきた。駆け足に近かった足音が、部屋近くに来て忍び足に変わり、引き戸がそっと開いた。

「なんだい、起きてたのか！」

火鉢の前に座っているきよを見て、清五郎が文句を言う。寝ていると思って静かに帰ってきたのに、苦労が台無しだとでも言いたいのだろう。

「ごめん、ごめん。おかえり、清五郎」

「今帰ったぜ。おや、飯はまだだったのかい？」

「ううん、先に済ませたわ。でも食べきれなかったから、あんたに片付けてもらおうと思って」

「そうかい！　そりゃ嬉しい」

清五郎は大喜びで茶碗に飯を盛り、折良く温まった味噌汁をかける。湯屋に行き、熱い蕎麦を手繰《たぐ》ったにしても、戻ってくる間に冷えてしまったのだろう。しきりに、温けえ、ありがてえ、と言いながら、あっという間に平らげてしまった。

「あー旨かった！　やっぱり蕎麦《そば》だけじゃ足りなくて、どうしようかと思ってたんだよ」

「やっぱり。残しておいてよかったわ」

そこで清五郎は、はっとしたようにきよを見た。

「姉ちゃん、しっかり食ったのかい？　まさか俺に残すために……」

「まさか。いつもより余分に食べたぐらい。もともとあんたと私じゃ食べる量が違うじゃない。余って当然でしょ」

「そうか。そう言われればそうだな」

清五郎がほっとしたように笑った。きよが味噌汁を食べなかったことには気づかなかったようだ。

「で、具合はどうだい？　ちったあ元気になったかい？」

そのあと清五郎に具合を訊ねられ、きよはさらに嘘を重ねる。

「お陰さまで、もうすっかり。やっぱりちょっと草臥《くたび》れちゃってたみたい。ほら、顔色もよくなったでしょう？」

「お、そうだな。朝とは段違いだ」

きよの頬は普段どおり、いや普段よりずっと赤みが差している。なぜなら味噌汁を温めながら火鉢の炭の間近まで顔を寄せ、頬を炙《あぶ》るようにしていたからだ。日はすっかり落ちて部屋の中は暗い。行灯《あんどん》の心許《こころもと》ない灯りでは顔の色まではわからないだろうと思いかけたものの、案外清五郎は目敏《めざと》いから……と考え直したのだ。

策を練っておいてよかった。明日の朝もこの手を使えば、清五郎に心配をかけることもない。店に出て忙しく動き回れば、頬も上気する。あとは始終へっついを覗き込むようにしていれば、顔色の悪さをごまかせるだろう。

「明日は出られそうだな。よかったよかった。なにせ今日は大変だったからなあ……」

「そんなに？　でも今日はお客さんは大して多くなかったでしょう？」

縁日のお参りが多い分、明くる日は人出が減る。これまでもずっとそうだったし、だからこそきよも無理を言って休ませてもらうことにした。板場には彦之助が入っただろうから、人手が足りないということもなかったはず、と言うきよに、清五郎は首を左右に振った。

「そりゃ、人数は同じだよ。でもあの人と姉ちゃんじゃ、全然違うんだよ」

「違うってなにが？」

「作るのが。段取りが悪いんだかなんだか知らねえけど、ちっとも料理が出てこないせいで客は矢の催促。で、文句を言われるのは俺たち」

あっちにもこっちにも頭を下げなければならなかった。おかげで首も気持ちもへとへとだ、と清五郎はげんなりする。だが、きよには頷けない話だった。

「彦之助さんはしっかり修業した一人前の料理人じゃない。悔しいけど、私よりずっと役に立ったはずよ。それは作るのが遅かったんじゃなくて、お客さんが多すぎたのよ」

「昨日だけなら俺だってそう思ったさ。でも、今日も同じだったんだ」

庇うのは癪《しゃく》だが、彦之助は昨日初めて板場に入った。主《あるじ》の息子として生まれはしたが、『千川』で働くのは初めてに違いない。勝手がわからず時間がかかるのは当然だし、それを責めるのは酷というものだろう。

ところが、清五郎はそんなきよの意見を聞いても一切譲らず、さらに文句を重ねる。

「遅いだけならまだいい。でもあの人が作った料理がこれまたひどいんだ」

「どういうこと？」

「料理によって味が濃かったり、薄かったり……。途中から出汁《だし》まで取り直してさ。ぜんぜん『千川』の味じゃないんだ。おまけに板長さんがどれだけ言っても改めない。挙げ句は『兄貴の味は下品だ』とまで言ってさ」

「下品……」

「そう、下品。上方《かみがた》の料理はもっと上品だって。ありえねえよな。それじゃあ『千川』の料理を気に入って通ってきてくれる客まで貶《けな》してるようなもんだぜ」

「彦之助さんは、上方から戻ったばかりだから……」

きよも江戸に来たばかりのころは、『千川』で出される賄《まかな》いが口に合わなかった。鰹《かつお》の出汁や塩気の強さを食べ辛《づら》いと感じたのだ。実家で食べていた料理はもっと優しい味だったと思った。いいか悪いかは別にしても、それを『下品』と表す人もいるかもしれない。

「俺だって、上方と江戸じゃ味付けが違うことぐらい知ってるさ。だからって、勝手に味を変えちまうなんて許されるもんじゃねえ」

「そのとおりだけど……。で、お客さんは？」

たとえ勝手に変えてしまった味付けにしても、客が喜んだのであれば話は別だ。客が食べたがっているものを出す、というのは商《あきな》いをうまくいかせる秘訣だろう。

源太郎や弥一郎だってそれぐらいのことは心得ている。だからこそ、きよが工夫した料理を『千川』の新しい味として取り入れてくれたに違いない。

だが、これにも清五郎は言い返した。

「客が喜んだならこんな話はしねえ。真逆だよ、真逆。客はかんかん、金を払わねえとまで言い出すやつがいたぐらいだ。慌てて板長さんや伊蔵さんが作り直したけど、それでまた料理が出るのが遅くなる。腹を立てた板長さんが、おまえは裏で洗い物でもしてろ！　ってどやしつけても、俺は料理人だって譲らねえ。板場では兄弟喧嘩、客は文句ばっかり……地獄絵図ってあのことだよ」

とにかくひどい一日だった、と清五郎はため息を吐いた。

「帰り際に旦那さんが言ったよ。『今日は散々だった。明日は是が非でもおきよに来てもらわねえと……』ってさ」

「そうだったの。ひどい迷惑をかけちゃったのね……。やっぱり休むんじゃなかった」

「それは仕方ねえよ。誰もこんなことになるなんて思っちゃいなかったんだから。俺が朝、姉ちゃんの具合が悪いから休ませてやってくれないかって話をしたときは、旦那さんだって板長さんだって、そのほうがいい、しっかり休んでくれって言ってくれたんだ。あいつさえいなけりゃ……」

いっそ真ん中のへっついは空けておいて、料理人ふたりで回したほうがましだった。料理を出すのが多少遅くても、味のことで文句を言われることはなかったはずだ、と清五郎は言う。そして、おもむろににっこり笑って言った。

「でもまあ、姉ちゃんの株は大いに上がったな。『千川』にとって姉ちゃんはなくてはならない料理人だって証だ」

「それはどうかしら……板長さんと彦之助さんってもともとあまりうまくいってなかったって聞いたことがあるわ。もう少し兄弟仲がよければ、地獄絵図にはならなかったと思うわ」

「板長さんは厳しいけどすごくできた人だよ。それでもうまくいかねえんだから、弟のほうがよっぽどなんだよ。あれでよく無事に修業を終わらせられたもんだ」

さぞや修業先も難儀しただろう、と清五郎は語る。だがきよには、自分が『千川』にとってなくてはならない料理人だということも含めて、すべてが弟の勝手な憶測としか思えなかった。

たまたま今日はみんなが慣れていなくてうまく回らなかっただけで、長く続けばこれが当たり前になっていく。上方《かみがた》から江戸に来ている人も多い。今後、彦之助の味付け目当てに来る客が増えていくかもしれない。

ただ、それで困るのはきよ自身だ。これが当たり前にならないうちに、自分の場所を取り戻さなければならない。なにがなんでも明日は仕事に出る。へっついの火に頼りまくって、それでもごまかし切れないようなら、普段は控えめにしか使わない頬紅を倍ほど塗り込めてでも……

そんな決意を固め、きよはまた床《とこ》についた。

勤めを休んだ翌朝、今日こそは……という期待も虚しく、きよの身体には抗《あらが》いがたい重さが残っていた。

だが二日も続けて休むわけにはいかない。布団から身を剥《は》がすように起き上がり、頬紅を重ね塗りして顔の色をごまかす。まだ日も昇っておらず、出来映《できば》えは定かではなかったけれど、起きてきた弟になにも言われなかったのだから、うまくごまかせているのだろう。少なくとも、昨日のように寝坊しなかった。少しは良くなっているに違いない。

程なく起きてきた清五郎に飯炊きを任せ、鍋と七輪《しちりん》を抱えて井戸端に向かう。七輪はいつも隣に住むよねに借りている。いつも夜の間に借りておくのだけれど、昨日は早く床につきたいあまり忘れてしまった。朝になってから気づいて、どうしようかと思ったが、どうやら清五郎が夜のうちに借りに行ってくれたらしい。

今日の風は一際冷たい。『千川』のように屋根のあるところでお菜を拵《こしら》えられればいいが、あいにく長屋では禁じられている。それでも火事を出すことを思えば、暑さ寒さを堪《こら》えるほうがましだ。夏はともかく、冬なら七輪の火で暖は取れるのだから……

火を熾《おこ》し、水と昆布が入った鍋をかける。普段は江戸風に削り節で出汁《だし》を取っているが、削り節は湯を沸かしてから入れなければならない上に、漉《こ》さねばならない。鍋に放り込んでおけば夜の間に出汁が取れる昆布のほうが、手間いらずだった。

葱《ねぎ》をぶつ切りにし、沸いた出汁に入れる。葱は一昨日《おととい》……いや、その前の日に買ったものだから使い切りたい。なにより葱がたっぷり入った味噌汁は、さぞや元気を取り戻すのに役立つに違いない。

くたくたになるまで火を通し、仕上げに味噌を溶く。そろそろ飯も炊けたころだろう。

寒い朝、熱い味噌汁と炊きたての飯はなによりのご馳走だ。しっかり食べれば、しつこくまとわりつくだるさも少しは取れるはずだ。


引き戸を開けると、すでに飯は炊けていて、清五郎が茶碗に山盛りにしていた。

「いい頃合いだ。早速食おうぜ。おっと、いいものがあったんだ」

そこで清五郎は水屋箪笥《みずやだんす》を開け、小鉢を取り出した。掛けてあった布巾を取ってみると、なかには小魚煮が入っていた。

「佃煮《つくだに》じゃないの……どうしたの、これ？」

「昨日、湯屋のあとで蕎麦《そば》屋に寄っただろ？　そのときに佃煮屋が通りかかってさ。夜なのに珍しいなと思って訊いたら、売れ行きがよくなくて遅くまで回ってたって言う

は言う。

年の頃ならまだ十三、四ぐらい。ついつい気の毒になって買ってしまった、と清五郎

じゃないか」

とはいえ清五郎が大金を持っているはずがない。これっぽっちですまねえけど、と言いながら銭を渡したら、佃煮《つくだに》売りはいたく感じ入った様子で大盛りにしてくれた、と清五郎は語る。さらに滅法《めっぽう》嬉しそうに加えた。

「おまけに、俺と佃煮屋のやりとりを見ていた蕎麦《そば》屋の親爺が、気っ風がいいって餡《あん》かけにしてくれた。そばなのに餡かけかよってびっくりしたけど、案外旨かったぜ」

「それはよかったわね。今度お見かけしたら、お礼を言わないと」

「礼なら俺がたっぷり言っておいた。また今度行けばいいし。ってことで、佃煮が手に入ったってわけだ」

佃煮は飯が進むぜ、と清五郎はきよの飯茶碗に佃煮をたっぷりのせ、その倍ぐらいの量を自分の飯にのせた。

大急ぎで味噌汁を注ぎ、膳に運んで食べ始める。飯の熱で温められたせいか、佃煮が少し柔らかくなっている。佃煮は日持ちさせるためにしょっぱく煮染《にし》めるものであるが、その塩気が米の甘みを引き立て、飯がすいすい喉を通っていく。味噌汁の葱《ねぎ》も柔らかく、

米とはまた違った甘みでなんとも言えない。とてもじゃないが食べきれないと思ったけれど、飯と汁の熱さに弟の佃煮売りへの思いやりと蕎麦屋の心遣いも加わって、どうにか茶碗を空にすることができた。

膳を片付け、簡単に掃除をする。清五郎が手伝ってくれたおかげで、いつもより少し早く家を出ることができた。心なしか、足も朝よりはすいすい動くようだ。これなら今日はしっかり働くことができるだろう。

――どうかあの人がまだ来ていませんように……

そう祈りつつ辿《たど》り着いた板場には、弥一郎と伊蔵だけしかいなかった。もちろんへっついは湿気《しけ》っておらず、裏に回ってみても洗い場が汚れていることも水瓶《みずがめ》の水が減っていることもない。それどころか、彦之助の影も形もなかった。

「よかったな、姉ちゃん」

清五郎がこっそり囁《ささや》いてくる。軽く頷いたものの、どうにも解せない。毎日待ち構えて皮肉をぶつけてきていたのに、今日に限ってどうしたことか、なにかまずいことが起こったのではないか……と不安になる。

そしてきよは、すぐにその不安が見事に的中したことを知らされた。怒り心頭という様子で、さとが駆け込んできたのだ。

「弥一郎！　あんた彦に店に来るなって言ったんですって⁉」

どういうこと⁉　とさとは憤懣《ふんまん》やる方ない様子だ。次いで、源太郎にも詰め寄る。

「おまえさんも言ってやっておくれよ！　一家の商《あきな》いからかわいい弟を締め出すなんてひどいじゃないの！　いくら板場を預かってるからって横暴が過ぎやしないかい？」

さとは日頃から商いのことには口を挟まない。商いだけでなく、源太郎や弥一郎が決めたことにこんなふうに楯突くことなどなかったはずだ。そのさとが鬼の形相……よほど彦之助がかわいいのだろう。

これでは源太郎も対応せざるを得ない。きよは親子喧嘩にならずに済めばいいが……と心配になる。きよだけではなく、清五郎も伊蔵も、とらまでもが固唾《かたず》を呑んで見守る中、源太郎は平然とさとを見返した。

「商いから締め出しただと？　もともと彦之助は『千川』にはかかわりねえ人間だ」

「そんな言い方はないだろう！　昨日もその前も板場を助けてもらっておきながら」

「勝手ばかりしやがるから板場はしっちゃかめっちゃか、客は怒り出す。あれじゃあ『助ける』どころか足手まといだ。あんなことになるぐらいなら、ふたりでやったほうがいいって弥一郎が言うのはもっともだ」

おまえは昨日の店の様子を見ちゃいねえだろ、と苦虫を噛みつぶしたような顔の源太郎に言われ、さとは再び矛先を弥一郎に向けた。

「弥一郎、あんたは板長なんだろ？　新入りを板場に馴染ませるのはあんたの役目じゃないか」

「新入りならそうした。親父《おやじ》や俺が、こいつならって選んだやつならな。だが彦はそうじゃねえ。しゃしゃり出て引っかき回しただけ。おまけに味付けまで変えて……」

「味付けを変えたのはおきよも同じだろ？」

「同じじゃねえ！」

そこで割って入ったのは源太郎だった。おそらく、親子で言い合いになるのが忍びなかったのだろう。

「おきよははなから『千川』の味付けを変えようとしたわけじゃねえ。客に出すつもりもなかったものを、俺たちが食ってみて、これならいけると売り物にしたんだ。案《あん》の定《じょう》人気が出て、今じゃ『千川』の名物になりそうな勢いだ。だが、あの野郎は『千川』の味付けを下品だのなんだのと文句をつけて、出汁《だし》まで変えた料理を押しつけた挙げ句、客が気に入らないのを見て、味もわからねえ田舎者とまで言ったんだぞ」

「そんなことを……？」

「ああ、言ったね。俺ははっきり聞いたよ。幸い客にまでは聞こえなかったが、もしも聞かれてたらもう一騒動持ち上がったはずだ。あんな思いはもうこりごり。今日はおきよも出てきた。彦之助は用なしだ」

いつまでもそこにいられたら商《あきな》いの邪魔だ、とまで言われ、さとは悔しそうに踵《きびす》を返した。店を出ていく寸前に、捨て台詞《ぜりふ》を吐く。

「これじゃあ、なんのために彦を修業に出したかわからない。あの子が帰ってきたら兄弟で『千川』を守り立ててくれるとばかり思ってたのに！」

「じゃかあしい！」

最後は源太郎に一喝され、さとは裏にある家に駆け戻っていった。

炊きたての飯と熱い味噌汁、弟の心遣いの佃煮《つくだに》で取り戻した気力があっという間に失せていく。それでも、源太郎と弥一郎はここまでしてきよの場所を守ってくれたのだ。ふたりの気持ちに応《こた》えるためにも、今まで以上に励むしかなかった。

「さ、店を開けるぞ！」

源太郎がぱんぱんと手を打ち鳴らした。いつもよりずっと大きな音を立てたのは、景気づけのつもりだろう。

弥一郎と伊蔵の間に収まったきよを見て、伊蔵がやけに嬉しそうに言う。

「やっぱりそこにおきよがいてくれると気持ちが違う」

「気持ちが違う？　どういうことですか？」

「しゃきっとするんだよ。なんと言ってもおきよは駆け出し、俺が面倒を見てやらないとってさ」

　くくく……と笑う伊蔵。反対隣で弥一郎も朗らかな笑い声を立てる。

「確かにな。通り一遍のことは身についてるとは言っても、やっぱりまだまだ駆け出しには違いねえ。時々とんでもねえ間違いをやらかしてるし」

「そうそう。鰻《うなぎ》に触った手で目を擦ろうとしたりな」

「『おきよの鰻の変』か……あれには参った。間一髪間に合ったからよかったようなものの、鰻の血が目に入ったらただでは済まなかったぞ」

「すみません……」

　あのときのことを思い出すと、今でも肝が冷える。

　いくら実家で料理をしていたとは言っても、魚まで捌《さば》いてはいなかった。鰻には触ったことすらないし、食べたのも数えるぐらい。それも、筒切りにしたのを炙《あぶ》って塩をかけただけのもので、旨いとは思えなかったのだ。

　それが江戸に出てきたらやけに人気で、縁日ともなれば屋台が立つほどだ。いくら滋養があると言っても、あんなに美味しくないものを……と思っていたある日、源太郎が鰻《うなぎ》を仕入れてきた。深川では鰻の串焼きが人気だから、『千川』でも出してみようと思ったらしい。

ところが、いかに年季が入った料理人といえども、鰻を捌《さば》くのは難しく、伊蔵では歯が立たず、代わった弥一郎はなんとか開き終えたがとにかく時がかかった。

日がな鰻を捌いているわけにはいかないと諦めることになったのだが、そこから先が拙《まず》かった。包丁もまな板も鰻の血だらけ、弥一郎も伊蔵もうんざりし切った様子だったため、きよが洗いに行くことにした。血が垂れないように布巾でまな板を拭いたところで、なにやら目のあたりがむずむずする。虫にでも刺されたかしら、と顔に触れて確かめた瞬間、伊蔵にものすごい勢いで手を払いのけられた。弥一郎もぎょっとしている。

「触るんじゃねえ！」

すぐさまきよをひっぱって井戸のところに連れていった伊蔵は、大慌てで水を汲んで怒鳴った。

「手を洗え！　大急ぎだ！　でもって、こいつを濡らして触れたとこを拭え！」

言われるままに手を洗い、差し出された手拭いを濡らして顔を拭く。その間にも、伊蔵は何度も大丈夫かと訊く。

「目に支障はねえか？　ひりひりしたりしてねえな？」

「大丈夫です」

「助かった……」

そのあと、きょとんとしたまま店に戻ったきよに、伊蔵と弥一郎はふたりがかりで鰻の毒について教えてくれた。鰻を捌いたあと手を洗わないままに顔に触れて、目が見えなくなった者がいる。どうやら鰻には毒があるらしい、と……

「毒⁉　で、でも……鰻は滋養があって身体にもいいって……」

「滋養があるのは間違いないが、毒があるってのも本当らしい。たぶん、火を通せば毒気は消えちまうんだろうな」

「……知りませんでした」

「だろうな。まあ、気をつけてくれ」

いつになく厳しい顔の伊蔵に、弥一郎が重ねる。

「そのとおり。おきよはなんでも心得ているからついつい忘れちまうが、まだまだ駆け出しに違いねえ。大事なことを教え損ねねえように俺も気をつける。とりわけ、毒のあるものについてはな」

「この先『千川』で生の鰻を扱うことはないとは思うが、覚えておくに越したことはねえ」

その場では、わかりました、と頷いたものの、あとになって震えが来た。

幸い板場にいたときだったからよかったけれど、井戸端に行ってからだったらどうなったことか。止めてくれる人もいないままに目を擦り、見えなくなってしまったかもしれない。そうなったら料理修業どころではない。清五郎の世話はおろか、まともに暮らすこともできなくなっただろう。

これがいわゆる『おきよの鰻《うなぎ》の変』、きよが、金を取って人に食べさせるものを作る仕事、いわば命を預かる仕事をしているのだから、もっともっと気持ちを入れて学ばなければ……ときつく自分に言い聞かせることになった事件だった。

「そんなこんなで、おきよがいてくれると俺にも張りが出るってわけだ」

伊蔵は鼻歌交じりに鍋に醤油を注ぐ。鍋の中にあるのは昆布と油揚げの煮物、安くて旨いと人気の品だ。一方、弥一郎は大根を切っている。みるみるうちに山になっていく糸切り大根に、思わず深いため息が出た。

「なんでぇおきよ。朝っぱらからため息なんてつかねえでくれ」

伊蔵に窘《たしな》められ、はい、と答えたものの、やはり弥一郎の手元から目が離せない。

どうしてあんなに細く、しかも速く刻めるのだろう。きっと長年の修業の成果だろうとは思うけれど、自分があんな糸切り大根を拵《こしら》えられるようになるのは、まだまだ時がかかりそうだ。むしろ、そんなときは来ないとすら思える。

鍛錬あるのみとわかっているが、きよの腕では糸切り大根を籠に山盛りにするには相当な時がかかる。伊蔵はきよよりもずっと速いが、弥一郎には太刀打ちできない。

糸切り大根は刺身のつまにするもので、本来なら板長の仕事ではない。だが、かつて引き受けていた欣治が去ったあと、伊蔵は新しい仕事を覚えるので手一杯、きよには客に出せるほど美しく作れない、ということで弥一郎の仕事となった。

弥一郎曰《いわ》く、仕事は山のようにあるのだから手っ取り早く片付けられる者がやるのが一番、伊蔵が慣れ次第譲り渡す、とのこと。このあたりの割り切り具合は並外れていると感心するが、それなりに上達している伊蔵はともかくまだまだ修業が必要なきよとしてはもどかしい。

大根はそう値が張るものではないのだからと、家で練習してみたこともあったけれど、刺身なんてそうそう口にできる暮らしではない。かといって、糸切り大根は汁の実にするには頼りないし、膾《なます》もあまりに頻繁だと飽きる。そもそも清五郎は膾があまり好きではない。とうとう「もうしばらく膾は見たくねえ」とまで言われ、糸切り大根修業は諦めたのだ。

鍛錬しなければうまくならない。うまくないと任せてもらえない。きよにとって大根の糸切りは、梯子《はしご》を外されたような気になる仕事のひとつだった。

そんなきよの気も知らず、弥一郎は大根を切り終え、魚が入った桶を覗き込む。朝一番に納められたもので、鰯《いわし》は必ず、あとは旬の魚が三、四品入っている。今日は鰯、鰶《このしろ》、鱚《きす》、鱸《すずき》、平目に大きな鵆尾《しび》の切り身、と盛りだくさんだった。

「鰯は塩を振って焼く。鱚は天ぷらにするか。お、鰶か。今日も冷えるから、餡《あん》かけがよく売れそうだな。平目は昆布で締めて鵆尾は……」

そこで弥一郎は眉間に深い皺を寄せた。続いて、やりやがったな……という声が聞こえる。きよの背中越しに桶に目をやった伊蔵も、ちっ！と舌を打った。

「脂身が多すぎですぜ」

「まったく……そんなことをするやつだったとは……」

鵆尾は鮪《まぐろ》とも呼ばれ、どうかすると人の背ほどになる大きな魚である。そのため、『千川』のような料理茶屋でも丸ごと一匹仕入れることはなく、捌《さば》いたものを切り身で買うことになる。『千川』が仕入れるのはもっぱら背側、つまり赤身で、あらかじめ醤油に漬けるか、あるいはそのまま刺身にして山葵《わさび》醤油やおろし醤油を添えて出す。

侍は鵆尾が死日《しび》に通じると言って嫌うが、町人にとっては飯にも酒にも合い、値が張らないので人気の品だった。

『千川』に出入りしている魚屋はもちろんそれを心得ていて、なにも言わなくても上等の赤身を納めてくる。下魚《げざかな》と言われる鴟尾ではあるが、灰色や茶色が目立つ桶の中に真紅の身があると、きよはそれだけで華やいだ気分になるのだ。

それなのに、今日の鴟尾は真紅の部分がいつもよりずっと少なく、桃色の腹身が三分の一に及んでいる。どうした都合かはわからないが、『千川』に回せる赤身が足りず、腹身をまぜてきたに違いない。もしかしたら魚屋も仲買に押しつけられたのかもしれない。

「魚屋の野郎、明日来やがったらこってり絞ってやる」

弥一郎は憤懣《ふんまん》やる方ない様子だ。さらにちょうどやってきた源太郎に言う。

「親父《おやじ》、魚屋の払いに気をつけてくれ。こんな有様でいつもどおりに金を取られたんじゃ堪《たま》ったもんじゃねえ」

弥一郎の言葉に、源太郎も桶の中身を確かめる。だが、なるほど、と頷いたあと、主《あるじ》の口から出たのは庇うような言葉だった。

「まあそう言うな。鴟尾はひでえもんだが、ほかの魚がたっぷり入ってるじゃねえか。たぶん鴟尾の埋め合わせだろう」

「下手な小細工するぐらいなら、足りなかったたって言えばいいじゃねえか」

そもそも鴟尾の脂身は屑《くず》、そんなものを押しつけられては迷惑だ、と弥一郎は苦虫をまとめて噛みつぶしたような顔をする。とりなすように源太郎が答えた。

「言ったら言ったで、なんで『千川』に一番に納めねえんだ、とか文句を言われそうだと思ったんだろ。届けに来たときも、やけにばつの悪そうな顔をしてたし、今日のところは勘弁してやろう」

昨日今日の付き合いではない。きっと『千川』なら堪《こら》えてくれると信じてのことだろう。こういうときこそ大目に見てやらなければ、と源太郎は言う。

なんとも懐《ふところ》が深い、さすが旦那さん……ときよは感心してしまった。

「まったく、親父《おやじ》は人が良すぎる。仕方ねえ、賄《まかな》いにでもするか……」

渋々《しぶしぶ》頷いたものの、弥一郎は困ったように鴟尾《しび》を見る。

鴟尾の脂身は赤身よりずっと傷《いた》みやすい。醤油に浸しても、脂がはじいて中までしっかり染み込まない。客に出せるものではないし、賄いにするにしてもどう料理したものか……と思っているのだろう。

そこで口を開いたのは伊蔵だ。

「おきよ、鴟尾の脂身を旨く食える手立てはねえかい？」

源太郎も期待を込めた目で見てくる。

「そうだ。上方《かみがた》と江戸では、なにかとものの食い方が違う。上方ならではの鴟尾の食い方はないのか？」

「鴟尾についてはあまり……そもそも上方では白身が人気なんです」

誰ひとり食べないと言うわけではないが、魚は白身が上等、ことに刺身は鴟尾より平目が好まれる。きよの実家でも、刺身というともっぱら鱸《すずき》か平目だった。江戸に来て『千川』に奉公するようになったとき、品書きに鴟尾の刺身があるのを知って驚いたぐらいなのだ。ろくに食べたこともないものの料理の仕方など知るはずがなかった。

それでも伊蔵は諦めずに言う。

「だったらなにか考えてくれよ。いくら『猫またぎ』でも捨てちまうのは罰《ばち》当たりのような気がするし……」

「『猫またぎ』って……？」

「知らねえのか？　鴟尾の脂身は猫ですら嫌う。置いてあっても跨《また》いでいっちまうってんで『猫またぎ』って呼ばれてるのさ」

『鰻《うなぎ》の変』に続く『猫またぎの変』だな、と伊蔵は大喜びしている。そこまで言わなくても……と思いながらも、きよは一生懸命考える。

捨てるのは確かに罰当たりだ。どうせ賄いになるなら少しでも美味しく食べたかった。

弥一郎が鴟尾を切り分け、脂身をきよに渡してきた。

「じゃあ、こいつは『おきよ預かり』だ。なんとかうまい具合にしてくれ。脂身とは言っても鴟尾《しび》は鴟尾。匂いが気になるが、滋養はあるに違いねえ」

そう言ったあと、弥一郎は声を落として続ける。

「たっぷり食えば、紅の重ね塗りもいらなくなる」

「え……」

慌てて左右を見回すが、源太郎は客に呼ばれていったし、伊蔵は真剣な眼差しで鍋の中をかき混ぜている。こちらを向きもしないので、おそらく聞こえてはいなかっただろう。顔色の悪さをごまかすために頬紅を重ねたのは間違いない。だが、誰にも気づかれていないと思っていた。間近で見ている清五郎にすら気づかれていないのだから、店の人間にわかるはずはないと……

なんて目敏《めざと》い人だろう、と思っていると、さらに弥一郎の囁《ささや》くような声が聞こえた。

「たっぷり食うのは養生の秘訣だが、何でも食えばいいってもんじゃねえ。滋養のあるものを食わないと。おまえの口に合うように拵《こしら》えるがいい。無駄に紅代をかけるよりいいってもんだ」

青物に比べて魚は身体に力をくれる気がする。弥一郎も同じように思っていて、鴟尾の脂身を任せてくれたのだ。おまえが一番食べやすいように料理しろと……

伊蔵はただ旨いものを食べたかっただけかもしれないが、弥一郎はもっと深い思いを持っていた。言葉の端々に思いやりが窺《うかが》え、腹の底から温められた気がする。

なんとしてでも、自分だけではなくみんなの口に合うもの、喜んで食べてもらえるものを考えなければ……

感謝を込めて頭を下げたきよに軽く頷き、弥一郎は魚を捌《さば》き始めた。

――やっぱり少し臭いがする……

昼飯時を過ぎ、ようやく一段落した板場で、きよは鼻に皺を寄せていた。

朝よりも臭いが増している。白身の魚や同じ鴟尾の赤身とは比べものにならない足の速さだった。

魚の脂身は傷《いた》みやすいと聞いたけれど、同じように脂ののった鰤《ぶり》はここまでではない。たぶん運んでくるのに時がかかるのも原因なのだろう。なにせ鴟尾はうんと沖に行かないと獲れないらしい。獲ったものを仲買から魚屋へと渡していくうちにも時は過ぎる。

大半の脂身が捨てられてしまうのは、魚屋の手に渡るころには食べられたものではないとわかっているからだ。

それでも、今目の前にある脂身は辛うじて『少し臭う』に留《とど》まっている。もしかしたら陸に近いところで獲れたのかもしれない。魚屋も臭いを確かめた上で、これならあるいは……と『千川』に届けたのだろう。

いずれにしても生のままでは食べられない。ほかの魚であれば塩を振って焼くところだが、鴟尾《しび》の塩焼きなんて聞いたことがない。きっとあまり旨くないから誰もやらなくなったに違いない。

火を通すとなるとやはり煮付けか天ぷらだろうか。だが、煮付けの場合、これだけ脂があると、味を染み込ませようと長々煮ているうちに固くなりかねない。手っ取り早いのは天ぷらだが、ただでさえ脂がたっぷりのった魚を天ぷらにしたら、もっとしつこくなるかもしれない……

そこまで考えたとき、きよはふと弥一郎の脇に置かれていた盆笊《ぼんざる》に目をとめた。そこには、弥一郎がまとめて作った糸切り大根が入っている。

刺身がよく売れたせいで、糸切り大根もずいぶん減っている。あれぐらいの量であれば、膾《なます》にするのにちょうどいい……と思ったとたん閃《ひらめ》いた。

――膾の中に天ぷらにした鴟尾を入れてみたらどうだろう？　酢は口の中をさっぱりさせてくれる。鴟尾の脂身も案外さっぱり食べられるかもしれない！

「板長さん、油を使ってもいいですか？」

「油……かまわないが、鴟尾を揚げるのか？」

弥一郎は先ほどのきよ同様、いかがなものか……という顔をしながらも、油が入った鍋を渡してくれた。

鍋をへっついに乗せ、温まるのを待つ間に鴟尾を一口の大きさに切る。粉を水で溶く寸前で思い直し、鴟尾に乾いたままの粉をまぶした。水気のある衣よりも、粉だけのほうがより早く火が通って固くなるのを防げるだろう。

続いて小鉢に醤油と味醂《みりん》、そして酢を合わせる。このたれに揚げた鴟尾を絡めて食べれば、膾に入れたときの味に見当がつけられる。膾を作るのはそれからでいい。

温まった油に粉化粧をした鴟尾を泳がせる。いったん沈んだ鴟尾が程なく浮き上がってくる。やはり、衣ではなく粉だけにしたので火の通りが早かったとみえる。

次々に引き上げて油を切り、たれに浸してみる。まずは味見……と一切れ口に運んだきよは満面の笑みを浮かべた。

「旨いのか？」

「私は美味しいと思います」

そう言いながら弥一郎に鴟尾を差し出す。続いて、ちらちら窺《うかが》っていた伊蔵にも……

「こいつはいい！　醤油と酢がなんともいい仕事をしてやがる。鴟尾の脂身がこんなに旨えなんて驚きだぜ。さすがはおきよだ！」

伊蔵に大仰に褒めあげられ、ほっとした。ところが、先に食べた弥一郎が考え込んでいる。どうしたのだろう……と思っていると、顔を上げて言った。

「旨いは旨いが……なにやら味が物足りない」

「なにか少なかったでしょうか？」

醤油か味醂《みりん》か、あるいは酒か……と訊ねたきよに、弥一郎は考え考え答えた。

「塩梅《あんばい》はちょうどいい。おそらく味がまだ馴染んでいないのだろう。しばらく置けば変わるのかもしれない。いや、それよりも……」

そこで弥一郎は先ほどきよが使った粉に目をやった。

「なぜ溶いた粉を使わなかった？」

「火の通りが悪くなるかと……」

「なるほど。それなら……」

そこで弥一郎はまだ揚げていない鴟尾《しび》を取ってふたつに切った。幅はそのままで、厚みを半分に削いだのだ。

「これならいいだろう。溶いた粉でやってみろ」

大急ぎで粉を溶き、弥一郎が切ってくれた鴟尾を揚げる。先ほど同様、間もなく浮き上がってきたものをたれに浸し、弥一郎に食べてもらう。

「やはり衣はあったほうがいい。たれがよく滲みる。ただ、これだと置いている間に滲みすぎるかもしれない。今度は気持ち水を増やしてみろ」

弥一郎の言葉で、溶いた粉に少しだけ水を足し、ゆるめの衣で揚げてみる。三度目の味見で、ようやく弥一郎が満足そうに頷いた。

「できたな」

「俺にも！」

待ちかねたように手を伸ばした伊蔵は、またしても大絶賛だった。

「さっきのも十分旨いと思ったが、一段と味が上がった。これは板長さんとおきよの合作だな！」

「うむ。阿蘭陀《オランダ》漬に鵜尾を使うとはな」

「あ……」

そこできよはがっくり肩を落とした。

そういえば、小ぶりの鯵《あじ》や川魚を揚げて酢に漬けた料理がある。阿蘭陀から伝えられたので『阿蘭陀漬』と呼ばれているが、きよが作ったのは、まさに鵜尾を使った阿蘭陀漬だった。

「なんだ、気づいていなかったのか？」

伊蔵がくすくす笑った。弥一郎は弥一郎で、半ば感心した様子で言う。

「気づいてなくて作り上げたってことは、自分で工夫する力があるってことだ。大したもんだ」

「そうだ、そうだ。とにかく屑《くず》のはずの鴟尾《しび》が上等の賄《まかな》いになった。ありがてえ！」

「あ、でもこれで終わりじゃないんです」

慌てて口を挟んだきよを、弥一郎も伊蔵も怪訝《けげん》な顔で見た。

「これで十分旨いと思うが……まだなにか工夫が？」

「膾《なます》のようにしてみようかと……」

「なるほど……そいつは面白い。大根や人参《にんじん》の歯触りも楽しめそうだ。だが、どうしてそんなことを思いついた？」

「実は……」

そこできよは盆笊《ぼんざる》の糸切り大根と、膾には飽き飽きだという弟の言葉を伝えた。

聞いた伊蔵は大笑いだった。

「そりゃそうだ。清五郎はまだまだ食い盛り。膾ばっかり出された日には辟易《へきえき》さ」

ところが、弥一郎は伊蔵とは真逆に申し訳なさそうな顔で言う。

「それより、うちに帰ってまで糸切り大根の練習をしてたってことのほうが事だ。すまなかったな、おきよ。これからは店でやれ」

「でも、出来損ないの糸切り大根ばかりでは……」

「心配しなくても、俺みたいに上等の糸切り大根が作れるようになるには、まだまだ日がかかる。それまでは膾にでも和《あ》え物にでも使えばいい。多少太いぐらいのほうが歯ごたえがある」

珍しく自慢めいた言葉で、きよは『糸切り大根修業』を許され、存分に大根を刻めることになった。

源太郎親子も奉公人たちも、鴇尾の阿蘭陀《オランダ》漬には大喜びで、これが『猫またぎ』か！　と驚きの声を上げつつきれいに平らげてくれた。伊蔵などは毎日でもかまわないと言い出すほどだったが、本来捨てられるはずの鴇尾の脂身が『千川』に届くのは極めて稀《まれ》なことだ。たびたびあっても困るし、いかに源太郎がお人好しだったとしても、そんな魚屋は出入り差し止めにするだろう。

かといって、よく売れる赤身をわざわざ阿蘭陀漬に仕立てるのはもったいない。とどのつまり、鴇尾の阿蘭陀漬は一度きり、それ以後登場することはなかった。

ただ、弥一郎は、暑くなるとさっぱりした料理がよく売れるから、酢を使った阿蘭陀漬は夏に向けて人気が出ると言う。源太郎は源太郎で、魚より値が張らない大根や人参《にんじん》で嵩増しすれば儲《もう》けが増えそうだ、とほくそ笑む。

さすがに鴫尾《しび》の脂身を客に出すわけにはいかないが、ほかの魚なら……ということで、大根や人参を入れた阿蘭陀《オランダ》漬が品書きに入れられることになった。

「また『おきよの』料理がひとつ増えたな」

源太郎に褒められ、きよはにっこり笑う。

このところ迷惑のかけ通しで落ち込んでいた気持ちはどこへやら、ふわふわしていた足も少ししっかりしたような気がする。やはり病《やまい》は気からというのは本当なのだろう。

同時に、先ほど弥一郎に言われた『俺みたいに上等の糸切り大根が作れるようになるには、まだまだ日がかかる』という言葉に、悔しさがこみ上げてくる。この悔しさを糧《かて》に練習しよう。たかが大根を切るだけのこと、一生懸命励めばそれほど時をかけずに上達できるはずだ。

彦之助とさとのことは気にかかる。けれど、弥一郎はきよと彦之助を入れ替える気はなさそうだし、源太郎もきっぱり店には入れないと言った。よほどしくじらない限り、このまま修業に励めるだろう。

早速渡された大根を薄く剥きながら、きよは微笑みを浮かべる。だが、その微笑みは、一本目の大根を剥き終えぬうちにきよの顔から消えた。なぜなら、頭の上から蔑《さげす》みきった声が聞こえたからだ。

「なんだ、出てきやがったのか」

頭を上げるまでもなく、彦之助だとわかった。

源太郎は商《あきな》い仲間の寄り合いがあるとかで出かけた。弥一郎は先ほど、店が空いているうちに味噌や米の残りを調べておきたい、と蔵に行った。彦之助は、店に父も兄もいないと知って、きよに嫌がらせをしに来たに違いない。

みるみるうちに高揚していた気持ちが醒《さ》めていく。双子の片割れ、忌《い》み子《ご》として生まれ、人目を忍んで暮らさねばならなかったころでさえ、誰かを恨んだことも嫌ったこともなかった。むしろ迷惑をかけてすまないと詫びながら生きてきた。声を聞いただけで腹立たしく、忌まわしい気持ちになる人などこれまでいなかったのである。

――この人は私が嫌いなのかもしれない。いや、きっと嫌いなのだろう。でもそれは、こっちだって同じだ！　私を板場に入れたのは旦那さんと板長さんだ！　文句があるならあのふたりに言って！

いっそ、そんな啖呵《たんか》を切ってやりたい。だが、『千川』に関わりはないといえども、彦之助は源太郎の息子だ。奉公人の身で主《あるじ》の息子に楯突くようなことは言えなかった。

やむを得ず、黙ったまま剥いた大根を重ねて刻んでいく。すると、また彦之助の声がした。さっきよりもっと嘲《あざけ》りを含んだ声だった。

「もっと薄く剥けなかったのかよ。それでよく料理人でございって面してやがる。おまえの面はその大根ぐらい厚いんだな」

包丁を握る手が震えそうになる。怯えからではなく怒りで……

これほどの怒りを覚えるのも、生まれて初めてのことだった。それでも顔を上げず、ひたすら大根を刻む。ざく、ざく、ざく……という音以外は耳に入れまいと躍起《やっき》になる。言い返さないのをいいことに、さらに彦之助は話し続けた。

「ま、無理もねえ。おっかさんに聞いたが、おまえは逢坂の出らしいな。上方《かみがた》の味を売りにしてるみたいだが、料理茶屋で修業したわけでもないっていうじゃないか。手慰みで飯を作ってただけ。親父《おやじ》や兄貴にうまいこと取り入って板場に潜り込んだんだろうが、所詮素人《しろうと》。道理で糸切り大根ひとつ作れねえわけだ」

そのあとも、今から修業させたって道半ばで嫁に行くかもしれない、と言ったかと思えば、いやいや、こんな年増じゃもらい手はねえな、と鼻で笑ったり、聞くに堪えない言葉が続いた。

彦之助の声は、当然隣に座っている伊蔵にも聞こえている。伊蔵も奉公人、主《あるじ》の息子に言い返せないのは同じだ。きよとしても、伊蔵まで巻き込みたくない、なんとか聞き流して……とひたすら祈る。

相手にしなければ去っていく。もしくは源太郎か弥一郎が戻ってきて追い払ってくれる。それまでの辛抱だ。そんなきよの気持ちが通じていたのか、伊蔵はちらちらときよの様子を窺《うかが》いつつも、無言で手を動かしていた。

ところが知らぬ存ぜぬを貫こうとするきよに焦《じ》れたのか、彦之助はこともあろうに伊蔵、さらには弥一郎までこき下ろし始めた。

「伊蔵は今のまんまがいいよな？　どう考えたっておまえより俺の方が上手《うわて》だ。せっかく欣治がいなくなったってのに、俺が入ったんじゃ三番手に逆戻り。それよりは、女を顎《あご》で使うほうが気分もいいってもんだ。兄貴にしたって上方で修業なんてしたことはねえ。俺に負けるかもしれねえって心配してるんだろうさ」

「そんなっ！」

そこで伊蔵がぱっと顔を上げた。名指しまでされ、さらに弥一郎まで貶《おとし》められて堪《こら》えきれなくなったに違いない。

だが、彦之助の狙いがきよの立場を悪くすることにあるのはわかり切っている。そのために伊蔵を巻き込もうとしているだけ。伊蔵に言い返させるのは、思う壺というものだ。

なんとしてでも止めなければならない。だが、奉公人しかいない『千川』でいったいどうすれば……

そこで周りを見回したきよは、脇に置いていた大根に気づいた。

「伊蔵さん、やっぱりうまくできません。ちょっとお手本を見せてくれませんか？」

そう言いながら、三寸ほど残っていた大根を渡す。手本を見せてもらいたいとはこれっぽっちも思っていない。ただただ、伊蔵の気を逸《そ》らすことだけが狙いだった。

「え？　あ、ああ、手本か……」

案《あん》の定《じょう》、伊蔵は受け取った大根に包丁を入れる。彦之助が見ているせいか、いつもよりずっと丁寧な仕事ぶりに思える。それでも向こうが透けるほどの薄さはまっとうな修業の成果、きよとは比べものにならない。おそらく弥一郎と比べても、劣るのは速さだけだろう。

「わあ……やっぱりお上手です」

「いやいや、俺なんてまだまだだよ」

「そんなことはないですよ。よその料理茶屋の糸切り大根だって、もっと太いのがありましたから」

「おきよは、よその料理茶屋を知ってるのかい？」

「実家にいたころ、よく父が料理を持ち帰ってくれました。糸切り大根はたくさん見ましたよ」

糸切り大根はいわゆる飾り物だ。料理屋なら頻繁に使うけれど、よほどのことがない限り家では作らない。だからきよは作ったことこそなかったが、いろいろな料理屋の糸切り大根を見てきた。そのどれに比べても、伊蔵の糸切り大根は遜色なかった。

「料理茶屋どころか、板長さんとも変わらないぐらいです」

「そうか……板長さんともか。でも糸切り大根だけうまくてもなあ……」

「だけってことはありませんよ。味付けにしても、伊蔵さんが作ったものは、お客さんにも人気があるじゃないですか」

「おべっか使うんじゃねえよ。人気の上じゃ、板長さんはもちろん、おきよにだって敵わねえ」

「それは違うと思います」

そう言いながら、きよは伊蔵が作っていた白和《しらあ》えに目をやった。

「味を見させてもらっていいですか？」

伊蔵はすぐさま白和えを小皿に入れてくれた。普段から弥一郎に、きよにはたくさん味見をさせろ、それも修業のうちだから、と言われているからだろう。

彦之助は、睨み付けるようにふたりを見ている。もともと険しい目つきだったけれど、見ない振りを貫かれて、腹を立てているようだ。このまま去ってくれないか、と思ったけれどそうは問屋が卸さず、彦之助は依然としてふたりの前で仁王立ちしていた。

ここが肝心……と己《おのれ》に言い聞かせ、きよは白和えを口に運ぶ。

擂《す》られた豆腐にひじきと人参《にんじん》が混ぜ込まれている。滑らかな豆腐の舌触りの中、時折歯に当たる細切りの蒟蒻《こんにゃく》の弾むような感触が楽しい。味付けは味噌と味醂《みりん》を存分に使い、江戸の人好みに仕上げられていた。

「ああやっぱり」

「やっぱりってなにが？」

「この間、板長さんにも味見をさせてもらったんですけど、それと同じ味です」

「そりゃそうだろ、板長さんに習ったんだから」

白和えぐらい考えなくても作れる、と伊蔵はつまらなそうに言う。そして、俺の料理は全部板長の写しだ、と嘆き始めた。

「写しのどこが悪いんです？　考えなくても作れるってすごく大事なことですよ。私なんていちいち味噌がこれぐらい、味醂がこれぐらいって確かめながら作ってます。そうしないと『千川』の味にならないから」

「いやいや、そんなことをしなくても、おきよの上方《かみがた》風の味付けを気に入ってくれる客はいるだろう。おきよが考えた料理があんなに人気なんだからさ」

「それじゃあだめなんです」

「どうして？」

「ここが江戸、しかも『千川』だからです」

きよの答えに、伊蔵は首を傾げる。なにがなんだかわからないという顔で見られ、きよは説明を足した。

「板長さんの味こそが『千川』の味なんです。江戸で生まれ育った人には板長さんの味のほうが馴染みが深いに決まってます。伊蔵さんは江戸生まれの上に、板長さんに一から仕込まれた。だからこそ、同じ味を考えなくても出せる。うっかりするとすぐ上方の味になってしまう私とは段違いです。私が考えた料理にしても、板長さんや旦那さんが吟味して、これなら『千川』にも馴染むだろうってことで出してるはず」

「そう言われるとそうかな……」

曖昧に頷く伊蔵に、きよはもう一息とばかりに重ねる。

「伊蔵さん、これまでお客さんに、こんなものは食えないって返されたことがありますか？」

「さすがにそれはねえな」

「でしょう？　ちゃんと『千川』の味が出せてるってことじゃないですか。古くからのお客さんは『千川』の味が気に入って通ってきてくださるんです。江戸には江戸の味、はじめに『千川』の味ありき。私の上方《かみがた》風の料理なんてちょっと珍しいおまけみたいなものですよ」

「江戸には江戸の……。そうだよな、なにも上方だけが偉いってわけじゃねえ。うちは上方の料理なんぞ食ったことがねえ客が大半だもんな」

そこで伊蔵はにやりと笑う。彦之助のほうは一切見ていないが、溜飲を下げたことは間違いなかった。

「技もねえのに、口ばっかり達者な女……」

「そこまでだ、彦。商《あきな》いの邪魔するんじゃねえ」

ぎょっとして顔を上げると、彦之助の後ろに弥一郎が立っていた。いつの間に戻ってきたのだろう。彦之助のほうを見ないままに話をしていたから、気づくのに遅れてしまった。

とっとと家に戻れ！　と一喝し、彦之助を追い出したあと、弥一郎は何事もなかったように言う。

「おきよ、ちったあうまくなったか？」

「そりゃねえですよ、板長さん」

きよが糸切り大根の練習を始めたのはついさっきだ。そんなにすぐに上達するわけがない、と伊蔵は大笑いだった。朗らかに笑う姿には、さっきまでの悔しそうな様子も、自信のなさそうな様子も見られない。糸切り大根はともかく、伊蔵の気を取り直させることには成功したらしい。

ほっとしてきよも笑う。

「すみません。まだまだ阿蘭陀《オランダ》漬用です」

「まったく……仕方ねえな。阿蘭陀漬にだってここまでの量はいらない」

そう言われて見ると、手元には糸になり損ねた大根が山になっている。手を止めてはただのおしゃべりになってしまう。彦之助に怠《なま》けていると言われるのが嫌で、手を動かし続けた結果だった。

ごめんなさい、と俯《うつむ》いたきよを取りなすように伊蔵が言う。

「阿蘭陀漬で使い切れない分は、香の物にでもしやしょう。塩で揉めば、けっこうな箸休めになりますし、葉も入れれば色合いもいい」

「それなら酒のつまみにもなるか……」

「酒のつまみなら、梅和《あ》えもいいかもしれません。削り節を少し入れて醤油を一垂らし、けっこう人気の品書きですよね」

「ああ梅和えか。熱燗《あつかん》好きの客に人気だったな。よし伊蔵、半分は香の物、残りは梅和えに仕立てろ。おきよ、その大根は伊蔵に回せ」

すぐに刻んだ大根を笊《ざる》ごと伊蔵に渡す。伊蔵は、仕事が増えちまったよ、と嘆きながらもどこか楽しそうだ。自分の考えが取り入れられたのが、よほど嬉しかったのだろう。

刻んだ大根をふたつに分けながら、伊蔵が言う。

「ありがとな、おきよ」

「え……」

大量の大根を糸にし損ねて礼を言われるとは……と首を傾げる。だが、どうやら伊蔵が言いたいのは大根のことではなかったらしい。苦笑しつつも、わけを説明してくれた。

「おきよがあれこれ工夫しているのを見て、俺もやってみたくなったんだ。なにより、板長さんや旦那さんは、言い出しっぺが誰かなんて気にしちゃいねえんだな、って……」

料理を旨くする工夫、人気が出そうな料理であれば、ちゃんと考えてくれる。たとえ奉公人が言い出したことであっても。きよが来たことで、それがはっきりとわかった。

それなら自分も……と考えるようになったのだ、と伊蔵は照れくさそうに言った。

「それともうひとつ。今までは、板長さんに教わったとおり、なんにも考えずに料理を作ってた。それでいいと思ってたんだ。だが、おきよを見てて気づいた。今でこそ兄弟子ぶってあれこれ教えてるけど、このまんまでいたらあっという間に追い越されちまう。おきよに負けねえように、俺も工夫しなきゃって。まあ、俺ができる工夫なんて高《たか》が知れてるけどな」

きよのように人気料理を生み出す力はないかもしれないが、食材を無駄にしない工夫ならできそうだ。これまで『千川』がどんな料理を出してきたのかはしっかり覚えている。その中から、刻んだ大根を使いつつ、その日の品書きに入っていないものを言ってみただけだ、と伊蔵は謙遜した。

珍しく長語りした伊蔵を見て、弥一郎が感心したように言う。

「見直したぜ、伊蔵。小僧の時分から見てきたせいで、子どもだ子どもだとばかり思ってた。おまえもちゃんと考えて前に進んでるんだな」

「子どもって……板長さん、俺はもうすぐ干支《えと》を二回りしちまうんですぜ？」

「おや、そうだったか？　そいつはすまねえ。まだ清五郎とどっこいどっこいかと」

「うへえ……」

伊蔵が、情けなさそうに天井を仰《あお》ぐ。

姉としては、あれでも近頃ずいぶんしっかりしてきたんですよ、と取りなしてやりたくなるが、清五郎ももう二十歳。今までがあまりにも幼なすぎで、ようやく年相応になっただけのことなのかもしれない。

それでも弥一郎は、きよと同じように感じてくれたらしく、軽く笑いながら言う。

「おまえにしてみれば不本意かもしれねえが、清五郎も前よりずっとしっかりしてきた。みんながいいほうに行ってるってことだ」

そして弥一郎は、そのあとちょっとの間だけ戸口のほうを見た。みんなの中に含まれない存在を思い出したのかもしれない。追い出したばかりの弟のことを……

だが彦之助についてなにか語ることもなく、弥一郎は作業を始めた。冬の日暮れは早い。もたもたしているうちに仕事を終えた職人たちが押しかけてくるだろう。兄弟の不仲について考えている暇はなかった。

なにより大事なのは、源太郎から弥一郎へと受け継がれた味を守ることだ。主《あるじ》親子は、きよの工夫で『千川』に少し違った風を入れたいと考えている。だが、大元になるのは『千川』の味に違いない。『千川』のよさを損なわず、前からある料理にも馴染むものを作る――それこそが、きよに求められることだろう。それができて初めて『千川』に通ってきてくれるお客さんを失うことなく、新たな客を呼べるのだ。

難しいことには違いないがなんとかやり抜きたい。伊蔵も、自分にもできることがあるという自信をつけつつある。兄弟子とはいえ、自分だって負けていられない。真ん中のへっついの前にしかと陣取ったきよの胸には、修業半ばとはいえ私だって『千川』を支えるひとりだという気概が育ちつつあった。

薬《くすり》食《ぐ》いの夜

霜月《しもつき》の中頃、源太郎宛に文《ふみ》が届けられた。

源太郎は勘定高いところはあるが、商人や誰かの遣いで訪れる者たちには愛想がいい。とりわけ長い道のりを駆け通しでやってくる飛脚には労《ねぎら》いを忘れず、水を飲ませてやったり、菓子を分けてやったりすることも多い。その日も、遠いところをありがとよ、という言葉が聞こえてきて、きよははっと目を上げた。

もしかしたら、上方《かみがた》の実家から届いた文かもしれない。父の菱屋《ひしや》五郎次郎《ごろうじろう》と源太郎は昔馴染みで、その縁に縋《すが》ってきよと清五郎を預けたという経緯がある。今も時折文のやりとりをしているし、前の文が来てから月が三度ほど変わったから、そろそろ届いてもいいころだ。主《あるじ》は、父から文が来たときはいの一番で知らせてくれる。そして、『おとっつぁん、達者みたいだぞ』と微笑んでくれるのだ。

ところが、源太郎はきよや清五郎に目を向けることなく受け取った文を読み始めた。

しかも次第に眉根が寄っていく。なにか難しい知らせなのだろうか。少なくとも父からの文ではなさそうだ、と少々がっかりしつつ手元に目を戻す。

次に聞こえてきたのは、源太郎の舌打ちだった。弥一郎が怪訝《けげん》そうに見る。

「どうした親父《おやじ》、そんなに面白くねえ文だったのかい？」

「どうしたもこうしたもあるか！　彦の野郎！」

「彦？　じゃあその文は『七嘉《なな か》』からかい？」

「ああ。ご亭主からだよ。彦之助が戻っちゃいねえか、って……」

「やっぱりか」

弥一郎が憮然とする。彦之助が修業先に無断で戻ってきたのではないかと、疑っていたのだろう。だが、それよりもきよが気になったのは、彦之助の修業先だ。源太郎が口にした屋号に聞き覚えがありすぎた。

「あの……『七嘉』って、京の料理茶屋の？」

「知ってるのか？」

弥一郎がぶっきらぼうに返した。いきなり口を挟まれて、機嫌を損ねたに違いない。

一方源太郎は、ああ……と合点《がてん》がいった様子で答える。

「京の『七嘉』だよ。おきよの姉さんの嫁ぎ先の」

「ええっ⁉」

弥一郎が仰天する一方で、きよは深く頷く。

源太郎が言ったとおり、『七嘉』は姉のせいの嫁ぎ先だ。せいは三年前に嫁に行った。ちょうど清五郎が逢坂にいられなくなった騒ぎを起こす一年前のことだ。

清五郎が騒ぎを起こしたとき、母は『せいが嫁に行ったあとでよかった』と言っていた。どうして？　と訊ねると母は答えたものだ。きよはずっと家にいるから心配ないけれど、せいは外を歩くこともある。逆恨《さかうら》みで喧嘩をふっかけるような相手だから、せいにまで悪さをしかねない、と……

そして、なんだかすっきりした顔で笑った。

「さすがに京まで悪さを仕掛けには行かないでしょう。せいがお嫁に行ってずいぶん寂しかったけれど、きよもいてくれるし、これでよかったのよね」

そうして母は、自分に言い聞かせるように何度も頷いていた。

おそらくそのときにはもう、父は清五郎を江戸に逃がすつもりになっていただろうし、きよも一緒にという心づもりだったに違いない。そうでなければ、あんなにさくさくと段取りが進んだはずがない。それでも母には告げていなかった。だからこそ母はきよがずっと側にいるものと思い込んで、そんな話をしたのだろう。

ともあれ、姉が三年前から『七嘉』にいたのは確かで、彦之助がそこで修業していたのならば、姉を知っているかもしれない。いや、きっと知っている。きよは、なんと奇遇な……と思ったが、どうやらそうでもないらしい。その証に、弥一郎が妙に合点《がてん》がいった顔で言う。

「ってことは、もしや『七嘉』は『菱屋』さんからの紹介で？」

「そうなんだよ。『菱屋』さんは油問屋だから『七嘉』とは昔からの付き合いだったらしい。それで、彦の修業先を相談したときに、『七嘉』なら間違いない、なんなら口を利くって言ってくれてな。ほかに知り合いからもいくつか紹介された店はあったんだが、『七嘉』がぴかいちだった。で、ありがたく縋《すが》らせてもらったってわけだ」

「なるほど……それで、今度はうちで清五郎を預かった、と。恩返しだったんだな」

「恩返しってことは……いや、そうかもしれねえ。『菱屋』さんとは昔から持ちつ持たれつだったからな……って、そんなこたあどうでもいい！」

そこで源太郎は我に返ったらしく、厳しい顔つきになって言った。

「とにかく、彦は逃げ出してきたんだ。しれっと修業を終えたような顔で帰ってきやがるなんて、太え野郎だ！」

「親父《おやじ》、彦のことは後回しだ。それより先にやらなきゃならねえことがあるぜ」

「というと？」

「こんな成り行きじゃ『七嘉』ばかりか、『菱屋』にも顔向けならねえ！　せっかく口を利いてくれたっていうのに」

「そのとおりだ……」

どうしたものか、と源太郎は頭を抱える。源太郎を追い立てるように、弥一郎が言った。

「とにかく『七嘉』と『菱屋』に詫びねえと。早飛脚を立てて文《ふみ》を送ろう」

「そ、そうだな。じゃあ店を閉めてから早速……」

「そんな呑気《のんき》なことを言ってる場合か！　店を閉めてからじゃ、書き終えるまでに夜が明けちまう。いいから家に戻れよ。彦を捕まえて訳を訊いて、一刻も早く文を書くんだ。ことと次第によっては、直々に詫びに行かなきゃならねえかもしれねえ」

「うわあ……」

「ま、そうなったら俺が行く。その年で逢坂と京を梯子《はしご》させるわけにはいかねえからな。とにかくまず文だ！」

弥一郎に追い立てられ、源太郎は裏の家に戻っていった。

その姿を見送りながら、きよはいたく感心していた。

——板長さんはなんて頼りになるんだろう。なにかことが起こっても、あんな風に助言をくれる人がいれば心強いことこの上なしだ。しかもそれが自分の息子……年のせいかもしれないけれど、こんなに頼りになる人と、修業先から逃げ出してくるような人では比べものにならないに決まってる……

以前、弥一郎と彦之助は兄弟仲が今ひとつだと聞いたことがある。それならなおさら、源太郎は彦之助を店に入れないだろう。

最初から弥一郎は弟を店に入れたがらなかった。母親の横車ときよの都合でやむなく二日は働かせてみたものの、それきり板場に近寄らせなくなった。あれはきっと、彦之助の仕事ぶりを認められなかったからだろう。もしかしたら、経緯などまったく知らないうちから、修業半ばで逃げ帰ったことを感じ取っていたのかもしれない。

思い起こしてみれば、まっとうに修業を終えたのであれば帰る前に『七嘉』なり、本人なりから音沙汰があってしかるべきだ。なんの知らせもなく、いきなり『千川』に現れたのは逃げてきたからに違いない。なにより、まともな料理人なら、勝手に店の味を変えたりしないはずだ。もっと言えば、板長である弥一郎を馬鹿にするような態度はもってのほか、料理の腕以前の問題だった。

源太郎が去ったあと、弥一郎が大きなため息を吐いて訊いてきた。

「おきよ、京の姉さんとやりとりはあるのか？」

「やりとりというか……実家の母が様子を知らせてきます」

「文《ふみ》は？」

「稀《まれ》に」

そこで弥一郎は、またため息を吐いて考え込んでいる。なにかを言いたくて言えないような素振りに、はっとしてきよは言った。

「差し出がましいようですが、姉に文を送ってあちらの様子を訊ねてみましょうか？」

源太郎と『七嘉』の主《あるじ》の間では、伝えづらいこともあるだろう。だが、姉なら修業先での彦之助の行状を包み隠さず教えてくれるのではないか。きよと清五郎が『千川』に世話になっているとわかっているのだから……

きよの申し出に弥一郎は即座に頷く。馬が合わないと言っても弟は弟、やはり気になって仕方がないようだ。

「飛脚代は俺が持つ。親父《おやじ》の文と一緒に送るわけにはいかねえから、別立てだな。文を書くのにどれぐらいかかる？　一両日ぐらいでなんとかなるか？」

「姉への文ならそんなに時はかかりません。紙と筆を貸していただければ、すぐに書きますよ。ちょうど座禅豆《ざぜんまめ》を煮ているところですし、へっついの様子を見ながら済ませます」

「へっついの前で⁉」

弥一郎が素《す》っ頓狂《とんきょう》な声を上げた。さらに、そんなところで文をしたためるなんて聞いたことがない、と呆れたように言う。

けれどきよは、実家にいたときは度々へっついの前で書き物をした。煮物や焼き物の出来上がりを待つ間に、ちょっとした秘訣を忘れないように書き留めていたのだ。だから、立ったまま巻紙に筆を走らせることには慣れていた。

論より証拠とばかりに筆と紙を借り、きよはさらさらと文をしたためる。最初から彦之助の経緯を訊ねるわけにもいかず、姉の暮らしぶりを伺い、清五郎や自分の様子も少し書いてから目当ての話に持っていく。それでも弥一郎が目を見張っていたから、かなりの早業《はやわざ》だったのだろう。

「あっという間だな。しかもぜんぜん筆が止まらない。親父なんざ、さんざん唸って天井を睨みまくって、その半分がいいところだってのに。よほど文を書くのに慣れてるんだな」

「姉への文ですから。旦那さんとは同じにできませんよ」

一緒に生まれ育った姉への文にそんなに苦労するはずがない。普段話すようなことをそのまま字にしただけである。第一、源太郎が普段書いている文は取引の相手がほとんどだろう。その上、今日は息子の不始末を詫びる内容なのだ。詫び状をそんなにさらさら書けるほうがおかしい。

それもそうか……と曖昧に頷きつつ、弥一郎はきよの文《ふみ》を持って出かけようとした。一刻も早く飛脚を立てたかったのだろう。

ところが、弥一郎が店から出るより早く飛び込んできた者がある。けっこうな勢いで、何事かと思えばまたしても飛脚、しかもきよにあてた文だった。

「里からかい？」

「いいえ……姉からです」

「なんと！　それで中身は……」

大急ぎで開けて読んでみる。内容は、今まさに訊ねようとしていた彦之助についてのことだった。一読したきよは、文を弥一郎に渡した。

「読んでいただいたほうが早いと思います」

「やはり彦のことか……」

「はい。姉は彦之助さんが『千川』の息子だと知って、気にかけていたようです。半月ほど前に遣いに出たまま戻らない。出かける前にやけに丁寧に姉に挨拶をしていったそうで……」

「遣いって……」

「届け物だったようです。彦之助さんは地の利があるからって……」

「そうか……」

その場で弥一郎は文を読み始めた。きよの文の倍ほどの長さで、『七嘉』の板場で起こった揉め事についても書かれている。せいは、その揉め事を苦にして逃げ出したのではないか、と心配していた。

「江戸に遣いに出されていたのか……。道理で無事に関所を抜けられたはずだ」

旅をするには道中手形《てがた》がいる。しかも、手形はそう簡単に手に入るものではない。奉公人の場合、主《あるじ》の申し立てがあって初めて出されるものだ。無事に江戸まで旅をしてきたのだから、主の許しがあったはず。修業を終えて戻ったと言い張る彦之助を疑いつつも、問い詰められなかったのはそのせいに違いない。

姉からの文によると、板場で兄弟子といざこざを起こした彦之助は、もともとほかの奉公人が行くはずだった江戸への遣いの代わりを申し出た。遣いの中身については触れられていなかったが、とにかく彦之助は江戸に向かった。

ところが、届け先からは無事届いたと便りがあったものの、本人は一向に戻ってこない。一月《ひとつき》が過ぎたところで、これはおかしいと『七嘉』の主が文を寄越した、ということだった。

「とんでもねえ野郎だ！　だが、様子はわかった。うちとしては、土下座の勢いで詫びなきゃならねえってこともな！」

そして弥一郎は、慌ただしく店を出ていった。源太郎に知らせるためだろう。

「なんでえ、あんなに威張り散らしてたくせに、逃げ出してきてたのかよ！　それでよく、『千川』の味がどうのこうのとか、姉ちゃんの糸切り大根が下手くそだとか言えたな。開いた口がふさがらねえとはーこのこったあー！」

清五郎は歌舞伎役者に似せて見得を切った。その仕草に噴き出しつつ、とらが言う。

「本当にねえ。それにしても、旦那さんも板長さんも大変……。弟っていうのはどうしてこうも気ままなのかしら」

「おとらさん、それって俺を誹《そし》ってるのかい？」

「え……？　あら、ごめんなさい。清ちゃんも弟だったわね」

そこでとらは、きよと清五郎を交互に見た。そして、また少し笑いながら言った。

「あいつに比べたら、清ちゃんはうんとましよ。多少生意気でも逃げ出したりしてないし、近頃すごく真面目に勤めてるじゃない。そもそも、清ちゃんはおきよちゃんにはすごく思いやりが深いし」

「そりゃあさ……」

「そんな話はいいじゃない。肝心なのは、真面目に働いてるってことよ。これからもその調子でね」

そんな言葉で、きよはなおも続けようとした清五郎を止めた。

とらは、姉弟が江戸に来た事情までは知らないし、あの忌まわしい事件はもうずっと前のことなのだから、今更教える必要はないと思ったのだ。

きよの気持ちを察したのか、清五郎は軽く頷いて答えた。

「合点《がってん》だ！　旦那さんは詫び状にかかり切り、板長さんもしばらく戻ってきそうにない。俺たちで気張るしかねえ！」

「そういうこと。さ、仕事に戻りましょう」

「なんでえ……俺よりずっとしっかりしてやがる。兄弟子は俺なのに形無しじゃねえか。こいつは本気で気張らねえと、冗談抜きで追い抜かれちまう」

伊蔵が情けなさそうに言った。

どうかしたら喧嘩に繋がりそうな台詞《せりふ》だが、伊蔵が言うと危うさは少しも感じられない。おそらく伊蔵は素直な質《たち》で、心の底から頑張らなければと思っているからに違いない。お互いに競《せ》り合うことで、どんどん腕を上げていける。伊蔵との間には、そんな期待がある。

親身になってくれる主《あるじ》、頼もしい板長、競い合える兄弟子、そしてとらと清五郎という気のいい仲間……

彦之助の揉め事の経緯はわからない。だが今のところ、きよが『千川』から逃げ出したくなるようなことはひとつもない。それがいかに恵まれたことか、改めて思い知らされた。

この温かい場所にずっといたい。彦之助の嫌がらせには腹が立つけれど、源太郎や弥一郎がいる限り、あの人が『千川』で働くことはない。逃げ出してきたと知った今、彦之助の件が一刻も早く解決してほしい。さもなくば源太郎や弥一郎は気が休まらないに違いない。

できればこのまま『七嘉』に戻って修業を続けてくれないものか……

薄々無理だと承知で、きよはそう願わずにいられなかった。

その日、源太郎は店に戻ることはなかった。おそらく家で彦之助を問い詰めたり、文《ふみ》を書いたりでそれどころではなかったに違いない。文には揉め事があったとしか記されていなかったから、経緯を訊くことから始めなければならない。どうやら彦之助は、自分に都合の悪いことは言わない質《たち》のように思える。聞き出すのは骨の折れる作業だろうし、聞いたところで彦之助の一方的な思い込みかもしれない。本当のところを見極めるのも難しいだろう。

幸か不幸か、客の入りが今ひとつで、源太郎がいなくてもなんとかなった。弥一郎は終始渋い顔でいたけれど、手が足りなくて文句が殺到し、主を呼べ！　などと客が騒ぎだすよりましだ。さすがに、家に戻りたくねえぜ……という弥一郎の呟きを聞いたときは、気の毒だと思ったけれど……

翌朝、きよと清五郎が『千川』に着いてみると、またしてもさとが源太郎と弥一郎の間を行ったり来たりしていた。これは前と同じく、彦之助を店に入れる算段だな、と思っていると、案の定《あんじょう》、さとの声が高くなった。

「どうやったって彦は『七嘉』には戻れない。だったら『千川』に入れるしかないじゃないか。本人だって、ただ世話になるのはいやだ、働きたいって言ってるんだよ。見上げた心がけじゃないか」

昨日問い詰めた結果、詫びても許されない事情だとわかったのだろう。遣いはきちんと果たしたようだが、その前の揉め事がのっぴきならないものだったに違いない。一段と必死さを増したさとの様子が、それを物語っていた。

それにしても、修業先で揉め事を起こして、江戸への遣いをこれ幸いと自ら引き受けた挙げ句そのまま帰らないなんてひどすぎる。おそらく帰りの路銀も懐《ふところ》に入れたままに違いない。

せめて手をつけずに持っていればいいが、なんだか怪しい気がする。彦之助は江戸に戻ってすぐ、自分の包丁を誂《あつら》えたらしい。かなり上等なものだったし、伊蔵はおそらくおきよの包丁より値が張るはずだ、とも言っていた。

きよですら、上田の母親が心付けをはずんでくれたおかげでようやく買えたというのに、修業先から逃げてきた彦之助がなぜそんなお金を持っているのか……

清五郎は、あれはきっとさとが買ってやったのだ、と言っていたが、案外自分で買ったのかもしれない。帰りの路銀を使ったとすれば、頷ける話だった。

料理人の命とも言える包丁を、くすねた金で買うなんて考えられない。もしこれが本当で、弥一郎が気づいたとしたら烈火のごとく怒るだろう。

弥一郎と彦之助は姿形こそ似ているが、心構えが違いすぎる。本当に血を分けた兄弟なのか、と疑いたくなるほどだった。

きよが手を動かしつつそんなことを考えている間も、さとは話し続ける。

「どうしてそこまで彦を邪険にするんだい？　修業半ばで逃げてきたのは褒められたも

のじゃないけど、あの子だって堪《こら》えきれないことがあったんだから……」

「堪えきれねえことを堪えてこそ修業じゃねえか！　俺だって昔はさんざん板長や兄弟子にいたぶられた。それを乗り越えてこそ一人前になれる。逃げ出すなんざもってのほかだ」

もっともな話だ。それこそが修業だ、ときよも思う。ところが、源太郎の言葉にさとはここぞとばかりに噛みついた。

「じゃあ、弥一郎はどうなんだい⁉　いたぶられたことなんてないだろ？」

弥一郎の修業の場は最初から『千川』だった。初めて店に出たのは九つの年、確かに丁稚《でっち》と同じ仕事をしていたが、主《あるじ》の息子が虐《いじ》められるわけがない、とさとは言う。

だが、きよですら、それは思い違いだと知っている。なぜなら、きよの長兄で『菱屋』の跡取りである清太郎も十歳から店に出たが、父親が見ていないところで散々虐められたと聞いたし、双子の兄の清三郎に至っては毎日のようにきよに泣き言を漏らしていた。

主の子だからいたぶられないなんてことはありえない。嫉《そね》みを受ける分、倍も三倍も虐められる。そして主のほうも、あえて見て見ぬ振りをする。下手に庇い立てすれば、もっと風当たりが強くなるとわかっているからだ。

きよの考えを裏付けるように、源太郎が言う。

「馬鹿なことを言うな。おまえは、弥一郎がどれだけ兄弟子に苦労したのか知らねえだろう？　冬のさなかにうっかりしたふりで水をぶっかけられたり、ひびが入った器を洗わせておいて、真っ二つになったらこっぴどく叱る。わけがあるならまだしも、なんの理由もなくいきなりひっぱたかれる。厠《かわや》や井戸端でしゃがんで泣いてるのをどれだけ見たことか。それでも弥一郎は告げ口ひとつせずに堪《こら》えてたんだ」

「知ってたのかよ……」

ぼそりと呟いた弥一郎に、源太郎はにやりと笑って言う。

「あたりめえだ。てめえの子が忍んで泣いてるのが嬉しいわけがねえ。それでも先のことを思って、なんとか堪えてくれ……って。こっちが泣きたかった。それに比べりゃ、彦之助なんざ……」

「そうかい……だとしても、彦之助だって同じ目に遭ったんだ。もう少し思いやっても……」

なおも不満そうなさとに、今度は弥一郎が言い返した。

「同じだろうか？　現に親父《おやじ》は奉公人にはけっこう気を配ってるぜ？　贔屓《ひいき》してるように思われるのは困るが、とりわけきよや清五郎には気をつけてる。やっぱり知り合いの子だから、どうしたって気にせずにいられねえんだろう」

「そのとおりだ。たぶん『七嘉』の主《あるじ》も彦之助には気をつけてくれてたはずだ。揉め事を起こしたばかりの彦之助を江戸に遣いに出してくれるなんて、その証みたいなもんじゃねえか」

板場に居づらいだろう、気も晴らしたいだろう、と生まれ育った江戸に行かせる。ついでに親の顔も見てこいという気遣いがあってのことだ、と源太郎は語る。さらに、苦々《にがにが》しげな顔で付け加えた。

「彦は、そんな『七嘉』の旦那のありがてえ気遣いを無にしやがった。俺なら顔も見たくねえ、どうかしたら親からの詫び状なんざ破り捨てるね。おまけに『菱屋』さんの顔まで潰した。ずっと親しくしてもらってたのに、付き合いもこれまでかもしれねえ。そんな男を『千川』に入れるなんてまっぴら、料理の腕以前の問題だ」

「そこまで言わなくても……あの子、これから頑張ろうって新しい包丁まで買って……」

「そいつは聞いた。彦が俺のところに見せに来たからな。だが、こうなったらその金の出所も聞かなきゃならねえ。おそらく路銀に手をつけてる」

「あの子が盗人《ぬすっと》したって言うのかい⁉」

「さあな。どっちにしても残りの路銀をあちらさまに返さねえとなんねえ。いくら預かって、いくら道中で使って、いくら残ったか……」

「親父《おやじ》、それは全部返したほうがいい。なにせ、もともと彦は逃げ出すつもりだったんだからな」

弥一郎に言われ、源太郎はますます肩を落とした。

「言われて見ればそのとおりだ……。とにかく遣いは済ませたんだから、と思ったが、そうもいかねえか」

「詫び料を上乗せしたほうがいいぐらいだ」

「だな……」

とにかく『七嘉』に金を返す。彦之助の身の振り方はそれからだ、と言い置いて、源太郎は店の奥に入っていく。帳面を調べて、金の算段でもするのだろう。

そのことがあってから、彦之助が『千川』に姿を見せることはなくなった。江戸に戻った経緯や路銀の使い込みがばれてばつが悪くなったのだろう。当然、奉公人に偉そうな顔をすることも、きよを追い出そうとすることもできない。

源太郎夫婦や弥一郎の心情を思うと胸が痛むが、きよにとっては平穏な日々が戻ってきた。このまま修業を続けられれば……と祈るばかりだった。

その後、源太郎と『七嘉』の主《あるじ》との間で何度か文《ふみ》が行き来した。源太郎は平身低頭で詫びる文を送ったけれど、『七嘉』の主はむしろ彦之助の無事を喜んでくれた。どうやら旅の途中で追いはぎにでも遭ったのではないか、と心配していたようだ。ただし、路銀についてはさすがに返してほしいと言われ、為替手形《かわせてがた》を送った。

飛脚屋や両替商を行ったり来たりしている源太郎の様子に、本当に親というのは大変なものだと思う。改めて逢坂の両親への感謝が湧くきよだった。

『七嘉』に路銀を返し、『菱屋』への詫びも師走《しわす》のうちになんとか終わった。

彦之助はめっきり『千川』に現れなくなり、たまに井戸端や厠《かわや》の周りで姿を見ることはあっても嫌がらせをされることもない。おかげできよは、身体の具合はもちろん気持ちの上でも元気に働く日々が続いていた。

年が明けたある日、侍がひとり『千川』にやってきた。

「主、なんぞ食わしてくれ」

すぐに源太郎が飛んでいって席に案内する。

「これはこれは、神崎《かんざき》様。よくお越しくださいました」

聞き覚えのない名前だな……と思ったものの、顔を上げて確かめると、神崎というのは、以前、江戸の食事が口に合わずに弱っていたところを、上田に『千川』に連れてこられ、きよの料理を大喜びで食べてくれた摂津《せっつ》の侍だった。

あの折は別段名乗りはしなかったけれど、おそらく源太郎は上田とのやりとりの中から侍の名を聞き取ったのだろう。

神崎が腰を下ろすのを待って、源太郎が訊ねる。

「なんぞ、とおっしゃられてもうちにはいろいろ料理がございます。どのようなものをご用意いたしましょう」

「そうじゃな……汁と飯、あとは香の物でもあれば……」

「汁と飯と香の物……でございますか。こう言ってはなんですが、なにやらお顔の色が冴えません。もう少し力のつきそうなものを召し上がられては？」

「そうか？　実はあまり暇がなくてな……今も勤めの最中なのだが、近くを通りかかって、飯の時分だしなにか食っておかねばと思って寄ったのだ」

「お忙しいのですね……でもやはり食事はしっかり召し上がったほうがいいです。煮魚と小松菜の胡麻《ごま》よごし、飯に味噌汁でいかがです？」

源太郎に言われ、神崎は案外素直に頷いた。問答する暇が惜《お》しいと思ったのかもしれない。

「ではそうしてもらおう」

「かしこまりました。すぐにご用意いたします」

源太郎が注文を告げに来るより早く、伊蔵が味噌汁を椀に注ぐ。きよは大鉢から小松菜の胡麻よごしを取り分け、弥一郎は小鍋に作り置きの煮魚を移す。あまりにも空腹で待ちかねるという客にはそのまま出すこともあるが、やはりお武家、しかも上田の同僚とあっては温めずに出すという考えはなかったのだろう。

幸い煮魚は作ってからあまり経っていない。冷え切っているわけではなかったので、それほど時をかけずに温めることができた。

お待たせしましたーと叫ぶように言いながら、清五郎が運んでいく。神崎はこちらに背を向けているものの、腕が動く様子からせっせと食べ進めていることはわかる。予想の半分ほどの時間で食べ終わると、神崎は静かに箸を置いた。

「旨かった。やはり来てよかった」

熱い茶を運んでいった源太郎が、嬉しそうに答える。

「お気に召したようでなによりです」

「青菜は色鮮やかなのに柔らかく仕上がって絶妙の茹で加減。胡麻は香ばしいし、出汁《だし》で割った醤油がなんとも優しい味わい。味噌汁の豆腐も角が一切崩れておらず、煮魚は尾も鰭《ひれ》も反り上がっている。さぞや新鮮な魚を使ったのであろう。さすがは深川にこの店ありと名高い『千川』じゃ」

神崎はしきりに褒めちぎる。嬉しくないと言えば嘘になるが、きよとしてはむしろ、そこまで気に入ってくれたのであれば、たとえ暇がないにしても、もう少しゆっくり味わって食べてくれても……と思ってしまう。なにより、前に上田と一緒に来たときよりも遥かに覇気がない様子が気になってならなかった。

神崎は熱い茶まであっという間に飲み干し、支払いを終えて帰っていった。源太郎が嬉しそうにしているから、おそらく心付けも弾んでくれたのだろう。

ゆっくり食事をすることもできぬほど、お勤めが忙しいのか。あるいは習《なら》い性《しょう》か……いずれにしてもあれではお腹を壊しかねない、と心配しつつ、きよは出ていく神崎を見送った。

それから十日ほど経ったころ、また神崎が店に現れた。

精も根も尽き果て、目の力まで失せている様子に、源太郎が驚いて訊ねる。

「神崎様、いかがなさりました？　どこぞお身体でも痛みますか？」

「これと言って痛いところはないのじゃが、ここしばらく、どうにも足がふわふわと頼りないし、日に日にひどくなってきた。お勤めにも障りが出そう……いや、実際に出ているのかもしれぬ。とにかく困っているのだ」

「お勤めにまで……」

「ああ。昨日は剣術の鍛錬をしたのだが、まったく力が入らず足がふらつく始末。しかもそれを上役に見咎《みとが》められてな……。武士にあるまじきとお叱りを受けた。思えばこの様子は昨日今日のことではないのだ。それでも、ここで飯を食ったあとは少々ましだった気がしてな……。またなんぞ精の付くものを食わせてもらおうと思って参った」

神崎の言葉に、きよはますます耳をそばだてた。足がふわふわと頼りなく、というのに覚えがありすぎる。二月《ふたつき》ほど前の自分も同じだった。しかもきよの場合、お勤めに障りどころか、本当に寝込んで働けなくなってしまったほどだ。

とにかく精の付くものをたくさん食べろと弥一郎や清五郎に言われ、米ばかりではなくお菜もしっかり食べるようにしたところ、少しずつ少しずつ足の頼りなさはなくなり、顔の色も戻って頬紅を重ね塗りしなくてもよくなった。

きっと、食べ盛りの弟を気にするあまり、精の付きそうなお菜はなるべく清五郎に譲っていたせいもあったのだろう。今では、節約も大事だが、食べ物にだけはしっかりお金をかけなければ……と思うようになった。

もしかしたら神崎も、お勤めが多忙なあまりきちんと食事ができていなかったのかもしれない。あの『早食い』もよろしくない気がする。『精の付くもの』を食べようというのは、なによりの心がけだし、『千川』を気に入ってくれている様子はとても嬉しかった。

「それはそれはお困りでしょう。そういえば、うちの料理人も先だって同じようなことを申しておりました」

源太郎に言われ、神崎が伸び上がるようにこちらを見た。

「料理人と言うと、もしやあの女子《おなご》か？　おきよとかいう……」

「覚えていてくださったんですね」

「もちろんじゃ。なんといっても上田様のお気に入りじゃからな。そうか、おきよもか」

「はい。一時は血の気の失せた顔でろくに立ち上がれない様子となり、それはそれは心配いたしましたが、今ではすっかり……」

「それはなにより。是非とも秘訣を聞かせてもらいたいものじゃ」

「秘訣というか、やはり『精が付くもの』をしっかり食うに越したことは……」

そこで源太郎は板場を振り返り、確かめるようにきよを見た。とっさに頷くと、安心したように神崎に向き直る。神崎は大きく頷いて言った。

「やはりな。それできよはどんなものを食ったのじゃ？　俺も真似したい」

「それでは、おきよになにか拵《こしら》えさせることにいたしましょう」

「おお、頼む」

「ついでに酒はいかがでしょう？」

「酒か……そうじゃな。酒は百薬の長と言うしな」

「かしこまりました」

神崎のそばに膝をついて応対していた源太郎が、一礼して立ち上がった。見るからに満足そうな微笑みは、この客はとにかく元気になりたいのだから金に糸目はつけない、店としては儲《もう》け放題だとでも思っているからかもしれない。

だが、きよには災難もいいところだった。

――どんなものを、と訊かれても、普通にお菜を食べただけ。それまでよりはたくさん食べるように心がけたけれど、前の神崎同様、豆腐とか青菜とか、ありきたりのものばかりだった。鴟尾《しび》の阿蘭陀《オランダ》漬は身体に染み渡るような気がしたけれど、あとから作った鱸《すずき》の阿蘭陀漬はさほどでもなかったのは不思議。鴟尾も鱸も同じ魚なのに……。かといって、さすがにお侍様に鴟尾を出すことはできないし……

それにしても困った、と思っていると、伊蔵の声がした。

「おきよが食べていたものなんて、そのまま出せっこないよな。だってごく普通のお菜だろ？」

「はい。お菜を作る量を増やして、しっかり食べるようにしただけで……」

「うんうん、『精の付くもの』なんて大して食ってねえよな。菜っ葉とか豆腐がもっぱら、たまに魚。それも鰯《いわし》とか干鱈とかさ。さすがに鴟尾《しび》の脂身は力が付きそうだったけど、一度きりだし、お侍になんて出せねえし」

「そうなんです……」

伊蔵は、思ったよりきよの食べているものをよく知っていた。同じ奉公人、しかも同じ料理人だけあって、懐《ふところ》具合がわかっているから、使える食材に見当がつけやすいのだろう。

「それにしても不思議だな。一緒に暮らしてる清五郎はなんともなくて、おきよだけが具合が悪くなった。おまけにたらふく食ったら治ったなんてさ……」

「ですよね……それまでだって別に足りなかったわけじゃなかったんですよ。ご飯はしっかり食べてました。むしろ実家にいたころよりたくさん食べるようになったぐらいでした。なにせ江戸に来てからご飯が美味しくて……」

逢坂にいたときはもっぱら籾《もみ》を取っただけの米、しかも時折麦まじりの飯だった。それが江戸に来てたやすく白米が食べられるようになった。もっちりと甘い白米はそれだけでご馳走で、お菜などなくても十分。だからこそ、お菜を清五郎に譲っても平気だったのだ。

「やっぱりお菜ってのは大事なんだろうな。だからこそ、うちみたいな料理茶屋が繁盛するってわけだ」

けっこうけっこう、と伊蔵は笑うが、きよにしてみればそれどころではない。とにかく神崎に出す料理を考えなければならない。鴟尾は無理だが、同じような赤身の鰹《かつお》でも出しておこうか……と思いながら弥一郎に目をやると、彼もこちらを見ていた。目が合ったかと思うと、気の毒そうに言う。

「贔屓《ひいき》にされるのはありがたいが、こうなると災難だな。別におまえは医者ではないし、おまえに効いたからといって、ほかの者にも効くとは限らないのに」

「まったくです」

「だが、なにも出さないわけにはいかないし……。どうする？」

「青菜は必ずとしても……あとは……」

「田楽《でんがく》は？　確か上田様と一緒に来たときにはずいぶん気に入っていたようだが」

「田楽なら間違いないでしょうけれど、前と同じ料理を出すというのは、どこか負けたような気がして……」

「負けたような……」

そこで弥一郎ははじかれたように笑い出した。反対隣の伊蔵も大笑いしている。なにかおかしなことを言っただろうか、と思っていると、笑いやんだ弥一郎が言った。

「そんなところで勝ち負けを気にするとは思わなかった。だが、そういう気持ちは大事だ」

前とは違うものを出そうと頭を捻《ひね》ることで、新しい工夫が生まれる。料理の腕を上げるためには必要なことかもしれない、と弥一郎は言う。

「確かに、田楽《でんがく》を出せば間違いはないが、それではあのお侍にとってうちは田楽屋になってしまう。煮魚も出したばかりだし、ほかにも旨いものがあるって教えてやらないとな」

「はい……でもどうしたら……」

「精が付くものの代表と言ったら薬食《くすりぐ》いだ。実は今日は山鯨《やまくじら》がある。いっそそいつを出してみたらどうだ？」

「山鯨？　うちはももんじ屋でもないのにどうして……」

山鯨というのは猪《いのしし》の肉のことだ。山鯨だけではなく、紅葉《もみじ》つまり鹿の肉、時には山鳥を料理して食べさせる店をももんじ屋といい、麹町《こうじまち》あたりには人気の店があるらしい。だが、今まで『千川』で山鯨や紅葉を扱ったことはない。山鯨があるなんて驚きもいいところだった。

「裏にこっそりしまってあった。どうやら親父《おやじ》が自分で食うために仕入れたらしい。金払いが良さそうな客だから、いっそあれを出しちまうってのはどうだ？」

そう言うと、弥一郎はにやりと笑って訊いた。

「山鯨を食ったことは？」

「あります。味噌を使った小鍋立てでした」

父の五郎次郎は、きよが好んで料理をすると知ったあと、なるべくいろいろなものを食べさせようとしてくれた。家の外に出られない娘の唯一の楽しみと思ってくれていたのだろう。名のある料理茶屋からの持ち帰りは言うまでもなく、目新しい料理について見聞きするたびになんとか家で食べられないかと尽力した。『薬食い』と言われる獣の肉についても、かしわ（鶏肉）を筆頭《ひっとう》に紅葉、桜（馬肉）、時には鶴も手に入れ、家で料理させていたのである。

もっとも子どものころのきよは、父から疎《うと》まれていると信じていたため、そういった珍しい料理は、兄弟や母のために作らせていると思っていた。それがきよのためだったというのは、江戸に来てからわかったこと、まさに親の心子知らずである。

いずれにしても、そんな父の配慮できよはかなりいろいろな料理を食べてきた。珍しい料理が出るたびに、母に作り方を訊ねもした。母はなんでも教えてくれたし、自分がわからないときは料理人に訊いてくれたおかげで、実際に作ったことはなくても料理法に見当はつく。臭みの強い獣の肉は味噌や香りの強い青菜や薬味を合わせるのが秘訣ということも心得ていた。

きよの答えに、弥一郎は満足そうに頷く。

「そうか。それなら味付けは大丈夫だな」

「おそらく」

「よし。ではさっさとやっつけよう。山鯨《やまくじら》は俺がやるから、おきよはほかのものを頼む」

きよはほっとして菊菜を笊《ざる》から取る。続いて葱《ねぎ》と大根、牛蒡《ごぼう》も出したあと、七輪《しちりん》に炭を移した。普段使っているへっついでは、小鍋立てには大きすぎるからだ。

出汁《だし》と青物を任されたのは幸いだった。魚には慣れていても獣の肉に触れたことはない。おそらく塊のままだろうし、切り分けるのも大変……というか、正直に言えば少々薄気味悪い。弥一郎は、そんなきよの心中を察してくれたようだ。

七輪の火が十分に熾《おこ》ったのを確かめ、水を入れた小鍋をのせる。出汁を取るかどうか迷いつつ、昆布をひとかけら入れる。山鯨から出汁が染み出すからいらないような気もするが、出汁は種類を重ねるほど旨味が増す。昆布なら山鯨とうまく馴染むだろう。

しばらく待って沸いたところで味噌を溶く。これまた上方《かみがた》の味噌と江戸の甘みの強い味噌を重ねる。味見をしたあと、少々甘みが足りない気がして水飴を加え、切った大根や葱、牛蒡を煮る。ほどよく柔らかくなったのを確かめ、弥一郎が切り分けてくれた山鯨と油揚げを入れる。ここから先はあまり煮すぎてはいけない。鴟尾《しび》の赤身同様、山鯨は固くなりやすいのだ。さっと色が変わったあたりで菊菜を加えれば、山鯨の味噌鍋の出来上がりだった。

「お、できたな」

横目で見ていた弥一郎が頷き、大声で源太郎を呼んだ。

「親父《おやじ》！　上がったぞ！」

そうか、そうか、と早速やってきた源太郎は、小鍋の中を覗いて天井を仰《あお》いだ。

「こいつを使ったか……相変わらず目敏《めざと》いやつだ」

「当たり前だ。板場や裏になにがあるかぐらいわかっていなくて板長が務まるかよ」

「そりゃそうだがよう……せっかく皆に滋養をつけさせようと思ってたのに」

「おや、ひとり占めする気じゃなかったのか？」

「失敬なことを言うな。ひとり占めできるような量じゃなかっただろ？」

藪入《やぶい》りも近いし、よく働いてくれたご褒美、そしてこれからもしっかり励んでもらうためにも薬食《くすりぐ》いをさせてやろうと考えたのだ、と源太郎は苦笑いで言った。

「それはそれは……でもまあ、心配しなくてもまだずいぶん残ってる。山鯨は薄切りでも旨いし、みんなに行き渡る。それより早く運んでくれ」

山鯨《やまくじら》が固くなっちまう、と促《うなが》され、源太郎は慌てて清五郎を呼び、七輪《しちりん》を運ぶよう申しつけた。

客の席にはあちこちに火鉢が置かれている。てっきりそれを使うとばかり思っていたが、神崎が座っている場所は少々火鉢から遠い。すでに酒を呑み始めている神崎を火鉢のそばに寄らせるのも、重い火鉢を動かすのも面倒だ。七輪を用意するほうが手っ取り早いということだろう。

とはいえさっきまで使っていた七輪はひどく熱くなっている。火傷《やけど》をしないだろうかと心配になったが、清五郎は素知らぬ顔で別の七輪を持っていった。なるほど、七輪ならいくつかある。炭だけ移せば済む話だった、と自分で自分を笑いながら小鍋に入りきらなかった山鯨と菊菜を皿に盛る。こうしておけば、継ぎ足しながら食べてもらえるだろう。

「おお、ももんじか！」

嬉しそうな声が響いてきた。

周りの客が羨ましそうに見る中、神崎は小皿にまず菊菜、続いて山鯨を取った。次いで鍋を覗き込みながら、大根、牛蒡《ごぼう》、油揚げなども皿に移す。そのまま口に運ぶかと思いきや、いったん下に置き、瓢箪形《ひょうたんがた》の薬味入れから盛大に七味を振りかける。七味は味噌仕立てによく合うし、なにより食欲をかき立ててくれるからだろう。

目を輝かせて箸を取る姿を見て、きよまで嬉しくなってしまった。

「これはたまらん！　山鯨は言うに及ばず、山鯨の旨味を吸った牛蒡や大根がなんとも言えぬ。身体は温まるし、腹の底から力が湧いてくるようだ」

足に力が入らぬ……と嘆いていた姿はどこへやら……神崎はせっせと食べ続け、あっという間に小鍋を空にし、別の皿にのせてあった山鯨と菊菜を鍋に移す。

そこで源太郎が揉み手をしながら声をかけた。

「神崎様、そろそろお酒がなくなった頃合いじゃございませんか？　お身体も温まったようですし、今度は冷やでいかがです？　煮えばなの山鯨に冷や酒は堪《こら》えられねえ味わいですよ」

「お？」

神崎は手元にあった徳利《とっくり》を振ってみて、にやりと笑った。

「なるほど空だな。それでは、冷やをもう一本もらおうか」

「へーい！　で、山鯨がなくなったあとの出汁《だし》に飯でも入れるってのはいかがです？　ついでに卵でも落とせば、足元の頼りなさなんてどっかに行っちまいますぜ」

「味噌仕立ての雑炊《ぞうすい》に卵か……うまいことを言って値の張るものをすすめてきおる。とは、いえ、抗《あらが》いがたし」

なかなかどうして商売上手よのう、と笑いながら、神崎は飯と卵も注文した。

茶碗に飯を盛り、卵と一緒に盆にのせたあと、きよはしきりに神崎の様子を窺《うかが》う。いや、神崎というよりも小鍋の様子を、だった。

あとから山鯨《やまくじら》を足すことを考えて、出汁《だし》はたっぷり張った。雑炊《ぞうすい》を作るには十分な量が残っているだろうし、飯を一煮立ちさせたあと卵を溶くだけなので清五郎やとらでも作れないことはない。もともと料理人だった源太郎ならまず心配はないはずだ。

それでも、雑炊というのは意外に好みが分かれるものだ。せっかく値の張る卵を注文してもらったのだから、一番旨いと思ってもらえる状態で食べてほしかった。

他の客の料理を拵《こしら》えながらも、神崎をちらちら見てばかりのきよに気づき、弥一郎が怪訝《けげん》そうに訊ねた。

「どうした？　やけに落ち着きがないな」

「いや、あの……雑炊が気になって」

「雑炊？　出汁に飯を入れて卵を溶くだけだろう」

「それに間違いはないのですが、ご飯と出汁の配分とか、卵の溶き具合とか様々じゃないですか。できれば神崎様の好みをお訊ねして、そのとおりに作って差し上げたいな、と……」

「そうか……」

そこにちょうど源太郎がやってきた。どうやら神崎が山鯨や菊菜を食べ終えたらしい。飯と卵がのった盆を持っていこうとしたところで、弥一郎が声をかけた。

「親父《おやじ》、それはおきよに持っていかせてくれ」

「え⁉」

思わず素《す》っ頓狂《とんきょう》な声が出た。源太郎も首を傾げている。

「そりゃまたなんで……」

「雑炊の仕上がりが気になってならないらしい。親父には任せられねえんだとさ！」

「そんなこと、これっぽっちも言ってません！」

慌てて打ち消すきよに、弥一郎は大笑いで言った。

「出汁の量や卵の固まり具合は好き好きだって言うんだ。俺は、雑炊なんざ適当に作っちまっていいような気もするが、おきよはそう思わないらしい。客の好みをちゃんと訊いてからやってくれってさ」

「なるほど、一理ある。雑炊を作るのに半刻《はんとき》もかかるわけじゃない。よし、おきよにやらせよう」

半ば面白がっているのではないか、という様子で源太郎は盆をきよに押しつける。早く雑炊《ぞうすい》が食べたいのか、神崎はこちらをじっと見ているし、押し問答しているより行ったほうが早い。板場だろうが客の席だろうが料理は料理だ。きよはそう腹をくくり、盆を持って板場から出た。

「『千川』でも名高き女料理人のお出ましか。これはこれは……」

聞きようによっては嫌みと取れそうな言葉だが、神崎の下がりきった目尻にその気配は微塵もない。むしろ、よく来てくれたと言わんばかりだった。

「おきよが雑炊を拵《こしら》えてくれるのか？」

「はい……それであの……神崎様はどんな雑炊がお好きですか？」

「どんな？」

「汁気が多めとか、ご飯は形がなくなるまで煮たほうがいいとか……卵はしっかり固めたほうがいいのか、柔らかいままご飯に絡めたほうがいいのか……」

「ほう……一口に雑炊と言ってもいろいろあるものだな。そうじゃのう……」

そこで神崎は少し考え、汁気は少なめというよりもほとんどないほうがいい、卵はあまり固くせず、むしろ生に近いものがいい、と注文した。

「わかりました。では少々お待ちください」

こんなこともあろうかと持ってきた小鉢に、出汁《だし》を少し移す。汁気がなくなるまで煮詰めるよりも、あらかじめ出汁を減らしたほうがずっと早いからだ。

出汁がふつふつと沸いていることを確かめ、ご飯を入れる。目算どおり、出汁とご飯の量はとんとん、このまま少し火にかけていれば汁気が減るし、ご飯も柔らかく煮えるだろう。

米粒がふっくりして、汁気は残りわずかになったところで、きよは小鍋を七輪《しちりん》から下ろす。とたんに神崎の不安そうな声が聞こえた。

「卵がまだ入っておらぬぞ」

「ただ今」

七輪から下ろしたばかりの鍋に、溶いた卵を回しかける。すかさずお玉でご飯と卵を混ぜ合わせ、椀に盛り付けて神崎に手渡した。

「お待たせしました」

「そうか。七輪から下ろしたところで中身はまだ熱い。卵を柔らかく仕上げるにはそれぐらいがちょうどいいというわけだな」

「そうなんです」

いいから早く食べて、今が一番美味しいところだから！　と叫びそうになる。そんなきよの気持ちを察したのか、神崎はそれ以上問答せずに、食べ始めた。

「おお……これはいい頃合いだ。子ども時分、風邪を引いたときに母上が拵《こしら》えてくれたのもこんな雑炊《ぞうすい》だった。薄い味噌仕立てで、優しい味じゃった」

ふうふうと吹き冷ましながら、神崎は雑炊を食べる。鍋底の米一粒まできれいに浚《さら》い、本当に嬉しそうに、食べ終わるのが惜《お》しいとまで言いながら……

丹精込めて作ったつもりだが、子どものころの思い出が重なって、ひと味も二味も増しているのかもしれない。

「旨かった。それに元気が出た。山鯨《やまくじら》もさることながら、出汁《だし》のきいた雑炊が珠玉じゃ。なにより飯粒の口当たりがな」

「飯粒の口当たり……？」

「摂津にいたころは、麦まじりの飯ばかりだった。あの麦の舌触りがどうにも……母上が拵えてくださる粥や雑炊も麦まじりだったが、出汁で煮る分だけ麦も柔らかくなっていたように思う。それがまあ、江戸に来てみたらどこもかしこも白米。こればかりは江戸に出てきてよかったと思えるものだな」

「確かに上方《かみがた》は米に麦をまぜたり、粗く搗《つ》いただけの米だったりでしたね。炊いても少し茶色がかっているような……。ご飯こそ、上方と江戸の大きな違いかもしれません」

「だろうな。わしなどあまりに飯が旨すぎて、面倒になると香の物だけ、いや塩だけで食ってしまうこともある」

「え……」

思わずきよは、神崎の顔をまじまじと見てしまった。

それでは自分と似たり寄ったりだ。江戸に来てからずっとそんな様子だったのだろうか。それでは武術の鍛錬でしくじるのも当然……と思っていると、神崎が鬢《びん》のあたりを掻きながら言う。

「そんな顔をするな。お勤めが忙しくてついついな……」

どこか申し訳なさそうな表情なのは、ご飯と香の物だけで済ませてしまうわけが忙しさだけではないせいかもしれない。もともと江戸の料理が口に合わないところに、やたらとご飯が旨いときたら、香の物や塩で十分と思うのも無理はない。さすがにこれでは精が付かないと悟り、藁《わら》にも縋《すが》る思いで『千川』にやってきたのだろう。

以前上田は、針売りの女に振られて気落ちしていた神崎に、旨いものを食わせて力づけたいと考えたが、どこに連れていっても箸が進まない。訊けば、そもそも江戸の料理が口に合わないという。困り果てた上田は、きよの作る上方の料理であれば……ということで『千川』に連れてきたという経緯がある。そのときにはもうご飯と香の物、という食事が当たり前になっていた疑いすらある。

かといって、あえてきよがそれに触れる必要はない。素知らぬふりで、話を続けた。

「そういえば、私もご飯ばかりでお腹をいっぱいにしていたら、具合が悪くなりました。やはり足に力が入らなくなって……。ご飯だけではなく、お菜もしっかり食べることが大事みたいです。実際にお菜もたくさん食べた日は足もしっかりしました」

「だな。自分で拵《こしら》えられればいいのだが、煮炊きは苦手でな。いっそ料理上手の嫁でももらいたいものだ」

貧乏侍に嫁の来手《きて》はないな、と苦笑いしつつ、神崎は腰を上げた。

支払いを終え、自ら貧乏侍と言いながらも心付けまで忘れず置いたところは、さすが上田の同僚というところだった。

「ご満足いただけましたか？」

見送りに出てきた源太郎に訊ねられ、神崎は深く頷く。

「旨かった。まさか山鯨《やまくじら》が出てくるとは思いもしなかったが、味噌の中にうっすら漂う昆布出汁《だし》が嬉しかった。鰹《かつお》ではなく昆布というのがな」

「え？」

源太郎の驚きの声に、きよは慌てて頭を下げた。本来ならいらないものを使ったと責められると思ったのだ。

「申し訳ありません！　出汁を重ねたほうが旨味が増すと……」

「いや、それは間違いない。神崎様は摂津の出だから、鰹ではなく昆布というのもわかる。むしろ、神崎様がそれにお気づきになったことに驚いたのだ。そういえば、前にいらしたときも青菜や味噌汁の中の豆腐、煮魚の鰭《ひれ》にまでずいぶん細かく気がつかれておりましたな……」

味噌の味に消されて気づかない、ましてや鰹と昆布の出汁の差などわからない人のほうが多いだろうに……と源太郎に感心され、神崎は照れくさそうに笑った。

「食い意地の余禄じゃ。もっとも、こんなに達者な舌でなければ苦労もなかったのかもしれぬ」

「それは……」

ふたりして返す言葉を見つけられずにいる間に、神崎は去っていった。日はとっぷりと暮れ、あたりは真っ暗だ。次第に遠ざかっていく提灯《ちょうちん》を見送りながら、源太郎がため息を吐いた。

「煮詰まった味噌の味に紛れた出汁を鰹じゃなくて昆布とまで探り当てちまう。それで好みに合わねえ料理を出された日には地獄だろう。なまくら舌には考えられねえ苦労だ」

「……私は自分で拵《こしら》えられるだけましだったんですね。味噌や醤油の違いはありますけど、なんとか工夫して口に合う味付けにすることはできますし」

「だな。ま、一番の勝者は、賄《まかな》い方であるおきよを引き連れてきた清五郎ってことだ。賄い方不在の神崎様にしても、うちに来れば旨い飯が食えるってわかってくれただろうし、『千川』の馴染みにまっしぐら。めでたしめでたし」

源太郎は、満足そうに踵《きびす》を返す。

ところが、中に戻った源太郎を待っていたのは、他の客の興味津々の眼差しだった。

「おい、主《あるじ》。ここで山鯨《やまくじら》が食えるなんて知らなかったぞ」

「まったくだ。あんな旨そうな匂いを撒き散らされて、おまけに料理人が出てきて雑炊《ぞうすい》まで仕立てるとは……」

「俺にもくれ」

「俺にもだ」

あっちからもこっちからもそんな声が上がった。

あれは別誂《べつあつら》えで、とても断ればいいのだろうが、どうやら源太郎はそれはしたくないらしい。馴染みの顔もちらほら見えるし、神崎が馴染みではないことは明白、『侍は特別か』などと言われたくないのだろう。

根が正直者だけに『山鯨はあれしかなかった』などと嘘を吐くこともできず、断り切れなくなった源太郎がとうとう板場にやってきた。

「弥一郎、残りの山鯨で何人前ぐらい拵えられる？」

「神崎様に出したのと同じなら二人前、足し増しの皿なしなら三人前ってとこかな」

「それじゃあ足りねえ……」

俺にも山鯨を食わせろと騒いでいる客は三人どころではない。籤引《くじび》きでもすればいいようなものだが、外れた客が気の毒だし、その客がまた騒ぎ出すかもしれない。

これまでも小鍋立てがなかったわけではないが、湯豆腐とか鴫尾《しび》を使ったねぎま、せいぜい泥鰌《どじょう》がいいところで、牡丹《ぼたん》鍋など出したことはない。小鍋から味噌が煮詰まる匂いがすれば気になるのは当たり前だ。神崎に精を付けてもらいたい一心で、まわりの客のことまで考えなかったのは俺の手落ちだ、と弥一郎も悔やむ。

とはいえ後悔してもあとの祭り、とにかく今は騒ぎを収めるのが先だった。

店の中には六人の客がいる。全員が食わせろと言っているわけではないが、神崎のときと同じように、人が食べているのを見て俺もくれと騒ぎ出すかもしれない。

そこできよは気づいた。それならいっそ、少しずつでもみんなが食べられるようにしたほうがいい、と……

「あの、板長さん……」

「どうした？　なにかいい工夫があったか？」

「工夫なんて大したものではありませんが、いっそ小鍋立てはやめにしてはどうでしょう？」

「やめる？　だが、客は山鯨《やまくじら》を食わせろと……」

「ええ、『山鯨を食わせろ』です。小鍋立てではありません。それならいっそ味噌汁でいいじゃないですか？」

「山鯨入りの味噌汁か……。それなら今いる客に行き渡るな」

「でしょう？　なんなら籤引《くじび》きで三人にするか、味噌汁でみんなが食べられるようにするか、お客さんに決めてもらっても……」

「いや、それはだめだ。客同士で悶着が起きる。今日のところは味噌汁で了見《りょうけん》してもらうしかねえ」

「そうだな、それがいい。小鍋立てだろうが味噌汁だろうが、山鯨は山鯨。小鍋立てと雑炊《ぞうすい》は日を改めて、前注文なら承《うけたまわ》ります、ってことにしよう」

いやいや、なにも山鯨なんて売らなくても……と思ったけれど、それはきよが決めることではない。残念なのは、山鯨が奉公人の口に入りそうもないことだが、幸い清五郎はなぜ『千川』に山鯨があったのかを知らない。もしも、奉公人へのご褒美になるはずだったと知ったら、食いしん坊の弟は泣き言が止まらなくなっていただろう。

「よし、ではさっさとやってしまおう」

弥一郎が山鯨を捌《さば》き始めた。きよも大根や牛蒡《ごぼう》を剥く。客をそう長く待たせるわけにはいかない。味噌汁の出汁《だし》ならすでに取ってあるからそれを使えばいい。大根や牛蒡は前より細かく刻んだおかげで火の通りも早く、あっという間に山鯨の味噌汁ができあがった。

山鯨の味噌汁は急拵《きゅうごしら》えにしてはうまくできたらしく、客たちは美味しそうに舌鼓《したつづみ》を打っていた。おそらく大鍋で煮たことで味がより深まったのだろう。雑炊が食べたいと言う客もいないではなかったが、そもそも卵は値が張る。いずれにしても今日は無理、今度金が入ったら小鍋立てで雑炊を食おう、と帰っていった。

とにかく山鯨を食べられて気が済んだのだろうし、今後の楽しみができて喜んでいる様子でもあった。源太郎は、山鯨入りだけに普段の味噌汁より高い値で売れてほくほくだし、山鯨の小鍋立ての注文がどれほど来るだろうと期待している。

嬉しそうな源太郎の様子を見ながら、きよは無事に乗り切った安堵に満たされていた。

正月も半ばを過ぎ、待ちに待った藪入《やぶい》りが近づいてきた。

藪入りは閻魔賽日《えんまさいじつ》とも呼ばれ、年に二回、地獄の釜の蓋が開いて日頃罪人を責め立てている鬼が仕事を休み、亡者が責め苦を免れる日である。鬼たちですら休むのだから人だって休む、ということで、奉公人や嫁にいった女たちが実家に帰ることを許される日となっていた。

もっとも、きよや清五郎のように実家が遠い奉公人は一日で往復できるわけもないので、実家に帰るのは諦めざるを得ない。それでも、芝居を見に行ったり町歩きをしたり、と一日気ままに過ごせる藪入りは待ち遠しい。

その上『千川』の奉公人にとっての藪入りは、よそとは違う楽しみがある。半年の間、よく働いてくれたということでご馳走が出るのだ。

弥一郎は、単にご褒美にかこつけて自分が食いたいものを食っているだけだ、と言うが、よそで藪入り前にご褒美のご馳走が出るなんて聞いたことがない。源太郎は奉公人のことをよく考えてくれるありがたい主《あるじ》だった。

明日は最後まで残れ、と言われた清五郎は、ほくほく顔だ。最後まで残れというのは、すなわち店で飯を食っていけということだ。ご褒美のご馳走が出ると当たりをつけたのだろう。

「楽しみだなあ……伊蔵さんに聞いたけど、ご馳走は山鯨《やまくじら》だそうじゃねえか。山鯨の小鍋立てなんて滅多にありつけねえからな」

「小鍋立てとは限らないわよ。神崎様が帰られたあとみたいな山鯨入りのお味噌汁かも」

「いやいや、味噌汁は少ない山鯨をみんなに行き渡らせるための工夫だろ？　旦那さんはそんなしみったれた人じゃねえ。ふんだんに用意してくれたに違いない」

清五郎は自信満々に言い切る。

源太郎がしみったれた人ではないというのは確かだし、できれば清五郎の望みが叶ってほしいときよも願う。だが、店を閉めたあと、期待たっぷりの奉公人たちの前に出されたのは味噌汁でも小鍋立てでもなかった。

「あはは……そりゃそうだよな」

なみなみと出汁《だし》が入れられた大鍋を見て、伊蔵が笑い出した。

『千川』の奉公人は伊蔵、きよ、清五郎、とら。主の息子である弥一郎は奉公人かどうか判じがたい立場ではあるけれど、藪入りのご馳走はいつも一緒に食べる。そこに源太郎を加えれば六人、大鍋で一気に煮たほうが手っ取り早いし、具からの出汁もたくさん出る。いちいち小鍋で拵《こしら》える理由はなかった。

「ほら、できたぞ」

板間の真ん中にある長火鉢に、大鍋がのせられた。拵《こしら》えたのは弥一郎で、きよも伊蔵も手伝う気満々だったが、これは奉公人へのご褒美だから、と源太郎に言われて手を出させてもらえなかった。弥一郎は、俺だって奉公人のうちだと文句を言ったが、なにを言ってやがるおまえは跡取りじゃねえか、とあっけなく躱《かわ》されていた。

こんなときだけ跡取り扱いかよ、と苦笑いしつつも、まんざらでもない様子。見ていたきよもついつい笑みがこぼれた。やはり源太郎にとって弥一郎は、唯一無二の跡取りなのだとわかって嬉しかった。

「火傷《やけど》をしねえように気をつけるんだぜ」

源太郎が取り分けた中深皿を渡してくれた。

山鯨《やまくじら》は言うまでもなく、大根、牛蒡《ごぼう》、菊菜のほかに人参《にんじん》、豆腐や椎茸《しいたけ》まで入っている。客に出しているよりもずっと具沢山な牡丹《ぼたん》鍋だった。

「みんなご苦労さん。たっぷり食ってくれ。炊きたての飯もあるぜ」

源太郎の言葉で奉公人たちはすぐさま両手を合わせ、いただきますと食べ始めた。そこでいきなり清五郎が悲鳴を上げる。真っ先に山鯨にいくかと思いきや大根から食べたらしい。大ぶりに切られた大根は中の中まで熱くなっている。一口に頬張るなんて無謀もいいところだった。

「大丈夫？　ほら、お水！」

とらが慌てて湯飲みに注いだ水を渡す。目を白黒させながら水を飲む清五郎を見て、みんなが大笑いをする。一方、とらは初めての薬食《くすりぐ》いにおっかなびっくり。山鯨そのものには取り立てて感じ入った様子はなかったものの、味が染みた牛蒡や豆腐は気に入ったらしい。滋養は出汁《だし》にも染み出しているはずだから、と牛蒡と豆腐ばかり食べていた。

おそらく山鯨特有の獣臭さが鼻についたのだろう。せっかくのご褒美なのに、口に合わないのは気の毒……と思っていると、弥一郎がついと立っていった。板場でごそごそやったあと、別の皿を持ってきて、とらに渡す。

なにかと見れば鴟尾《しび》。この前のような脂身ではなく赤身、しかもそのままではなく醤油に浸した『づけ』だった。

「ほら、おとらはこっちのほうが好みだろう」

「いただいちゃっていいんですか？」

「どうせ明日は休み。売れ残りだし、醤油につけっぱなしにしておいたらしょっぱくなるだけだ」

弥一郎はしれっとそんなことを言うけれど、鴟尾のづけはたいてい人気で、今日もよく売れたし、店を閉めるころにはほとんど残っていなかった。それなのに一人前出てくるということは、別に置いてあったからに違いない。弥一郎は、とらが山鯨《やまくじら》を食べたことがないと聞いて、口に合わなかったときのためにわざわざ取り分けておいたのだろう。弥一郎の気遣いに気づいたのか気づかぬのか、とらはただ嬉しそうに皿を受け取る。

「ありがとうございます。あたし、やっぱり山鯨はちょっと苦手みたいです」

「いいってことよ。にしても名にそぐわぬ。とらってのは肉を食う獣だと聞いたが……」

「とらは大ぶりな猫みたいなもんだとも聞きましたよ。猫なら魚のほうが好きに決まってます」

「猫ねえ……気性は獣の虎のほうに……おっと」

迂闊《うかつ》な突っ込みを入れかけた清五郎は、とらにじろりと睨まれ慌てて黙る。それを見てまた皆が笑う……

藪入《やぶい》り前の『千川』の夜は、いたって和《なご》やかかつ賑やかに過ぎていく。きよは改めて、自分たちがいかに恵まれた境遇かを思い知る。

『千川』に奉公してからいろいろなことがあった。全部が全部いいことばかりではなかったけれど、奉公先が『千川』でなかったら、もっともっといやな目に遭っていたに違いない。そう思ったとき、きよの頭をここにいない男のことが過《よぎ》った。

源太郎の実の息子、弥一郎の弟でありながらすっかり蚊帳《かや》の外、『ご褒美のご馳走』にもありつけない。京での修業もきっと辛《つら》いことがたくさんあったのだろう。嫌がらせの仕方だって、奉公先で身をもって覚えたのかもしれない。

そんなことを覚えたかったはずもないのに、覚えざるを得なかった彦之助のことを思うとほんの少しだけ気の毒になる。同情の余地はあるのかもしれない、と思ってしまうのだ。

でも、こんなに楽しい夜にあの人のことなんて考えたくない。彦之助の影を頭から追い出し、きよはまた箸を取った。

皆は相変わらず楽しそうに食べている。それを見回す源太郎と弥一郎もとても満足そうだ。

弥一郎はもちろん、源太郎とてかつては料理人だった。料理が楽しいのは言うまでもないだろうし、その料理を食べて微笑む顔を見るのはなによりの喜びなのだろう。

それはきよも同じだ。けれど今回、神崎のことがあって気づかされたことがある。

それは、料理の取り合わせを考えることで誰かを達者にできる。気持ちだけに留《とど》まらず、身体そのものを丈夫にできるということだ。医者でもないのに、素晴らしいではないか。

『千川』がももんじ屋に鞍替えすることはないにしても、時折獣の肉を品書きに載せることはできるだろう。魚や青物、豆腐だけではなく、牡丹《ぼたん》や紅葉《もみじ》、かしわを使った料理も取り揃え、合わせて食べることで丈夫な身体を作る。

料理人というのはなんと奥の深い仕事だろう。いろいろな料理を作り、自信を持ってすすめられるように、もっともっと修業しなければ……

賑やかな笑い声が溢《あふ》れる『千川』で、きよは新たな決意を固めていた。

田麩《でんぶ》の工夫

藪入《やぶい》り当日、きよは閻魔堂《えんまどう》に続く道をのんびりと歩いていた。

休みをもらったところで、観たい芝居もないし、別段欲しいものもない。なにより買い物をしようにも閉まっている店が大半なのだ。

清五郎は昨夜山鯨《やまくじら》を食べ過ぎたらしく、朝ご飯を控えめにしていた。おそらく少々胃もたれしているのだろう。そして片付けが終わるなり布団を引っ張り出していたから、今日は一日ごろ寝を楽しむに違いない。

だが、きよとしては一日寝て過ごすのはもったいない気分だった。閻魔賽日《えんまさいじつ》は閻魔様にお参りする日とされていることだし、とりあえず閻魔堂まで行ってみようと出かけてきたのだ。

——あら、あれは……

無事にお参りを済ませた帰り道、きよは、とある茶屋の近くで足を止めた。

『千川』のようにきっぱり閻魔賽日は休みと決めている店も多いけれど、お参り客が増える閻魔堂近くの茶屋は開けているところもある。せっかくだから一休み……と店に近づいたところだった。

緋毛氈《ひもうせん》がかけられた縁台にいたのは、こんなところで会いたくない、もっと言えばどこでだって会いたくない男、彦之助だった。

つまらなそうな顔で団子をかじり、時折苦虫を噛みつぶしたような顔で茶を啜る。欲しくて頼んだだろうになにが気に入らないのか……と思っていると、彦之助は大声で茶屋娘を呼んだ。

「おい！」

「はあーい」

かわいらしい声で返事をし、茶屋娘がやってきた。ひどく若い。娘と言うよりも子どもと呼んだほうがいいかもしれない。閻魔堂近くの店に奉公したがために、藪入りもおかまいなしか。日を改めて親元に帰してもらえればいいけれど……と気の毒に思うきよとは裏腹に、娘は嬉しそうに近づいてくる。もしかしたら、またなにか注文をもらえると思ったのかもしれない。

ところが、そんな娘に彦之助はいきなり文句を言い出した。

「なんでえ、この茶は！　薄いばっかりで甘みの欠片もねえ。おまけにぬるいし、湯飲みは欠けてるときたもんだ！」

「す、すみません……」

ぺこぺこ謝っている娘に気づいたのか、男がひとりすっ飛んできた。上等らしき羽織を着ているから、おそらく主《あるじ》だろう。

「申し訳ありません！　うちの娘がなにか粗相を……？」

なるほど奉公人ではなく娘か。それなら藪《やぶ》入《い》りも関わりないな……と思いながら見ていると、彦之助は、今度は主に文句を言い出した。

「よくもこんな茶で金が取れるな！　どれだけ茶の葉をけちりやがったんだ！」

「あいすみません、すぐに代わりをお持ちします」

主は娘を連れて奥に入っていった。やがて戻ってきた娘の手には盆がある。少し離れているから湯飲みが欠けているかどうかまではわからないが、湯気が上がっているので熱いことに間違いはない。店先に釜があるのに奥に入っていったところを見ると、奥で新しい茶の葉を使って淹《い》れ直したのだろう。

彦之助は憮然とした顔で茶を啜り、今度はもっと渋い顔になった。

「熱けりゃいいってもんじゃないだろ！　これじゃあ香りもへったくれもねえ！」

こう言ってはなんだが、茶屋の茶の値段など高《たか》が知れている。使っている茶の葉もそれほど質のいいものではないに決まっているのに、この男はいったいなにを求めているのか。もはや難癖、見るに忍びない、ときよは踵《きびす》を返す。せっかく茶屋で一休みして、団子のひとつも食べていこうと思ったのに、水を差された気分だった。

どこかほかに開いている店があればいいが……と歩き出したところで、主の毅然とした声が聞こえた。

「あんた、うちの商《あきな》いを邪魔しに来たのか？　文句をつけたわりには先に出した茶は飲みきってたし、団子だって食い終わってたよな。さては、難癖つけて金を返させる気だな！」

さっきまでの謙《へりくだ》った態度はどこへやら、主は今にも彦之助に殴りかかりそうになっている。店先で薄いのぬるいのと大声で喚《わめ》かれた挙げ句、淹れ直した茶にまで文句をつけられて腹に据えかねたのだろう。なにより、きよのほかにも茶屋に入ろうとしてやめた客がいた。きよは彦之助と鉢合わせなんてまっぴらという一心だが、ほかの客だってこんな騒ぎの最中に入っていきたいとは思わない。金を取り返す気だったかどうかはわからないが、商いの邪魔と言われればそのとおりだった。

いくら憎い男にしても、目の前で殴られるのは見たくない。もしかしたら、お役人を呼ばれてしまうかもしれない。なんとかしなければ……と思ったとき、彦之助が大声で言い返した。

「金なんざ返してもらわなくてもけっこうだ！　ただ、こんな商《あきな》いをしてると、早晩店《そうばん》を潰すぜ！　世の中、茶の味がわからねえ客ばっかりじゃねえんだからな！」

彦之助は、啖呵《たんか》を切って店を飛び出した。そのまままきよを追い越して駆けていく。

金を返せとも言わず、店を出てしまえばそれ以上騒ぎは広がらないはずだ。

ところが、とりあえずよかった……と歩き出したきよは、しばらく行った先でまた彦之助に出くわした。走り去ったはずなのになぜ追いついてしまったのか、と思って見ると、片足を引きずるようにしている。足に怪我をしたわけではなく、勢いよく走ったせいで草履《ぞうり》の鼻緒が切れてしまったようだ。

――ああもう……どうしてこうも面倒なところばかり見てしまうんだろう……

どうやら今日のきよは、とことん彦之助と縁があるらしい。ここでやり過ごしたところで、また出くわしかねない。それならもう開き直るしかなかった。

「彦之助さん」

急ぎ足で近づいて声をかける。振り返った彦之助は、声をかけたのがきよだと知ってあからさまに不機嫌な顔になった。

「なんでえ……おめえかよ」

「これで鼻緒をすげてください」

そう言いながら懐《ふところ》から取り出したのは、細く裂いた手拭いだ。出かけたときはもちろん、仕事中だって鼻緒が切れると難儀するため、用心に持ち歩いているものだった。

彦之助にしても、おそらくきよの手など借りたくなかったに違いない。だが、自分は手拭いの一本も持っていなかったようだし、そのまま引きずるように歩いていたところを見ると、着物の裏地を裂くのも躊躇《ためら》われたのだろう。存外素直に受け取り、道の端に寄って鼻緒をすげ替え始めた。

くるくると手拭いを捩《よじ》り、鼻緒の真ん中で結ぶ。続いて前坪《まえつぼ》の穴に通してまた結ぶ。どうやらもともと器用な質《たち》らしく、鼻緒のすげ替えはあっという間に終わった。

「ありがとよ。助かったぜ」

――へえ、お礼はちゃんと言えるんだ……

感心しつつも、それ以上話すこともなく、ただぺこりと頭を下げ、きよはその場を去ろうとした。だが彦之助は意外にも、そんなきよを呼び止めた。

「なあ……ちょいと聞きたいんだが……」

「なんでしょう？」

「おまえ、茶の旨い店を知らねえか?」

「お茶……ですか?」

「ああ。どこに行っても茶がまずくて辟易《へきえき》してる。家のも茶の葉のせいか、大して旨くもねえ。どこかで旨い茶が飲めねえものかと……」

「お茶がお好きなんですか?」

「好きというか……上方《かみがた》でやけに旨い茶を飲んだことがあって、その味が忘れられなくてな」

「ああ、上方で……」

彦之助の言う上方は、おそらく京のことだろう。それは無い物ねだりではないか、ときよは思う。

茶の葉の産地といえば宇治《うじ》だ。京であれば旨い茶の葉が手に入るのは道理でも、江戸となると難しい。金を払えば買えなくもないはずだが、普通はそこまで茶の葉に金はかけない。どうかすると茶の葉なんて贅沢だと、白湯《さゆ》ばかり飲んでいる家も多いだろう。

料理茶屋を営む源太郎はさすがに茶ぐらい飲んでいるとは思うが、やはり上等とまではいかない。井戸からは塩気を含んだ水しか汲めないため、飲み水は買わねばならない。この上茶の葉まで上等なのは……となるのは頷ける話だった。

「いい茶の葉はもっぱら下《くだ》りもので値が張るものばかりですから、江戸の茶屋ではなかなか……。ましてや普段遣いにはできないでしょうね」

「やっぱりそうか……。じゃあもうあんな旨い茶は飲めないってことか……」

逃げ出した身で修業先には戻れない。上方に足を向けることすら憚《はばか》られる、と彦之助は言う。きよは、この人がこんな弱音を吐くなんて、と驚くばかりだ。それほど上方で飲んでいた茶は美味しかったのだろうか、と興味を覚え、つい訊ねてしまった。

「それは茶店のお茶だったんですか？」

「いや……茶店の茶も江戸よりはずっと旨かったが、俺が本当に旨いと思ったのは、修業先で飲んだやつだ。たまたま旦那さんが家に忘れ物をして、俺が取りに行かされた。そのときに淹《い》れてもらった茶が忘れられねえ」

「忘れ物を……それは奥様が淹れてくださったのですか？」

奉公人にお茶を出してくれるなんて珍しい。なんと優しい奥様だろう、と感心してしまう。だが、彦之助は首を横に振った。

「いや、奥様は忘れ物を探しに行ってた。茶を出してくれたのは嫁いできたばかりの若奥さんだった」

「若奥様……」

彦之助の修業先は『七嘉』だ。姉は三年前に『七嘉』に嫁入りした。『七嘉』に何人息子がいるのかまでは知らないが、嫁いできたばかりというのであれば姉のことかもしれない。姉は優しい人だから、息を切らして走ってきた奉公人に茶を出してやっても不思議はない。

そんなことを思っていると、彦之助が懐かしそうに語り出した。

「せい様と言って、それはお優しい方だった。そのあとも何度か遣いに行かされたが、そのたびに茶を淹《い》れてくれたり、そっと菓子をくれたり……。きっと俺が遠い江戸から来ていると知ってかわいそうに思ってくれていたのだろうな」

「やっぱり……。それはおそらく私の姉です」

「姉⁉」

「はい。お聞き及びじゃありませんでしたか？　私の実家と『七嘉』さんは古くからのおつきあいで、そのご縁で姉は三年前にお嫁に行きました」

「実家……姉……？　じゃあおまえも『菱屋』の子なのか⁉」

「ご存じなかったのですか？」

『菱屋』の紹介で『七嘉』に修業に行っておいてなぜ知らないのだ、とこちらこそびっくりだった。

彦之助は口をぽかんと開けている。さらにまじまじときよを見たあと、ぱしりと手のひらで額《ひたい》を打った。

「そう言われれば面差しが似ている。小鼻の張り具合などそっくりだ。だが、せい様には男兄弟ばかり、妹がいるなんて聞いたことがなかったぞ」

「ああ……」

それはきよが忌《い》み子《ご》、しかも女子《おなご》のため、双子の兄の陰でいない者として育てられたからだ。

取引先はもちろん、姉の嫁入り先の『七嘉』にも、妹の存在は隠されたままにされた。知らないのだから『七嘉』の誰もきよの存在を語ることはできないし、姉もわざわざ口にすることなどなかったのだろう。

事情を聞いた彦之助は、きよと目も合わせられないほどの動揺ぶりだった。おそらくきよの身の上の気の毒さと、散々嫌がらせをした相手が奉公先で世話になった人の妹と知った驚きの両方からだろう。

「清五郎が『菱屋』の子だってのはわかってた。せい様が教えてくれたからな。『今年から弟が彦さんのご実家でお世話になるのよ』って。だが、おまえは……」

「でも、弟はいつも私を『姉ちゃん』って呼んでますよね？」

「本当の姉だなんて思わなかった。子どもが近所の年上の女を呼ぶようなものだと」

「そんな……」

とんでもない勘違いもあったものだ。近所ならまだしも、奉公先に年上の女がいたからといって、『姉ちゃん』なんて呼ばないだろう。しかも、よく見ればせいときよ同様に、きよと清五郎だって面差しに似たところはあるのだ。

いずれにしても『菱屋』の紹介で修業に出ておきながら、あれほど嫌がらせができたのは、きよが『菱屋』の子だと知らなかったせいなのか、と膝から力が抜けそうになった。

そして今、彦之助はかわいがってくれた『せい様』が、きよの実の姉だと知って悲痛そのものの面持ちとなっていた。

「道理で……。あんなに嫌がらせをした俺にすんなり鼻緒の代わりを出してくれるなんて酔狂《すいきょう》なやつだと思ったけれど、せい様の妹なら頷ける」

「姉は本当に優しい人ですから。彦之助さんのことでも、ずいぶん気にかけて私に文《ふみ》を寄越しました」

「せい様が文を？」

「はい。『七嘉』の旦那様からの文とほとんど間を置かず届きました。遣いに出たまま戻ってこない。江戸に行く前に一悶着あったせいで実家に戻りたくなったのかもしれない。無事に着いていればいいが……と」

「そんなに気にかけてくださっていたのか……。せい様……」

申し訳ない、と彦之助は涙をこぼさんばかりになっていた。

「姉には彦之助さんが戻られたことは伝えましたし、とにかく無事でよかった、達者で過ごすよう伝えてくれ、という返事も来ています」

文をもらったときは、姉と彦之助にそこまで交わりがあったなんて知らなかった。

彦之助によく思われていないことはわかっていたし、あえて姉の言葉を伝えることもない。なにより彦之助が一切店に来なくなったせいで機会がない。外で呼び止めてまで伝えるなんてまっぴらと今日まで来てしまったが、懐かしそうな目で姉を語る彦之助を見ていると、申し訳なさまで覚える。

「こんなことなら、早くお伝えすればよかったですね」

あっさり詫びるきよに、彦之助はいよいよ後ろめたそうな顔になって答えた。

「それは俺が悪い。散々嫌がらせをしたんだから……まさかせい様の妹だなんて思わなかったから……」

「たとえ妹じゃなくても、嫌がらせは褒められたものではありません。おそらく姉ならそう叱ったでしょう」

「叱る……？　せい様が？」

あんなに優しい人が叱ったりしないだろう、と彦之助は信じない。だが、きよは幼いころから散々姉に叱られてきた。せいはずっとそばにいて、商《あきな》いや家事に忙しい両親に代わってきよに気を配ってくれていた。悪いことをすれば叱られたし、面白半分に火鉢に触れようとしたときはぴしゃりと手を打たれもした。姉は心底優しいだけではなく、厳しい人でもあった。そしてそれらはすべて、きよのこれからを思ってのことだった。

「姉は普段は優しいですが、怒るととても怖いんです。おそらく『七嘉』でも一目置かれているんじゃないでしょうか。さもなければ、勝手に奉公人にお茶なんて出せないと思います」

優しさゆえの厳しさというものがある。常であれば面倒に関わりたくないと見過ごすところを、しっかり叱る。それは心底相手のことを考えているからこそだ。たとえ相手に嫌がられても、言うべきことは言う。普段ははんなりと優しげでも、理屈が通らないと思ったら納得いくまで話し合う。それがせいという人だった。

そしてせいは、おそらく『七嘉』に嫁いでからもずっと、そんな考えで人と接していたのだろう。だからこそ夫のみならず、舅《しゅうと》や姑《しゅうとめ》にも認められ、ある程度は好きに振る舞うことができていた。せいが奉公人にお茶を出したとしても、そうする必要があったからだと判断されていたに違いない。

「そうか……そうだな……」

そう言ったあと、彦之助はやけにしょぼくれた顔になった。どうしたのだろう、と窺《うかが》っていると、なんだか辛《つら》そうな声を出す。

「じゃあ俺は厳しくするまでもない相手だったってことか……」

「彦之助さん……」

そこできよは、慌てて言葉を呑み込んだ。

危うく、あなたは姉を思い出すよすがとして美味しいお茶を求めているのでは……と訊ねそうになってしまったのだ。

彦之助が姉を語る様にはそうとしか思えないものがある。けれど、たとえ本当にそうだったとしても、そんなことを言い当てられたくはないに決まっている。ましてや相手はせいの妹だ。

きよは何気なく話を戻す。お茶を淹《い》れてくれた人ではなく、お茶そのものの話であれば障りがないだろう。

「姉が淹れたお茶が美味しかったのはわかりました。きっと良い茶の葉だったのでしょう。なんなら、どんな茶の葉なのか、姉に訊ねてみましょうか？　もっとも、同じものが江戸で手に入るとは限りませんけれど」

「いやいや、そんなことを訊ねたら、せい様のことだからきっと送ってくださる。そんな面倒はかけられねえ」

「それはそうかもしれません」

きよは姉はおろか、両親にすらものをねだったことはない。なぜなら、大抵のものはねだらなくても与えられていたからだ。なかったのは人前に出る自由だけ、それが逢坂でのきよの暮らしだった。

そんなきよが茶の葉のことを訊ねてきた。しかも、逃げ出した奉公人から話を聞いたと言って……。察しのいい姉なら、きよか彦之助、あるいはその両方が茶の葉を欲しがっているとわかるだろう。早速手配して送ってくれるに違いない。

「せい様にはなにも言わないでくれ。俺を気遣ってくれていたとわかっただけで十分だ。それと……」

そこで彦之助はすっと背筋を伸ばし、改めて腰を折った。

「すまなかった。俺はおまえを妬《ねた》んでいたんだ。自分は棒を折って逃げ帰ったのに、おまえはしっかり料理修業をしている。しかも女の身で、親父《おやじ》や兄貴にかわいがられ、客にも人気……。そんなおまえが憎くてたまらなかった。俺の場所を奪ったたって逆恨《さかうら》みをしたんだ」

「場所を奪った、というのは逆恨みじゃないのかもしれません。私がいなければ、彦之助さんが板場に入れたかも……」

「ないな。親父は元から俺を『千川』に入れる気なんぞなかった。だからこそ上方《かみがた》に追い払ったんだ。修業なら『千川』でだって、近場でだってできるってのに」

「それは上方の味を覚えさせたくて……」

「だったら兄貴は？　跡取りの兄貴にこそ上方の味を覚えさせればよかったじゃねえか。なにより親父自身がはっきり言ってる。彦を『千川』に入れる気はねえってな。それもこれも俺の心根が悪いせいせい。ま、路銀に手をつけるようじゃ、無理ねえや」

「でも……その路銀は、おそらく包丁を買うのに使ったんですよね？」

悪いことには違いないし、責められるのは当然だ。それでも酒や女、あるいは博打《ばくち》に費やすのではなく包丁を買った。『七嘉』から逃げ出したものの、料理そのものの道からは逃げたくない。修業を続けたいという気持ちの表れではないか。

りょうから身繕《みづくろ》いをするようにと心付けをもらっておきながら、砥石《といし》や包丁を誂《あつら》えようとしたきよには、彦之助の奥底にある気持ちがわかるような気がした。

彦之助は小さく頷きつつ答えた。

「江戸に戻ってとりあえず遣いを済ませたあと、俺は途方に暮れてた。もとから上方《かみがた》に戻る気はなかったし、どんな顔をして『千川』に戻っていいのかもわからねえ。で、歩き回ってるうちに打ち物屋を見つけてな……」

ついふらふらと入ってみたら、いい包丁があった。懐《ふところ》には帰りの路銀がある。手をつけてはいけない金だとわかっていたのに、ふと気づけば包丁を買ってしまっていた……

そんな経緯は語られるまでもなかった。

「新しい包丁を買ったら、そこらがぱーっと明るく見えた。不思議なもんだよな。修業半ばで逃げ出しておいて、やっぱり料理の道を離れたくなかったのかな。とどのつまり、親の店にも入れてもらえなかったくせに……」

彦之助が、俯《うつむ》いたまま足元の小石を蹴った。悔しそうな表情は源太郎に向けてか、あるいは自分自身に向けてか……

いずれにしても見るに忍びない。目を逸《そ》らしたきよに気づき、彦之助はふっと笑った。

「すまねえ。それもこれも、おまえには関わりねえことだ。だからこそ逆恨《さかうら》みだって言うんだ。勘弁してくれ」

これが散々きよを貶《おとし》めたのと同じ人だろうか。こんな手のひら返しは聞いたことがない。これほど真っ直ぐに頭を下げられるなら、たとえ誰かと悶着を起こしたにしてもどうにか仲直りができたのではないか。それもできないほど『七嘉』で起こったのはひどい悶着だったのだろうか……

『七嘉』の主《あるじ》からはもちろん、姉からの文《ふみ》にも詳しいことは綴られていなかった。源太郎はとにかく詫びるのに懸命で、悶着について触れなかったようだし、路銀を返したことで一件落着にしたらしい。

それだけに、いったいなにがあったのだろうと気になる。もしもそれが、逃げ出しても仕方がないようなことであれば源太郎や弥一郎の態度も変わるのではないか。

――せい姉さんに文を送ってみようか……

自分が関わることではないとわかっている。それでも捨てては置けない。思いがけなく彦之助と和解した今、きよはそんな気持ちになっていた。

「手間を取らせたな。じゃあ、俺はこれで……」

そう言って彦之助は歩き始めた。

『千川』がある方角ではないから、また茶屋を探すのかもしれない。探すと言っても今日は閻魔賽日《えんまさいじつ》、開いている店は少ないだろう。

去っていく彦之助の背があまりにも寂しそうで、こちらまで切なくなる。せめて美味しいお茶が見つかればいいが……と思ったところで、はっとした。

——そういえば昔おっかさんが、お茶は淹《い》れ方次第、たとえ上等の茶の葉ではなくても、美味しくすることはできるって言ってた。確か茶の葉も……

年の瀬に実家から届いた荷物の中に茶の葉もあった。きよは始末屋だから茶の葉を買わず、水や白湯《さゆ》ばかり飲んでいるのではないか。茶は疲れを取ってくれる気がするし、重いものではないから……と母が送ってくれたのだ。

母の文《ふみ》には、家で使っている茶の葉だと書いてあった。上等のお茶を求める彦之助には語るまでもないと思っていたが、江戸の普段遣いのものよりは美味しいかもしれない。丁寧に淹れれば、少しは彦之助の求めるお茶に似せられるのではないか。

とにかく一度試してみよう。きよは、彦之助が去ったのと反対方向に歩き始めた。さらに、やはり姉に文を送ってみようとも思う。

孫兵衛長屋に向かいながら、妙な笑いがこみ上げてくる。あれほど憎いと思った男のために、しかも藪入《やぶい》りだというのに大急ぎで帰ってお茶を淹れようとしている自分がおかしくてならなかった。

家に戻ってみると、清五郎は布団に寝っ転がって絵双紙を眺めていた。これはきよが実家から持ってきたものだが、ずいぶん熱心に見ている。これまで絵双紙に興味など持っていなかったが、暇を持て余して覗いてみたら存外面白かったのだろう。

「ただいま」

「おや、姉ちゃんもう帰ってきたのかい？」

「うん。それ、面白い？」

「ああ。こんなことならもっと早く見ればよかった。もっとほかにないの？」

「どこかにしまってあるはず。あとで探してあげるわ」

「あとで、かよ……」

不満そうな弟をよそに、きよは鉄瓶に水を入れる。火鉢にかけておいて、外で彦之助に出会ったことを伝えた。

はじめは、あんなやつの話なんて聞きたくもない、それより絵双紙……という様子だった清五郎も、姉との関わりを聞くうちになんだか優しい顔になった。どうやらきよと同じような心境に陥《おちい》ったらしい。

「まんざら悪いばかりの男じゃないのかもしれないな……」

「でしょ？　きっと揉め事を起こすまでは真面目に奉公してたのよ。そうでなきゃ、せい姉さんが目をかけたりしないわ」

「たぶんな。それにしたって、あいつの中に悪いところがあるってのは間違いないよ。

だからこそ悶着があったんだろうし、そのまんま逃げ出してきたんだろう」

「まあね……でも、どんな悶着だったのか気になってならないの。だから、せい姉さんに訊いてみようと思うんだけど……」

「ひえー……そこまでするのかよ。姉ちゃんは本当にお人好しだな。ま、そういうところは大姉ちゃんそっくりだぜ」

「ほんと？」

「お人好しって言われてそんなに嬉しそうにするなよ」

「だって、せい姉さんと似てるって褒め言葉でしかないわよ？ 嬉しいに決まってる」

「うちの姉ちゃんたちは、ふたりともお人好しで優しくて怒るとおっかないってことで決まりだ」

「一言多いのよ、あんたは」

伏せたまま絵双紙を眺めている清五郎を軽く睨み、きよは水屋箪笥《みずやだんす》の奥を探す。そこに茶の葉をしまった覚えがあった。

「あったあった」

茶の葉に続いて急須を取り出す。滅多に使わないからしまったままにしてあったが、布巾に包んでおいたから埃も被っていない。急須に茶の葉をさらさらと移し、お湯が沸くのを待つ。絵双紙を読み終えたのか、清五郎が立って見に来た。

「茶の葉じゃねえか！　そんなものうちにあったのかよ」

「言わなかったかしら？　おっかさんが送ってくれたのよ」

「聞いてねえ。だったらもっと早く淹《い》れてくれよ」

「え、あんた、お茶が好きだったの？」

「お茶は好きだよ。なんてったって淹れてるときの香りがいい。だからおっかさんや大姉ちゃんが茶を淹れるときは、そばにくっついて鼻をくんくんやってた」

「そうだったの。ごめんね、だったらあんたにだけでも淹れてあげればよかった」

「いいってことよ。でも、その茶は飲ませてくれるんだろ？」

「もちろん。えーっと、どうするんだっけ……。確か、お湯を湯飲みに移してから……」

「いい具合に湯が冷めたら急須に移す。焦って湯飲みに注ぐのは禁物。ゆっくりゆっくり茶の葉が開くのを待つ」

　さすがはいつもお茶を淹れるときはくっついていた、というだけのことはある。よく覚えているわね、と感心するきよに、清五郎は照れくさそうに答えた。

「おっかさんは始終おとっつぁんに茶を淹れてた。朝も夜も、日中用があって家に戻ってきてもまずお茶。あれだけ見れば嫌でも覚えるよ」

「そういえばおとっつぁん、お茶が好きだったわね」

「酒も好き、茶も好き、旨いものはもちろん好き。真の食い道楽っておとっつぁんのことだぜ」

「かもねえ……だからこそ、私もいろいろなものを食べさせてもらえたのよね」

「そういうこと。あ、ほら姉ちゃん、そろそろなんじゃねえの？」

時を置きすぎても渋くなる。頃合いを見計らうのは案外難しいんだ、と清五郎に言われ、丁寧に湯飲みに注いで飲んでみた。

「……なんだか渋いわ」

「どれ？」

清五郎がきよの手から湯飲みを取り、一口飲む。少し考えたあと、急須の蓋を取って覗き込んだ。

「茶の葉が多いんじゃない？　どれぐらい入れた？」

「匙《さじ》に三杯」

「それで湯飲みひとつ分の湯じゃ、渋くて当たり前だよ」

仕切り直しということで、急須の茶の葉を皿に移し、新しい茶の葉を入れる。ふたつの湯飲みで冷ました湯をそっと移し、葉が開くのを待ち受けた。

「そろそろ？」

「うん。いい塩梅《あんばい》だ。交互に注《い》ぐんだぜ」

弟に茶の淹れ方を指南されるなんて思ってもみなかった。日頃から水と白湯《さゆ》の生活をしていたのが徒《あだ》になったわね、と悔しく思いながら、ふたつの湯飲みに注ぎ分ける。

恐る恐る飲んでみたお茶は、さっきとは打って変わって甘くまろやかで、しみじみするような味だった。

「ありがとね。これでお茶の淹れ方がわかったわ。彦之助さんが気に入ってくれるとは限らないけど」

「気に入るって……あいつに茶を振る舞う機会なんてねえだろ」

「それはそうだけど、とびきりのお茶の葉じゃなくても丁寧に淹れれば案外美味しくなる、って伝えるだけでもいいんじゃない？」

「うーん……喜ぶのがあいつってのが悔しい気もするが、まあいいか」

大姉ちゃんのお気に入りじゃ仕方がねえ、と笑ったあと、茶筒《ちゃづつ》を振ってみて言う。

「まだかなり残ってるな。少しばかり分けてやったら？」

「彦之助さんに？」

「ああ。これ、たぶん家のと同じ茶の葉だろう。逢坂にいたころ大姉ちゃんが飲んでたのと同じ茶の葉だっていうだけでありがたがる。大姉ちゃんに懐かれるのは面白くはねえが、辛《つら》い修業の中で優しくされて、ついほだされちまう気持ちは俺もよくわかる」

「懐かれるって……でもまあそのとおりかもね。わかった、明日少し持っていって、旦那さんにでも言付けるわ」

「それがいいよ」

残りの茶をまた一口飲んだあと、清五郎は長火鉢の引き出しを開ける。しばらくごそごそやったあと出してきたのは油紙だった。

「茶の葉に湿気《しっけ》は大敵。こいつで包んでやるといいさ」

「あら、ありがと」

ここまで気を利かせるところを見ると、きよ同様、清五郎も彦之助に対する心証を改めたのだろう。修業先と実家という違いはあれど、そこにいられなくなって逃げ出してきたというのは同じだ。根っからの性悪《しょうわる》ではないとわかれば、それなりに付き合っていけると考えたに違いない。

受け取った油紙で茶の葉を包みながら、きよは嬉しそうに笑う彦之助を思い浮かべていた。

「へ……彦之助に？　いったいどういう風の吹き回しだい？」

油紙の包みを渡したとき、源太郎は鳩が豆鉄砲を食ったような顔になった。

無理もない。彦之助はきよに嫌がらせを繰り返し、なんとか板場から追い出そうと躍起《やっき》になっていた。その張本人に茶の葉を言付けるなんて酔狂《すいきょう》もいいところだった。

昨日の出来事をかいつまんで話してみたが、それでも腑《ふ》に落ちない様子で言う。

「敵に塩を送るってのは聞いたことがあるが、茶の葉とはねえ……」

首を左右に振りつつも、源太郎は包みを受け取ってくれた。淹《い》れ方を書いた紙も一緒に渡したから、気が向けば自分でやってみる、あるいはさとに頼むことだろう。

源太郎によると、このところの彦之助は何事にもやる気が出ない様子だという。出かけるわけでもなく、家の中にいてもなにをするでもない。ただぼんやりと中庭を眺めているとのことだ。その彼が旨い茶を探すために歩き回った。姉が淹れたお茶とまったく同じとはいかなくても、似たようなものであれば気が済むかもしれない。少なくとも、清五郎は『大姉ちゃんが淹れた茶はこんなだった』と言っていた。姉のことを思い出すことで、少しでも前向きな気持ちになってくれれば……と祈るばかりだ。

さすがに実家から送られてきた茶の葉が心底彦之助を力づけるとは思っていなかったが、なにかのきっかけになれば……ぐらいに考えていたのである。

だからこそ、茶の葉を言付ける一方で姉に文《ふみ》を送った。それは、彦之助が起こした悶着がどんなものだったのか、もしや彦之助に大きな落ち度などなかったのではないか、と確かめる文だった。

お茶を飲んだあと、ただちに文を綴り始めたきよに、清五郎は呆れ顔だった。文を送るにも銭はかかる。あいつのためにそこまでしなくても……というのだ。だが、きよにしてみれば半ば乗りかかった船である。なにより、彦之助が面と向かって詫びたことが大きかった。

過《あやま》ちは誰でも起こす。己《おのれ》の非を認め、詫びることができるのであれば、これからの道は開ける。清五郎だっていろいろな人の助けがあってここまで来たのだ。困ったときはお互い様だ。助け助けられて世の中は成り立つ。今助けるべきは彦之助、きよにはそう思えてならない。姉への文など容易《たやす》いものだ。もとより、こんなわけでもなければ姉に文は送らない。ついでに姉の様子を知れるなら一石二鳥だった。

——届くのに四、五日、返事が来るのにも同じぐらい。せい姉さんがすぐに文をしたためられるとは限らないから何日か足して、それでも十五日ぐらいあれば……

できれば早く来てほしい。そんなきよの願いを知ってか知らずか、せいからの文は思いの外早く返ってきた。それはきよが文を送ってから十日ののちのことだった。

そしてきよは、姉がなぜ最初の文で悶着の詳細を知らせてこなかったのか、なぜ『七嘉』が路銀さえ返してくれれば……という鷹揚《おうよう》な態度だったかを知った。

やはりきよが考えたとおり、彦之助はやむにやまれず逃げ出した。おそらく『七嘉』の主《あるじ》は、薄々戻ってこないと承知で彦之助を遣いに出した。そうしなければ『七嘉』の板場の悶着が収まりそうにないと考えたに違いない。それほど、『七嘉』で起こった悶着、いや事件はあまりにも理不尽、そして彦之助にとって不運としか言いようのないものだった。

『七嘉』では月に一度とか二度とか日を決めて、修業中の料理人の腕試しをしていたらしい。きよが励んでいた糸切り大根や、もっと難しい飾り切り、さらには魚の捌《さば》き方など、修業の進み具合に応じて確かめていたという。

その腕試しについて、彦之助は途中までは順当にこなしていた。こなしていたというのは言い方が悪いが、板長が見ても納得できる出来だったそうだ。ところが、あるときを境に出来映《できば》えが悪くなった。飾り切りは角がぴんとせず、魚は身が崩れてぐだぐだ、皮も満足に引けていない有様……。『七嘉』の板長はそれなりの人物なので、一度だけならそんなこともあるか、と見逃してくれたようだが、その後も二度、三度と続いた腕試しでことごとくうまくいかなかった。当然叱られ、もっと励めと言われる。終《しま》いには、こんなことでは到底板場には入れられない、一から修業のやり直しだと下働きに戻されてしまった。彦之助は前と変わらず、懸命に修業に励んでいたというのに、である。

そして彦之助は、腕試しがうまくいかない理由がちゃんとわかっていた。腕試しで使う包丁がことごとく冴えないものに取り替えられていたのだ。そのころ彦之助は自分の包丁など持っておらず、普段はもちろん腕試しであっても板場にある包丁を使わざるを得なかった。それまでは、ちゃんと研《と》ぎ上げた上等の包丁を使わせてもらっていた。だがある腕試しのとき、用意されていた包丁がまったく切れなかった。錆こそ浮いていないものの、まるで何十日も研いでいないようななまくら包丁で、こんなもので腕試しをさせられたらたとえ板長でもろくな結果は出せないような代物だったらしい。

それ以後、腕試しは何度もあったけれど、そのたびに彦之助が渡されるのはなまくら包丁ばかり……。あらかじめ腕試しにはこれを使うと決め、丁寧に手入れをしておいてもいざとなるとその包丁はどこかに隠されてしまっていたそうだ。

彦之助も途中から、これは兄弟子たちの嫌がらせだとわかっていた。だが、そんなことを言おうものなら総がかりで殴ったり蹴ったりが始まる。万が一腕でも折られたらおしまいだ。そのうち嫌がらせにも飽きるだろうと堪《こら》えていたが、一向に収まらない。

どうしたものかと悩んでいたある日、用意された包丁が刃こぼれしていた。嫌がらせのために大事な包丁をわざわざ傷つけたのか、と思った瞬間頭に血が上り、とうとう兄弟子を殴りつけてしまったという。

まだ腕試しが始まる前のこと、その場にいたのは彦之助と兄弟子たちだけで、板長も主《あるじ》も見てはいなかった。兄弟子たちはよってたかって彦之助を悪し様《あざま》に言う。腹に据えかねた彦之助が、包丁をすり替えられたことを告げても、そんなことはしていないと口を揃える。それどころか、刃こぼれさせたのは彦之助自身だと嘘の証言までしたのである。鉄鍋の縁《ふち》に落としたのを見た、とまで言われては、板長もつい信じてしまったのだろう。さらに運の悪いことに彦之助が殴った兄弟子は地べたに手をついた拍子に右手を挫《くじ》き、しばらく手が使えなくなってしまった。

当初『七嘉』の主は、彦之助は『千川』からの預かりものということもあって、見ない振りを決め込もうとした。板場の中のことは板長が収めろと……

だが、さすがに怪我までさせたとあってはそうもいかなくなった。やむなく皆の前でこっぴどく叱りつけたところ、兄弟子たちは満足そうにしていた。これでなんとか収まった。あとは彦之助を遣いに出すことでしばらく顔を合わせないようにすれば、ほとぼりも冷め、これまで同様に修業を続けられる。万が一戻ってこなくても、それならそれで揉め事の種がひとつ減る――それが『七嘉』の主の考えではないか。すべては夫から次第を聞いた上での当て推量だが、大きく外れてはいないはずだ、と姉は書き添えていた。

「なんてこと……」

姉からの文《ふみ》を読んだきよは、思わずぎゅっと目を瞑《つむ》った。彦之助の兄弟子たちへの怒りが込み上げ、文を持つ手がぶるぶると震える。何事かと飛んできた清五郎に、文を差し出すのがやっとだった。

「『七嘉』の兄弟子ってのはとんでもない連中だな……。それに、主《あるじ》も板長も真相を突き止めようとも思わなかった。殴りかかるには殴りかかるだけのわけがあるんだ。いや……きっと薄々はわけがあるってわかっていながら見ないふりをしやがったんだ！」

清五郎は憤懣《ふんまん》やる方ない様子で言う。

同じように喧嘩沙汰を起こして『所払い』となった身だから、彦之助の気持ちが十分わかるのだろう。

「本当にね……。それまでは曲がりなりにも我慢してたんだから、ちょっと考えればわかりそうなものなんだけど」

「どこに目をくっつけていやがるんだ。それより『七嘉』の板長って大姉ちゃんの旦那だろ？　そんな男のとこに嫁に行っちまって大丈夫なのか？」

「せい姉さん……」

そこできよは我に返る。彦之助は大変な目に遭ったが、今はとにかく逃げ出してきている。それに引き替え、姉は今も『七嘉』にいるのだ。しかも兄弟子の言い分を鵜呑みにするだけの男が夫ときたら、清五郎が心配するのは道理だった。

「案外、その兄弟子ってのもどっかからの預かりものなのかもしれないわよ。『七嘉』は大きな料理茶屋だから、あっちこっちから頼まれて修業させてるとか」

どうせ修業させるなら名の通った店のほうがいい。『七嘉』で修業をしてきたとなれば店を継がせるにも箔が付く。そんな考えで息子を託す料理人はいくらでもいるはずだ。

彦之助は『菱屋』の伝手で預かってもらった。もしも兄弟子たちが、直接関わりのある店の子ばかりだったとしたら、そちらを庇うのは当たり前かもしれない。

「へ……？　じゃあ、兄弟子と天秤にかけた挙げ句、彦之助を叱ったのか？　それならもっとひどいじゃねえか！」

「店同士の付き合いがあって、そうせざるを得なかったとか……。普段がしっかりしてるなら、せい姉さんのことはそんなに心配しなくてもいいかも」

「どうだか！　ま、大姉ちゃんのためにはそうであってほしいけど……。いや待てよ。そういうちょいと頼りねえ旦那のほうが、大姉ちゃんが好きに暮らせるって考えもあるか……」

「確かに……」

姉が彦之助にお茶を淹《い》れてやったり、こっそりお菓子を渡したりできたのは、夫の目が節穴だったおかげかもしれない。何事につけ細かく口うるさい男だったら、そんなことはできないだろう。

何事にもいい面はあるものだ、と頷きかけて、また我に返る。姉はいいとして、問題は彦之助だ。源太郎や弥一郎は彦之助のことを、悶着を起こして逃げ出した挙げ句、路銀にまで手をつけた悪党と思っている。

だが、悶着の起こりは明らかに兄弟子たちにあったし、路銀に手をつけたのは間違いないにしても、それすら庇えなくもない気がする。腕試しのためにしっかり手入れをした包丁を、毎度毎度なまくらにすり替えられては、自分のものが欲しくなるのは当たり前だ。自分の包丁なら板場に置かず、肌身離さず持っていることができる。打ち物屋で上等の包丁を目にして、つい買ってしまった、というのは無理からぬ話だった。

「ねえ、清五郎。この話、旦那さんに伝えたほうがいいよね？」

「そうだなあ……このまま悪党と思われてるのもなあ……」

事情を知ってしまった以上、黙っているのは忍びない、と清五郎は言う。もとよりきよは、なんとかしてやりたい一心で姉に文《ふみ》を送った。姉は姉で、完全に自分の夫や舅《しゅうと》の裁き損ねとわかっていたから最初の文に書くのを躊躇《ためら》った。そこにまたきよからの文が来て、こっそり返事を寄越してくれたのだろう。

改めて文を見ると、どこか大急ぎで書いたように見える。姉はもっと一字一字しっかり書く人だったはずだ。もしかしたら姉はきよの文を、自分ひとりのときに受け取ったのではないか。そして夫や舅、姑《しゅうとめ》の目がないうちにと大急ぎで返事を書いた。改めて飛脚を呼ぶと文を送ることがばれてしまうから、飛脚を待たせてその場で……

きよが文を送ってから返ってくるまでの日数と、慌てて書いたような文字を見ているとそんな気がしてならない。姉は姉で、彦之助を案じ、助けてやりたい気持ちがあったのだろう。

「せい姉さんもきっと心配してる。私、明日にでも伝えてくる」

「いっそ文を読んでもらえばいいよ。そのほうが手っ取り早い」

それもそうだ、と納得し、翌朝きよは姉の文を懐《ふところ》に『千川』に向かった。

「そんな事情が……」

文を読んだ源太郎は遠くを見るような目で言った。

路銀に手をつけたのは悪いが、そこに至るまでの経緯に同情の余地があると判断したのだろう。さらに、最初にしっかり聞き込みをしなかった自分を悔いている気配も感じられた。

弥一郎が慰めるように言う。

「奉公人と言ったたって、みんなどこかの息子や娘だ。口減らしで泣く泣く奉公に出す家だって少なくない。うちじゃあできるだけ親のつもりになって、奉公に来た人間が酷い目に遭わないようにって考えてるが、どこも同じわけにはいかねえんだろうな」

「『七嘉』さんは大きな店だから奉公人も多い。いくら旦那さんや板長さんが気を配ってくれても、板場に入る人間が多ければ目が届かなくなる。うちみたいに板場は三人だけって店とは比べようもない。彦は気も口も荒い。料理人だけじゃなく、ほかの奉公人にもよく思われてなかったんだろうな……」

「喧嘩を売ることはあっても、上の人間に取り入るなんてできそうもないしな……」

「半分はあいつ自身が招いたことだ。『七嘉』さんに文句は言えねえ。彦は盗人《ぬすっと》で訴えられても仕方がないことをしたんだ。穏便に済ませてくれてよかったと思うしかないな」

「だな……。でもあいつ、なんで言わなかったんだ。自分から打ち明けてくれたらもうちょっと俺たちの扱いも変わったかもしれねえのに……」

呟くように言う弥一郎の眉間に深い皺が寄っている。源太郎にそっくりの皺を見るにつけ、やはり弥一郎も彦之助に冷たくしすぎたと思っているのだろう。源太郎を慰める言葉は、同時に自分に対する言い訳なのかもしれない。

いずれにしても、事情がわかったことで源太郎たちの彦之助への態度は変わるはずだ。改まって詫びるようなことはしないにしても、冷え切った眼差しが少し緩むだけで、彦之助の気持ちは安らぐだろう。

彦之助が旨い茶を探し求めていたのは、姉が示した優しさが忘れられなかったせいだ。きよも清五郎も岡惚れではないかと疑ったけれど、もしかしたら単に思い出に縋《すが》っていただけかもしれない。修業先では散々嫌な目に遭ったものの、優しくしてくれた人だっていた。悪いばかりではなかったのだと……

本当のところはわからない。けれど、そんなふうに自分を慰め、『七嘉』での修業を前向きに捉えようとしているのであれば、これからの日々はけっして暗いばかりではない。源太郎や弥一郎も、今までより親身になって彦之助の身の立て方を考えてくれるだろう。

——あの人にとっていいほうに向かいますように……

彦之助に腐《くさ》されて、懸命に励んだおかげで糸切り大根はすっかり上達した。大根を向こうが透けるほどの薄さでするする剥きながら、きよはそう願わずにいられなかった。

如月《きさらぎ》に入ってすぐのある朝、源太郎がきよを裏に呼んだ。

店を開ける準備は整い、へっついにも火が入った。そろそろ暖簾《のれん》を出すか……といった時分で、また難しい客でもあるのかと心配しながら行ってみると、彦之助が待っていた。源太郎によると、どうやらきよに言いたいことがあるらしい。

「ほれ、呼んできたぞ。だが、すぐに店を開けるから手短に済ませろ」

そう言い置いて、源太郎は店に戻っていく。父親の背を心細そうに見送ったあと、彦之助は言葉を探すように目を泳がせる。しばらくそうしていたかと思ったら、ようやく声が出てきた。

「あの……なんて言ったらいいか……その……」

姉の文《ふみ》を源太郎に見せたのは、三日ほど前のことだ。見るからに言いづらそうな様子に、きよはやはり余計なお世話だったか……と後悔しそうになる。

ところが彦之助は、そこでおもむろに頭を下げた。

「すまなかった！　俺、あんたに散々嫌がらせをしたのに、茶の葉を譲ってくれたばかりか、上方《かみがた》に文まで……」

額《ひたい》が太股にくっつきそうな頭の下げように、きよはつい笑ってしまう。半分は、文句を言われるのではなかったという安堵、そしてもう半分は、藪入《やぶい》りの日は見下した目で『おまえ』と呼んでいたのに、今では『あんた』に変わったことからだった。

「いいんですよ。おかげで姉の様子も知れたし」

そう返しても、きよの笑顔を見ることもなく彦之助は話し続ける。いったん言い出したからには最後まで言わないと……とでも思っているらしい。

「せい様からの文で、親父《おやじ》も兄貴もやっと事情がわかったって言ってくれて……これまでろくに口もきいてくれなかったのが、ちょっとは話もしてくれるようになった。なんでもっと早く言わねえんだってしこたま叱られたけど……」

「本当ですよ。親兄弟にくらい事情を話せばよかったのに……」

「言ったところでわかってもらえねえ気がしたんだ。昔っから『おめえは甘ちゃんだ』って散々言われたし、実のところ家では一番年下だからって甘やかされてたことは間違いねえ。自分で言うのもなんだが、おふくろなんて目に入れても痛くねえような有様でさ……。今にして思えば、それもあって外に出されたんだろうな……」

彦之助の考えは間違っていないと思う。おそらく源太郎は、さとが度を超して彦之助を甘やかす様子を見て、このままではろくなことにならないと心配したのだろう。

一度はさとと彦之助を離さなければならない。それには、上方に修業にやるのが一番だと考えたに違いない。

きよの母であるたねも、末っ子の清五郎をかわいがっていた。だが、他の兄弟に比べて少し思い入れが強いかな……と思うぐらいで、度を超していると感じたことはない。その思いの裏にはきよが生まれたとき、忌《い》み子《ご》であるにもかかわらず、母が抱え込んで離さなかったという逸話がある。なにがなんでも手元で育てたいと、産後の身体を押してきよを守ってくれた。母の深い愛情はきよだけではなく、他の兄弟たちにも何らかの形で示されていただろうし、だからこそ多少清五郎をかわいがったところで平気だったのだ。

なにせ父と母の間には五人の子がいる。次々と生まれてくる赤子と母の様子を見ては、自分が生まれたときも同じようにかわいがられたはずだ、今は清五郎の番なのだ、と思えた。子は清五郎が最後だったけれど、もしもさらに生まれていたら、清五郎の天下は終わり、母は懸命に次の子の世話をしただろう。

自分も含め、『菱屋』の子どもたちは順送りという言葉の意味をよくわかっていたし、清五郎にそれを言い聞かせもした。おまえだけが特別じゃない、みんなが同じようにかわいがってもらったんだぞ、と……。だからこそ、清五郎は多少気ままなところはあっても、心底自分勝手には育たなかった。

だが、源太郎夫婦の子はふたりきりだから、末っ子が入れ替わることはなく、彦之助の天下は延々と続いた。当然、源太郎や弥一郎は不安を覚えただろう。

清五郎が騒ぎを起こして逢坂にいられなくなるまでは家に置かれ、彦之助が外に出されたのはその違いでしかない。

それでも、源太郎や弥一郎の心情がわかった今、彦之助はいいほうに変わっていくだろう。きよはそんな気がしてならなかった。

つらつらと考え事をしているきよに、彦之助はもう一度頭を下げる。きっと謝っても謝っても気が済まないのだろう。

「本当にすまなかった」

「今までは今までです。済んだことはもういいじゃありませんか」

「そう言ってもらえると気が楽になる。俺もこれを機に心を入れ替えて身の立て方を探す」

「身の立て方？」

「ああ。親父《おやじ》は働き口を探してくれてるようだが、俺も口入れ屋でも覗いてみるかと思ってる」

「あの……『千川』で働くというのは？」

「あんたがそれを言うのかよ」

彦之助はそこで初めて笑みを浮かべた。なんだか呆れたような笑みだったけれど、笑みは笑みだった。

「俺が『千川』に入ったら、あんたの場所がなくなるぜ？」

「それはそうですけど……彦之助さんは旦那さんの息子さんですし……」

源太郎は、以前は頑として彦之助を『千川』には入れないと言っていた。だが、彦之助には彦之助の事情があったとわかった今、源太郎の考えも変わっているかもしれない。弥一郎だって、馬が合わないとは言っても弟は弟だ。同じ上方《かみがた》の味を知っているならば、糸切り大根も四苦八苦だった女より、きちんと修業をしてきた彦之助のほうが重宝《ちょうほう》するだろう。

きよ自身、彦之助が戻ったばかりのころは、こんなに性悪《しょうわる》な男に場所を取られてなるものかと思っていた。だが修業先で虐《いじ》められたことや、姉とのやりとりを聞いたあとは、譲るべきは自分かもしれないと思ってしまう。

どれほど源太郎や弥一郎がきよを買ってくれても、家族を差し置いて赤の他人を板場に入れるのは筋違いのような気がしてならないのだ。

そのとき、彦之助がくっと笑って言った。

「そんなに眉をくっつけるなって」

『千川』で奉公を続けたい気持ちと、彦之助に譲らねばという思いがせめぎ合い、知らず知らずのうちに眉が寄ったのだろう。きっと刻まれているに違いない眉間の皺ではなく、眉のことを言うあたり、案外女の気持ちをわかっているのかもしれない。

そんな見当違いのことを考えているきよをよそに、彦之助はなにかを吹っ切ったような顔で言う。

「それに、よく考えたら俺が『千川』に入ったとき、場所をなくすのはあんたじゃなさそうだしな」

「え……？」

「あんたが来るまで『千川』の品書きは代わり映えのしねえものだった。そりゃあ、魚ひとつ取っても使えるものが違うから、夏と冬の品書きは変わる。でも、去年の冬と今年の冬じゃ大差なかったんだ」

「そう……でしたっけ？」

「間違いねえよ。何年も変わりなかったんだ。それが、あんたが来たことでいくつも新しい品書きが入った。おかげで新しい客も増えた。あんたは、これからの『千川』に欠かせねえ料理人だろう」

「欠かせないなんてことは……」

「まあ聞けって」

とりあえず最後まで話をさせろ、と彦之助に言われ、やむなくきよは黙る。彦之助は軽く頷いて続けた。

「親父《おやじ》も兄貴もあんたを気に入ってる。しかもあんたは『菱屋』からの預かりものでもある。その上で俺を『千川』に入れようとしたら、はみ出すのは誰だ？　俺にはあんただとは思えないんだが……」

「まさか……」

「どうしても俺を入れるなら、追い出されるのは伊蔵。俺にはそうとしか思えない。でも親父も兄貴も伊蔵をそんな目に遭わせたくねえだろう。伊蔵は小僧のころから奉公してきてやっと一人前になったところだし、それなりに目をかけて育ててきたんだからな。だから、たとえ親父たちの俺についての心証が変わったとしても、俺が『千川』に入ることはない」

彦之助はきっぱりと言い切る。引き締められた口元に、切なさが滲んでいる気がしてならなかった。

「ってことで、『千川』はあんたと伊蔵で守り立ててやってくれ」

そう言うと彦之助は裏口から出ていこうとした。ところが、戸口のところで足を止め、また戻ってくる。

「いけねえ、忘れるとこだったぜ。ほかにも礼を言わなきゃならないことがあった」

「ほかにも？」

「ああ、茶の淹《い》れ方指南のこと。おっかさんに見せて、書き付けのとおりに淹れてもらったんだ。そしたらなんとも甘くて香りのいい茶に仕上がった。おっかさんがこの茶の葉はどこの店のもの？　って訊いたぐらいだ」

一緒に飲んださとは、こんなに美味しいなら家でも使いたい、と言ったらしい。この足で買いに行きたいと言う彦之助に、きよは困ってしまった。

「ごめんなさい。あれは江戸で買ったものではありません。母が送ってくれたんです」

「そうか……上方《かみがた》の茶の葉だったんだな。そりゃあせい様が淹れてくださったのと同じ味だったはずだ」

「同じでしたか？」

「ああ。そういえば、せい様も実家から送ってもらった茶だと言ってた。考えてみりゃ当たり前の話だ。『七嘉』で使ってるような上等の茶を奉公人に出すわけにはいかねえ。実家から送られてきたものなら、自分の好きにできるって寸法だ」

「道理で……」

姉だってお茶の淹れ方を母に習ったはずだ。同じ茶の葉、同じ淹《い》れ方であれば、同じ味に仕上がるに決まっている。姉が実家で飲んでいた茶ではなく、今も飲んでいる茶だったとは驚きだった。

ただ同じ茶の葉は江戸では手に入らない。いや、探せばあるのかもしれないがうんと値が張るだろう。いっそ実家から送られてきた茶の葉をすべて渡してやろうかと思いかけたが、さすがにそれはできない。きよと清五郎のためにと送ってくれた母の気持ちを無にすることだし、なにより清五郎が気の毒だ。水や白湯《さゆ》で十分と思っているきよと違い、弟が案外お茶好きだと知った今は余計にそう思った。

それでももう少しぐらい分けることはできるかも……と思いかけたところで、彦之助が言った。

「だからって、もっと持ってこようなんて考えなくていいぞ」

「でも、あと少しぐらいなら……」

「やっぱり……。あんたは本当に気がいいんだな。こっちが心配になっちまうぐらいだ。兄貴や親父《おやじ》が散々庇い立てするのも頷ける。誰かが気をつけてやらねえと、片っ端から施《ほどこ》しまくって身上潰しそうだ」

「そんなことしません。これでも限度ぐらい考えてます！」

むっとして言い返したきよに、おおこわ……などと彦之助は言う。わざとらしく両手を上げ、からかうような口調が少し気に障る。ただ、藪入《やぶい》りの日に続いて、今日また話をしたことで彦之助がより身近に思えるようになった。

彦之助は、きよが思っていたよりずっと心配りのできる人だった。

なにせきよが茶の葉を分けようとしているのを察して、わざわざ釘を刺すほどだ。口に合い、なにより姉を思い出させてくれる茶の葉が欲しいに決まっているのに……

同じ源太郎夫婦の息子でありながら、どうしてこんなに弥一郎と違うのだろうと思った日もあった。だが、今のきよには彦之助と弥一郎は根が同じように思える。弥一郎は目配りが利くし、奉公人のことをよく考えてくれるけれど、それは年が上で板長になってから長いせいもあるだろう。彦之助だって年季を積むことで弥一郎に劣らぬ気遣いを見せることができるかもしれない。

嫌な人なら場所を譲るなんて考えもしなかった。そんな人が入ったら『千川』の良さを壊してしまうし、伊蔵だって困る。なにがなんでもこの場所を守る、と心に誓っていたのだ。

ところが、本当の彦之助がどういう人なのか気づいてしまった今、きよの誓いは揺らぎ始めた。

弥一郎と彦之助が料理を作り、源太郎が客をあしらう。家族で営む料理茶屋なら当たり前の形である。せっかく料理修業をさせておきながら、よその店に奉公に出すことはない。さとだって親子が同じ店で働いてくれるのが何より安心に違いない。だからこそ、滅多に来ない店に何度もやってきては、彦之助を入れてくれと言い続けたのだろう。

今きよがいる場所は、本来彦之助のものだ。できれば彦之助に『千川』に入ってほしい。だが、自分が『千川』に入ったとき場所を失うのはきよではなく伊蔵だ、と彦之助は言う。疑わしいものだが、万が一本当になったら伊蔵が気の毒すぎる。

欣治が辞めたあと、ずいぶん伊蔵には助けられた。きよが今、なんとか店に出られているのは、伊蔵がそれまでやっていた仕事を懇切丁寧に教えてくれたおかげだ。今だって、まっとうな修業を積んだ料理人なら当然知っていることを知らないきよを笑いつつも、都度教えてくれている。その伊蔵を追い出すようなことはできない。

――彦之助さんも伊蔵さんも場所が必要。となると、やっぱり私が場所を空けるしかない。でも、私だって料理人の道を外れたくない。なんとかうまく収まる手立てはないのかしら……

あんな人に負けたくない、という思いが消え去った今、きよの心は千々《ちぢ》に乱れる。

同じ料理に関わるとはいえ、下働きだけだったころと今ではやりがいが違う。料理を作ることそのものが楽しい。自分が作った料理を旨い旨いと食べてくれる客が目の前にいるというのは思った以上に励みになった。あのとき、尻込みするきよを無理やりにでも板場に入れてくれた源太郎と弥一郎に感謝するばかりだ。

さらに、給金の差もある。下働きから料理人に変わったことで、きよの給金はうんと上がった。おかげで実家や姉への文《ふみ》を躊躇《ためら》わずに出せるようになったし、家で食べるお菜も少しだけいい材料を使えるようになった。

よその料理茶屋に奉公できたとしても、きっと下働きだろうし、給金だって逆戻り。もし源太郎が『菱屋』の子ということで賃金に色をつけてくれているのだとしたら、逆戻りどころではなく、ずっとずっと少なくなってしまう。堪《こら》えられないことはないだろうけれど、できれば避けたいところだった。

そもそも女の料理人を雇うところなんて『千川』ぐらいのものだ。

彦之助と伊蔵のために料理の道を諦められるか……と問われても、あれこれ考えると答えが出せない。やるべきこととやりたいことの違いに悩む。そんなきよを力づけるように彦之助が言う。

「そんなに難しい顔をするなって。あんたはこれまでどおりでいいんだよ。あ、ただし、白飯ばっかりじゃなくて、たまには麦とか搗《つ》いてねえ米を食えよ」

「え……？」

それはいったいどういうことだ、と首を傾げたきよに、彦之助は考え考え言った。

「これは俺も人から聞いた話だから定かじゃねえが、上方《かみがた》から江戸に移った人の中には足にろくすっぽ力が入らなくなったって言うやつが多いんだそうだ」

「この間の私と同じですね」

自分ばかりか、先日『千川』を訪れた神崎も同じだ。ほかにもたくさんそんな人がいるのか、ときよは驚いてしまった。

「ああ。熱が出てるわけでもねえし、どこかが痛むわけでもない。ただ、だるくて足がふわふわする。あんたと同じだな。で、たまたまそういう連中が何人か集まっちまったときに、江戸と上方でなにが違うんだって考えたらしい。暑さ寒さか、あるいは土地神様のお怒りでも買って罰《ばち》をあてられたか……ってな」

「土地神様にしては、ちょっと悠長じゃありませんか？」

来てすぐならまだしも、きよも神崎も江戸に移ってからずいぶん経っている。そこまで何事もなく暮らさせておいて、いきなり罰をあてるというは変な話だ。それに罰をあてたいのであれば、熱や痛みのほうがずっとわかりやすい。ただ足がふわふわしてだるい、というだけでは土地神様のお怒りに触れたのかも……などと我が身を省《かえり》みることはできないだろう。

「確かに。それで、土地神様の罰ってのはないなってことになって、じゃあなんだって首を捻《ひね》った挙げ句、食い物じゃねえかって話が出たんだとさ」

お菜はそれぞれの好みや懐《ふところ》具合によって千差万別だが、等しく言えるのは、米が変わったことだろう。足がふわふわすると訴えた人の大半は上方では麦や籾殻《もみがら》を取っただけの米を食べていたのに、江戸に来てからめっきり搗いた米、真っ白な飯を食べるようになった。汁と香の物でもあれば十分ということで、ろくにお菜も食べなかったやつに限ってだるさや足のふわふわに悩まされている、というところに話が行き着いたそうだ。

「で、こいつはまずいってんで上方にいたとき同様、飯に麦をまぜたり、搗いてない米にしたりしてみたんだそうだ。真っ白な飯の旨さを知ったあとだから毎日は辛《つら》いが、三、四日に一度ぐらいなら辛抱できるって。そしたら、だんだん足がふわふわしなくなったんだとさ」

「真っ白なご飯は美味しいですけど、滋養に欠けるところがあるのかもしれませんね」

「多分な。ってことで、真っ白な飯ばっかりじゃなくて時には麦や搗《つ》いてない米を食ったほうがいい。お菜もしっかりな」

「心がけます。ありがとうございました」

ぺこりと頭を下げたきよに軽く頷き、彦之助は満足そうに帰っていく。

やはり根はいい人なのだ、と思うと、余計に切なさが増す。みんながうまくいく術《すべ》はないものか、とため息が尽きぬきよだった。

たいそう腰の軽い与力が現れたのは如月《きさらぎ》の末、雛の市《いち》も始まり、桃の節句までわずかとなったある日のことだった。

「きよ、息災であったか?」

『千川』に入ってくるなり板場にやってきた上田は、懐《ふところ》から出した紙包みをきよに渡した。目の前にぬっと出され、やむを得ず受け取ってみると、大きさのわりに軽い。これはもしや……と思って開けてみると、やはり雛あられだった。

「桃の節句が近いから、と母上が求められたのだが、どうやら買いすぎたらしい。家の奉公人は男ばかりで雛あられを好む者はおらんし、わしも雛あられは今ひとつ……」

上田は甘い物が苦手ではない……というよりも、かなり好きなはずだ。座禅豆《ざぜんまめ》ひとつとっても、塩気の強い弥一郎のものよりも甘く煮た『おきよの座禅豆』を気に入っている。

そんな上田に『雛あられは今ひとつ』と言われると不思議な気になるが、雛あられのたよりない食感が気に入らないのかもしれない。そういえば、昨年も隣に住むよねに雛あられをもらったが、清五郎は好んで食べなかった。甘さも曖昧で腹の足しになりそうもない江戸の雛あられは、男には不評なのかもしれない。

一方、きよは『雛の国見せ』に行けなかった思い出もあって上方《かみがた》の餅を煎って作る雛あられは苦手だが、米を煎って爆ぜさせた江戸の雛あられはとても気に入っている。せっかく持ってきてくれたことだし、遠慮なくもらうことにした。

「ありがとうございます。あとでいただきます」

「そうしてくれ。それから、神崎が先日は世話になったと礼を申しておったが……」

なにかまた困り事を持ち込んだのか、と上田は心配顔で言う。

きよを心配しているのか、あるいは神崎なのかと迷ってしまうが、おそらく両方に違いない。なにせ上田はよく気がつくし、困っている者を見たらなにか自分にできることはないかと思い煩《わずら》う人だ。

与力というのは悪人に関わる仕事ばかりしているはずだが、それにしては慈悲が深すぎる。これではお役目に支障が出るのではないかと心配になるものの、気遣いに富むのは母親譲り、血は争えぬと言うし、そもそも余計なお世話だろう。

「神崎様はごはんを食べにいらっしゃっただけです。少しずつ江戸の味にも慣れてきたとはいえ、時には『千川』の料理で精を付けたいと思われたようです」

端から神崎は『ここしばらく、どうにも足がふわふわと頼りない』と言っていた。だがそのまま伝えれば上田は気にするに決まっている。なにせ、国元が恋しくて落ち込んでいただけでも、なんとか力づけようと躍起《やっき》になったぐらいだ。身体の具合が悪いと聞いたら、心配はいかばかりか……ということで、あえて足のことには触れずにおいた。

ところが察しの良さはいつもどおり、上田は眉根を寄せて考え込んだ。

「精を付けたい……か。夏の盛りでもあるまいし。そういえば、先月会ったとき、なにやら腑《ふ》抜けた様子であった。どこか具合でも悪いのか、と訊ねてみても、なんでもないと言いおる。強がりではないかと疑っていたが、やはり……。針売り女に振られたことまで打ち明けておきながら、なんと水くさい男だ！」

上田の吐き捨てるような物言いに、きよはつい笑ってしまう。

語気の荒さは腹を立てているからではなく、心底神崎を心配しているせいだとわかっている。その上、『針売り女に振られたことまで打ち明けておきながら』という言い方が、のけ者にされていじけている子どものようで面白かった。

「なにを笑っている！」

「申し訳ございません」

これぞまさしく八つ当たり……とさらにおかしくなってくる。とはいえ、また叱られるのはまっぴらだ。込み上げる笑いを懸命に抑え、きよは先般の神崎の様子を知らせた。

「確かに、近頃どうにも足がふわふわと頼りない、ここに来れば、旨くて力のつくものにありつけるだろうと思って、とのことでした」

「む……やはり。それで？」

「たまたま山鯨《やまくじら》がございましたので、菊菜や牛蒡《ごぼう》、大根をたっぷり入れて鍋に仕立てました。残った汁で卵を落とした雑炊《ぞうすい》も」

「なんと！　そんな旨そうなものを食ったのか。道理で元気になったはずだ。先月は足を引きずるようだったのに、昨日はものすごい勢いで走っておった。まるで猪《いのしし》のような走りっぷりだったが、山鯨を食ったのであれば頷ける。大方、食った猪に乗り移られたのであろう」

隣で伊蔵が盛大に噴き出した。それまで黙って聞いていたが、さすがに堪《こら》えられなくなったのだろう。食った猪に乗り移られるなんてあるわけがない。難しい顔をした与力にそんなことを言われれば、笑うなと言うほうが無理だった。

猪に乗り移られるのは論外だし、一度きりの薬食《くすりぐ》いにそこまでの効用はないはずだ。

おそらく、『ご飯だけではなく、お菜もしっかり食べることが大事』というきよの言葉に従い、しっかり食事を取っているのだろう。自分では貧乏侍などと言っていたが、食うに困っているようには思えない。その気になれば、滋養に富むお菜を求めることぐらいできるはずだ。いずれにしても、神崎が元気になったのであればなによりだった。

「にしても、薬食《くすりぐ》いか……確かに精は付くかもしれんが、わしは苦手じゃ」

「お召し上がりになったことがあるのですか？」

「ああ、食ったことはあるが、あの獣臭さがどうにも鼻についてな。いや待てよ、きよの手によるものであればあるいは……」

上田は期待たっぷりの目できよを見る。すかさず後ろで話を聞いていた源太郎が口を開いた。

「うちはももんじ屋ではございませんので、普段は山鯨《やまくじら》を扱いません。ただ、前注文で承ることはできます」

「ほう……わしの都合に合わせて用意してくれるのか？」

「ご都合に合わせて、あるいは山鯨が手に入ったときにお知らせするというやり方もございます」

「そうか……では一度頼んでみるかな。牡丹《ぼたん》鍋はさておき、鍋のあとの雑炊《ぞうすい》というのを食ってみたい」

「さすがは与力様。山鯨の旨味が滲《し》みた出汁《だし》で拵《こしら》えた雑炊は得も言われぬ味でございます。卵を落とした日にはもう……」

「聞いただけで涎《よだれ》が垂れそうだ。そうじゃ、いっそ神崎を連れてこよう。やつに山鯨を食わせておいてわしは雑炊を……。それで万事めでたしじゃ」

いやいや、神崎様だって雑炊が食べたいに決まっている。前に来たときは鍋に残った米の一粒まで浚《さら》っていたのだ。どれほど山鯨を譲られようと、雑炊はすべて上田に……とはならないだろう。

きよがそんな心配をしていると、源太郎が揉み手をしながら言った。

「まあまあ、山鯨も出汁もたっぷり用意いたします。おふたり仲良く精を付けてくださいませ」

「そうすれば値も張る、か。主《あるじ》、相変わらずの商売上手だな」

「お褒めにあずかり……」

深々と頭を下げる源太郎に苦笑いしつつ、上田はまたきよに目を向けた。

「達者なようで安堵した。新しい工夫にも怠《おこた》りない様子、母上もお喜びになるだろう」

「もしや……それを確かめるためだけにお寄りいただいたのですか？」

雛あられが余ったというのは嘘ではないだろう。だが、菓子の貰い手ならほかにいくらでもいそうだ。何里《り》もあるというわけではないが、上田の屋敷と『千川』はそれなりに離れている。忙しいお勤めの合間を縫って届けに来てくれたのは、ただただきよの様子を知るため、そしてもちろん母親が知りたがっていたからに違いない。

しきりに恐縮するきよに、上田はからからと笑う。

「相変わらず察しがよいのう。母上はとにかくきよがお気に入りでな。雛あられを買いすぎたのも、わざとかもしれぬ。『困りました。誰ぞ、雛あられを好みそうな女子《おなご》はおらぬものか……。かといって、童《わらべ》ではすでに用意があるでしょうし、節句祝いをしそうにないような……』などと、わしの顔をちらちら窺《うかが》われてな。まるで『きよに届けろ』と言わんばかりじゃった」

「申し訳ありません……」

「いやいや。わしもここに来るのは楽しみなのじゃ。本当は母上ご自身がお運びになりたいのだろうが、そう簡単にはいかぬ。前のときもかなり難儀したのだ」

りょうを伴って『千川』に来たときのことを思い出したのか、上田は小さくため息を吐いた。確かにそのとおりだろう。今まであまり深く考えたことはなかったが、町人ならともかく武家の女はそうそう出歩いたりしない。とりわけ与力を務めるような侍の母親が、料理茶屋に出向くなんてあり得ない話だ。いったいどんな手を使って出かけてきたのか、と心配になる。そしてそれは上田自身も同じこと、こんなに腰の軽い与力があってよいものか……というのはきよだけではなく、『千川』一同の思いだった。

ここは知らぬが仏を貫くしかない、と思っている間も、上田は話し続ける。

「気にはなるものの、ご自身で様子を窺いに来るわけにもいかない。せいぜいわしに見てこいと言うのが関の山。あれほど頻繁に座禅豆《ざぜんまめ》を求めて参れ、と言うのも、半分はきよを気にしてのことだろう」

「そうですか……」

てっきり座禅豆が食べたいのだとばかり思っていた。自分を気にしてくれるのはありがたいが、料理人として嬉しいことではない。あからさまに肩を落としたきよに気づいたのか、上田が慌てて付け加えた。

「そのようにがっかりするな。母上が座禅豆を気に入っていることに間違いはない。ただ、その座禅豆を作っている者も気にかかる。わしを遣わせば座禅豆は手に入るし、きよの様子も知れて一石二鳥というだけのことだ」

ぺこりと頭を下げ、また顔を上げると、上田が面白そうにきよを見ていた。

「相変わらず一番気にかかるのは料理のことのようじゃな。見たところ、板場にもすっかり馴染んだようだし、母上にはその旨お伝えしておく。少々がっかりされるかもしれぬがな」

「がっかり？　どうしてですか？」

「――これは迂闊《うかつ》なことを申した。忘れてくれ」

「そうはいきません」

達者でやっていると知ってがっかりされるとはどういうことだ。りょうの本意が知りたくて、きよは上田を真っ直ぐに見つめる。

しばらく見つめ合った挙げ句、根負けしたように上田が口を開いた。

「まったくわしの口の軽さときたら……。実はな……」

きよが店に出るようになってしばらく経つ。もしも仲間とうまくいかなかったり、客に嫌がらせをされたりしているようであれば、上田家に来るがいい。奉公したいのであればいつでも受け入れる、とりょうは言っていたらしい。

そういえば、前にもそんな話をされた。りょうの世話係として上田家に奉公してはどうかと誘われたのだ。料理は嫌いではないが、店に出たくはないと考えていたきよに道のひとつとして示してくれたものだが、その後、きよは料理人になる決意を固めて板場に入った。

きんつばを届けるため、二度上田家を訪れたけれど、そのときには奉公人らしき女はいなかった。さっき上田も家の奉公人は男ばかりだと言っていたし、てっきり世話係を雇うのはやめたとばかり思っていた。

だが上田の話から考えるに、りょうにとって世話係はきよに限った話で、それ以外の女を雇うつもりはない、ということらしい。

「母上はきよを大変気に入っておられる。だからこそ、難儀しているようであればいつでも当家に、とおっしゃられるのだ。もしものときは当家を頼ってほしい、と……」

「ありがとうございます」

まったくの他人、しかも町人であるきよにここまで優しくしてくれるなんて普通はありえない。どれほど慈悲深いのだ、と涙が零《こぼ》れそうになる。

――本当に私は恵まれている。忌《い》み子《ご》として生まれたことは不幸だったかもしれないけれど、気ままに外を出歩くことができなかっただけで、暮らしはなにも不自由しなかった。それどころか、ずっと家にいるしかなかったおかげで料理という楽しみを見つけることができた。ただの楽しみだった料理が今は生きる糧《かて》となっている。旦那さんは優しいし、板長さんという立派な師匠もいるし、兄弟子の伊蔵さんだってすごく頼りになる。その上、上田家にもしものときはいつでも頼ってくれ、と言ってもらえるなんて……

自分は前世でよほどよい行いをしたに違いない。しっかり徳を積んだというのに、うっかり兄と一緒に母の腹に入れてしまった神様が、大慌てで帳尻を合わせようとしている。きよにはそんなふうに思えてならない。あたふたと方策を考え、次から次へと優しい人ばかりに巡り合わせるしかなかった神様を思い、きよはつい笑ってしまった。

「なんぞおかしいことでもあったか？」

上田に怪訝《けげん》そうに訊ねられ、慌てて口元を引きしめた。

「なんでもありません。おりょう様のお気持ちがあまりにありがたくてつい……」

「そうかそうか。それならよかった。とにかく、母上はいつでもきよを待っておられる。それを心にとめておいてくれ」

満足そうに告げたあと、上田はしっかり山鯨《やまくじら》の前注文を入れている。

近々上田に引き連れられて神崎がやってくる。そのときは、彦之助に教えられた『麦や搗《つ》いていない米を食べる』ことも伝えよう。猪《いのしし》に乗り移られたなんて言われるのは本意ではないかもしれないが、この先だって元気に過ごせるに越したことはない。ふたりが来る日はあらかじめわかるはずだ。山鯨だけではなく、ほかにも喜んでもらえそうな料理を用意しよう。今の自分には、受けた恩を料理という形で返すことしかできないのだから……

牡丹《ぼたん》鍋に合う料理があるかしら……と思いながら、きよは、いつものように座禅豆《ざぜんまめ》を買い込み機嫌良く帰っていく上田を見送った。

その夜、夕げの支度を終え、清五郎が湯屋から戻るのを待つ間に、きよは雛あられの包みを取り出した。米を煎って爆ぜさせて作る江戸の雛あられは、餅を煎った上方《かみがた》のあられよりずっと湿気《しけ》りやすいから、早く食べるに越したことはない。

なにより上田が帰ったあと、急に客が詰めかけ休む暇もなかった。上田が来るまでは客もちらほら、のんびり話ができるほどだったのに、帰った途端に大繁盛というのはこれまでにもよくあり、盛大に心付けをはずんでくれることも合わせて、源太郎は福の神扱いを始めたほどだ。

弥一郎は、心付けをはずんでくれるのはありがたいけれど、どうせならもう少しまんべんなく客を寄越してくれないものか、などと皮肉な笑みを浮かべるが、それは望みすぎのような気がする。

いずれにしても空腹は限界、疲れを癒やしてくれる甘い雛あられは打ってつけだ。小さな雛あられをつまみつつ、きよはこれをくれた人のことを考える。

――おりょう様はひとりで節句祝いをなさったのかしら。そもそもこれまでも節句祝いをしていたかどうか定かじゃないわね。なにせおりょう様には娘がいないんだし……

そこできよははっとする。

上田はりょうが買いすぎた、おそらくそれはきよに分けるためだと言っていた。けれど節句祝いをしないのであれば、そもそも雛あられはいらなかったはずだ。買いすぎたどころか、まったくいらないものをきよのために買ったのではないか……

まさかとは思うが、それぐらいやりかねないのがりょうという人だ。そしてさらにきよは思う。

そこまで自分を気に入ってくれているのであれば、いっそ上田家に奉公するという話に応じるべきなのではないか、と……

以前話を持ちかけられたときに断ったのは、料理の道を諦めたくなかったからだ。その気持ちは今も変わってはいない。だが、あのときと違って今は彦之助の存在がある。

もしもきよが上田家に奉公するとしたら、『千川』の料理人に空きが出る。そこに彦之助が収まれば、さとはほっとするだろう。弥一郎にしても、口ではなんのかんの言いつつも弟の身の振り方を気にしているに違いないし、源太郎だって外で奉公先を探す必要がなくなる。なにより、彦之助を危なっかしいと思えば思うほど、外に奉公に行かせるよりも目の届くところに置いたほうがいいと考えるかもしれない。

『千川』の板場に入るようになってからもうすぐ半年、弥一郎や伊蔵に助けられながらもそれなりに料理人の務めを果たせるようになってきた。覚えたいことはまだまだあるが、料理茶屋ではなく普通のお屋敷であれば料理を引き受けられるのではないか。

逢坂にいたときも、家族の食事はきよが作っていた。人数でいえば、上田家は奉公人まで含めても逢坂の家族と同じか少ないぐらいだろう。『千川』で修業したおかげで、あのころよりも作れる料理はずっと増えたし、手早くもなった。上田やりょうに喜んでもらえる料理を用意するのはそう難しくないはずだ。

もしも上田家がりょうの世話係ではなく、料理人として奉公させてくれるのであれば、それもひとつの道ではないか……

「姉ちゃん、今帰ったぜ！」

いきなり引き戸が開き、清五郎が入ってきた。いつもなら忙《せわ》しない足音で気づくのに、考えに夢中で耳に入らなかったようだ。

肩をびくりと震わせたきよを見て、清五郎が苦笑した。

「どうした？　幽霊でも見たような顔をして」

「ちょっと考え事をしていたからびっくりしただけ」

「まーた考え事か！　姉ちゃんはあれこれ考えすぎなんだよ。ま、そうやって難しい顔で考えなきゃならない原因は、ほとんど俺が作ってるようなものだけどな」

「あら、わかってるじゃない。でもまあ、近頃はずいぶんましになったわよ」

「だよな！　それに、そうやって考え癖がついてるからこそ、新しい工夫も生まれる。姉ちゃんの料理の工夫はちょっとは俺のおかげ……おっと……」

そこで清五郎は言葉を切った。さすがにそれは自惚《うぬぼ》れすぎだと思ったのだろう。もしくは、きよにじろりと睨まれてよほど恐かったか……

「ごめん、料理の工夫は別に俺の手柄じゃねえな。ってことで、飯にしておくれ。おお、旨そうな飯と汁だなあ！」

清五郎は草履《ぞうり》を脱ぎ捨て、箱膳の前に座り込む。

とってつけたように旨そうな汁と言われても、その味噌汁は今朝の残りだ。ご飯だって朝炊いたものだし、炊いたのは清五郎なのだ。それに気づいたのか、清五郎はさらに続ける。

「おや？　香の物だけじゃなくて豆腐もあるじゃねえか。しかも八杯豆腐！　俺の大好物だって知ってて作ってくれたのかい？」

「それもあるけど、できるだけお菜もちゃんと食べなきゃと思って……お豆腐には滋養がたっぷりあるし」

「料理法もいろいろ、おまけに安い。まだ寒いから朝に振売《ふりうり》から買ったものでも、水につけとけば夜まで保《も》つ」

「そういうこと。本当はお魚をつけたいけど、そこまではね。棒鱈《ぼうだら》は値打ちだけど手間がかかるし……」

「わかってるわかってる。魚なんてたまーに出るからありがたみが増す。貧乏人は豆腐で十分さ」

「貧乏人……」

　貧乏人なら、豆腐すら夕飯にはつけられない。そんな言い方は本当の貧乏人に失礼だ、とすら思う。だが、清五郎はとっくに箸を取って食べ始めているし、空腹なのはきよも同じ。雛あられなど腹の足しにはならないのに、考え込んでいたせいで大して減ってもいない。問答はこれまでにしてさっさと食べるべきだろう。

　地廻り醬油で煮た豆腐は、しっかり味が染みている上にほんのり甘い。大した量ではなかったので火鉢で料理できたのはなによりだった。もしもへっついに火を熾《おこ》したり、七輪《しちりん》を借りに行かねばならなかったとしたら、膳に八杯豆腐がのることはなかった。

　桃の節句が終わっても、寒さはもうしばらく続く。火鉢がしまえるのもまだ先だろう。それまでは面倒がらずになんとか滋養のある料理を足そう。清五郎は喜ぶし、きよ自身のためでもある。

これまでは店で出す料理のための工夫ばかり考えていたが、今後は家で食べる料理についても考えていこう。もしかしたら相手にする人数が変わるかもしれないから……

『千川』をやめて上田家に奉公する——それが唯一の解決策かもしれない。実際にその道を自分が選べるかどうか、と言われればまだ迷いがあるが、考えてみる価値はありそうだ。

冷めたことでよりはっきりと感じられるようになった八杯豆腐の味を確かめつつ、きよは新しい道を探っていた。


「板長さん、このあらを使ってもいいですか？」

鰤《ぶり》のあらが入った木桶を指さしながら訊ねたきよに、弥一郎は興味津々の顔になった。

「使うのはかまわねえが、どうするつもりだ？」

鰤のあらが出たときは、かまは塩を振って焼き、あとは大ざっぱに切って大根と煮付けるか汁に仕立てるのが常だ。今日は鰤をたくさん仕入れたせいで、すでにどれも仕上がっている。この上なにを作るつもりだ、と聞きたくなるのはもっともだった。

「残っている身をこそげて使ってみようかと……」

「ほう……」

お手並を拝見、とばかりに弥一郎はあらを桶ごときよに渡した。

すかさず身が残っていそうな骨を選んで笊《ざる》に移す。多めに塩を振ってぐらぐらに沸かせた湯をかければ、あら特有の臭みが抜けるはずだ。まとめて鍋に入れて茹でてしまえば楽だが、うっかりすると旨味が抜けすぎてしまう。あら汁や味噌汁ならそれもいいが、今はできるだけ旨味を残したい。骨に残った身だけならそれで十分……ということで湯通しに留める。

いつもながら生の桜色の身が、湯をかけた途端に真っ白に変わっていく様は手妻《てづま》のようで面白い。魚に限らず同じ材料をいろいろな形に変えていく料理というのは、まるごと手妻のようなものかもしれない、などと考えつつ、白くなった身を骨から剥《は》がしていく。とはいっても弥一郎の腕が確かすぎて、骨の周りにはほとんど身は残っていない。骨と骨の間に少しあるぐらいのもので、だからこそあら煮や汁に入れられずに残されていたのだ。

菜箸ではなく普通の箸の細い先を使って丁寧にこそげていく。そうこうしているうちに、小鉢に一杯ぐらいの身が取れた。

「けっこうあるものだな。手間とは釣り合わないが……」

「捨てるよりはましってぐらいでしょうね」

「なるほど、で、それをどうする？」

「田麩《でんぶ》にしてみようかと」

「田麩！　それはいい。酒のつまみになるし、飯だけ食う客も喜ぶ」

「おまけにあらなんて元値はないようなもんだ」

　そこでいきなり源太郎の声がした。いつの間に……と思っていると弥一郎が辟易《へきえき》したように言う。

「親父《おやじ》は本当に質《たち》が悪い。壁に耳ありってのはよく聞くが、親父は壁なんぞに遮《さえぎ》られなくてもいつの間にか近寄ってこっそり聞いてやがる」

「こっそりなんて人聞きの悪い。おまえたちが話に夢中だっただけだろうに。それに壁はなくてもへっついがある。へっついに耳ありだ」

「火が熾《おこ》っているへっついに耳なんぞつけるんじゃねえ」

　火傷《やけど》するのが落ちだぜ、とやり合っている親子をよそに、きよは鉄鍋にうっすら胡麻《ごま》油を引く。ほどよく温まったのを見極め、こそげ取った鰤《ぶり》の身を入れて炒《い》る。

　とはいっても、火を通すよりも胡麻油の香りを身に移すことが狙いなのでここは手早く、あとは味醂《みりん》と醤油で味をつければ出来上がりだった。

「胡麻油を使ったか……どれ……」

　味見をした弥一郎が満足そうに頷いた。源太郎に至っては、いつの間に用意したのか小皿にのせた飯に振りかけて食べている。伊蔵が生唾を呑む音が聞こえた。

「上出来だ。鰤の脂があるから油なんぞいらねえと思ったが、胡麻の香りがあるのとないのとでは大違いだ」

「だ、旦那さん、俺にも飯……いや、味見をさせてくだせえ」

　縋《すが》るような目で見られ、源太郎は大笑いで答えた。

「食ってもいいが、重々気をつけてくれ。うっかりすると止まらなくなる。昼にもならねえうちに飯櫃《めしびつ》を空にされたら商売あがったりだ」

「大丈夫です。そこまでの量はありませんから……あ、伊蔵さん、ちょっと待ってください」

　そのときには伊蔵はもう小皿に飯を盛っていた。のせた飯も田麩もさっきの源太郎の倍ほどの量である。小皿をきよに奪われ、伊蔵が悲鳴を上げた。

「殺生《せっしょう》だぜ、おきよ！」

「そんな声を出さないでください。ちょっとこれをのせるだけですから」

「これ？」

心配そうに見守る中、きよは葱《ねぎ》の青いところを細かく刻み、田麩《でんぶ》の上に散らした。

「おお、こいつは粋《いき》だな」

「粋を狙ったわけではありませんが、葱と胡麻《ごま》油は相性がいいし、万が一鰤《ぶり》に臭みが残っていても消してくれると思います。あ、もちろん今日の鰤は臭みなんてありませんけど」

「道理だな。じゃ、早速」

伊蔵が飯と田麩を掻き込んだ。食べるではなく掻き込むと表したくなる様子に、源太郎と弥一郎がどっと笑う。

「おいおい、喉に詰めるなよ。それに、そんな食い方じゃ味見になんてなりゃしねえ」

主《あるじ》の言葉などどこ吹く風、伊蔵は瞬く間に皿を空にし、ふうと息を吐いた。

「旨かった……鰤にもたっぷり脂がのってて柔らかいし、胡麻油と葱は引き立て合う。とてもじゃないが屑《くず》箱行き寸前の代物とは思えねえ」

「屑箱行き寸前……確かにそのとおりだが、それを聞くと食う気が失せちまいそうだ」

「じゃあ親父《おやじ》は食わなくていい。客にも出さねえ。今後この田麩を作る事があっても、そのときは俺たちで平らげることにする」

「待て！　誰も食わないとは言ってねえ！　もちろん客にだって出す！　丼に仕立てたら人気が出るだろうし、大儲《おおもう》け間違いなしだ」

「いやいや、丼にして出すほどの量をあらでまかなうのは難しい。手間だって大変だ。品書きに入れるのは無理だろう」

「そうか……」

折角儲ける機会だと思ったのに……と源太郎はしょんぼりしている。そこできよは、自分の考えを披露することにした。

「もともと品書きに入れることなんて考えてませんでした。ただ捨てるのはもったいないし、どうにかして使えないかって考えたとき、田麩がいいんじゃないかって……」

「間違いない。それで？」

弥一郎に促《うなが》され、力を得たように続ける。

「田麩にしておけば日持ちしますし、箸休めにもなります。板長さんがおっしゃるように丼にするほどの量を作るのは大変ですが、握り飯ならなんとかなるかな……と」

「握り飯と丼でそんなに変わるのか……？」

弥一郎が鉄鍋に残った田麩に目をやった。源太郎も伊蔵も首を傾げている。

そこできよは飯櫃《めしびつ》の蓋を取り、丼に飯を盛った。

「板長さん、丼にして出すとしたらご飯はこれぐらいですよね？」

「だろうな」

「ではここに、田麩《でんぶ》をのせて……」

白い飯の真ん中に匙《さじ》で二杯ぐらいの田麩を盛る。薄く広げてみても覆い尽くすことはできず、丼の縁《ふち》に沿って白い飯が見えた。

「これではちょっと貧相ですよね？　でも、こうやって……」

先ほど刻んだ葱《ねぎ》の残りを丼に加え、匙で飯と田麩をまぜ合わせる。白い飯と茶色い田麩がまざり合い、ところどころに葱の碧《あお》が覗いた。

「田麩の量が同じでも、上にのせるのとまぜ込むのではこれだけ違います。そして、これを握って……」

さっと手を濡らし、握り飯を作る。普段『千川』で出しているものよりは小振りだけれど、なんとか三つ作ることができた。三人にひとつずつ渡して試してもらう。

「まぜ飯にするとこうなります。でも、もっと田麩を使う量を減らしたければ、まぜずに使うこともできます」

削り節の握り飯でも、飯にまぜ込む場合と具にして真ん中に入れる場合がある。田麩も同じように具にすれば、使う量はもっと減らせる。海苔《のり》を巻けば見栄《みば》えもそう悪くはないだろう。

「なるほどなあ……これなら貧相には見えない。汁と香の物でもつければ上等の昼飯だ」

弥一郎は大いに感心してくれた様子、源太郎も嬉しそうに言う。

「酒のあとにもいい。これなら品書きに載せられる」

「それでも、いつもってわけにはいかない。魚のあらがあって、おきよに暇があるときに限る」

「なあに、暇は作ればいいさ。あらがなけりゃ身を使えばいい。骨から毟《むし》らなくてすめばおきよだって楽だ」

「旦那さん、それはさすがに……。だってこれは、あらを捨てるのがもったいないからって考えた工夫です」

「そうそう。身を使ったんじゃ儲《もう》けもうんと減っちまう。『おきよの田麩握り飯』はたまにしか出ない品書きってことで頼むぜ」

「……まあそういうことにしとくか」

儲けが減るというのは源太郎に一番効く言葉だ。さすがは弥一郎だった。

それでも諦めきれないのか、源太郎は残念そうに呟く。

「でもよう、なにも鰤《ぶり》に限らなくても、魚のあらならどれでも作れるんじゃねえか？　鴟《し》尾《び》でも鮭でも……」

「そりゃあ、鴟尾でも鮭でも作れるだろう。ただ鴟尾のあらなんて見たことねえし、鮭

の塩引きはとっくに握り飯に使ってて珍しくもねえ。そもそもこれだってどっちかって
いうと田麩《でんぶ》って言うより振りかけだしな」
鰤《ぶり》はもちろん、鴟尾《しび》でも鮭でも鱈《たら》をほぐして作るようなふわふわの田麩にはならない。
むしろ振りかけだという弥一郎の言い分は的《まと》を射ていた。
「とはいえ、飯にまぜ込むなら田麩ほどの軽さはいらねえし、真ん中に入れるなら多少
どっしりしてたほうが食い応《ごた》えもある。いい工夫だ」
弥一郎に褒められ、思わず口元が緩む。
こういった残り物や捨てるはずのものをうまく使う工夫は、家だけではなく店にも役
に立つ。新しい工夫がうまくいってとても満足だった。
田麩の握り飯が時折品書きに載るようになってしばらくしたある日、源太郎がへっつ
いのそばまでやってきた。できた料理を運びに来たのかと思えば、相談があるという。
「鰤のあらの田麩を彦に作らせようかと思うんだが……」
「彦之助さんに？」
でも……と続けかけたきよを片手で制し、源太郎は早口で説明した。
「なにも店に来させようって話じゃない。田麩なら板場でなくても作れるから、家のほ

うで拵《こしら》えさせようかと思ってな。たまのことでも田麩には手間がかかるし」

暇なときならいいが、田麩を作れるほどあらが出るのは客が多い日がほとんどだ。注文が矢継ぎ早になる中で、田麩にかかり切りになるのは難しいし、それでは店が回らない。何度か品書きに載せてみたが、案《あん》の定《じょう》『おきよの田麩握り飯』は大人気で、あっという間に売り切れてしまった。それどころか、よほど気に入ったのか、なんとか持ち帰れないかと言い出す客までいる始末……。作らねばならない田麩の量は増える一方だった。

これほど人気の品ならもっと売りたい。だが田麩を作る暇がない……となったとき、ずっと家にいる彦之助のことを思い出したのだろう。

「彦之助さんの奉公先はまだ見つからないのですか?」

「ああ……路銀に手をつけたことが案外広がっちまっててな……」

人の口に戸は立てられない。自業自得とはいえ、外で働き口を見つけるのは至難の業《わざ》かもしれない、と源太郎は肩を落とした。

「それでもまあ、あいつだって伊達《だて》に何年も料理修業をしてきたわけじゃねえ。田麩ぐらい作れるだろう。もっとも、今のと変わっちゃ困るから手解《てほど》きがいるが……」

「なるほど、作り方を教えろってことですね」

「さすがはおきよ。呑み込みが早いぜ！」

そんな持ち上げ方をしなくても、味付けぐらい教える。茶の味にあれほど拘《こだわ》ったのだから、彦之助の舌は確かなはずだ。一度作ってみせた上で味見をさせれば、同じように作ることは容易《たやす》いだろう。

「わかりました。それでいつ……」

そこできよは、はたと考え込んだ。いつに加えて、どこでという問題があると気づいたからだ。

このところ田麩《でんぶ》は店を開ける前に大急ぎで作っている。湯通ししたあらから身をほぐすのも伊蔵とふたりがかりでなんとか、という有様だ。だからこそ、源太郎も彦之助に作らせようと考えたのだろうが、多少は説明もしなければならないし、片手間になんてできそうにない。なにより、仕込みで大忙しの板場に、彦之助が入る場所はなかった。

「朝早く来て始めたほうがよさそうですね。それなら板場にも入ってもらえるし……」

「いや、場所は家のほうがいいだろう。万が一長引いたら仕込みに差し障る」

「え、長引きますか？」

ついさっき源太郎は、田麩ぐらい作れるだろうと言っていた。舌の根も乾かぬうちになにを……と思っていると、源太郎がため息まじりに言った。

「彦は案外こだわりが強くてな……。湯通しひとつとっても、湯の沸き加減からかける量まで訊きかねねえ。味付けにしても、いちいち入れる醤油や味醂《みりん》を量らせろと騒ぐかもしれん」

「そんなことには……」

「いやいや、あいつはきっと腑《ふ》に落ちるまでうるさく訊く。細けえことをいちいちな」

「じゃあ、うんと早く来て始めましょう。あ、でもそれだとあらが間に合わない……」

　魚を捌《さば》かないとあらは出ない。朝一番で駆けつけたところで、あらがなければ田麩はつくれない……すっかり考え込んでしまったきよを見て、源太郎が笑いながら言った。

「そんなに山ほど田麩を作るこたぁねえ。最初におきよが作ってくれたぐらいで十分。

朝一番で俺が鰤《ぶり》を捌いておくから、そのあらを使ってくれ。場所は家で。弥一郎、それでいいな？」

　そこで源太郎は、きよの隣にいる弥一郎に確かめた。弥一郎はちらりときよを見て答えた。

「鰤だけでも親父《おやじ》が捌いてくれるなら、俺は仕事が減ってありがてえ。だが、そのためにおきよに早出させるのは……」

「平気です。早出なら伊蔵さんに仕事を教えてもらったときもしましたし、一日限りのことでしょう？　なんてことはありません」

「そうか？　ならそうしてもらうとするか。ただし、あんまりあいつの呑み込みが悪いようなら、醤油でも味醂《みりん》でもぶっかけて戻ってきていいからな」

「呑み込みが悪いってことはないと思います。でも、たとえそうだったとしても醤油や味醂を無駄にするのはいやです。せいぜい身を取ったあとの骨をぶつけるぐらいにしておきます」

「そいつは醤油や味醂よりきつそうだな」

鰤《ぶり》の骨をぶつけられた彦之助の顔が見てみたいものだ、と源太郎親子は大笑いしている。だが、きよはそんなことにはならないと思う。

きよ自身、一度食べたものであれば同じ味に作れると褒められることが多いが、その自分と彦之助は似たような舌を持っているのではないだろうか。長引くかもしれない、と源太郎に言われて首を傾げたのはそのせいだ。おそらく彦之助は醤油や味醂など量らなくても同じ味が出せる。きよにはそんな確信があった。

「鰤は明日も使う。半身しか頼まなかったんで、田麩《でんぶ》を作るほどじゃねえと思っていたが、試し作りには十分だろう。すまねえが明日の朝は彦之助を指南してやってくれ」

弥一郎の言葉に、伊蔵が手を打って喜ぶ。

「こいつはいいや。『あんたなんて使いものにならないわ！』ってあいつに鰤の骨をぶつけた挙げ句、ぷんぷんしながら戻ってくるおきよ先生が見られるぜ！」

「そんなことにはならないと思います」

「わからねえぞ。おきよは料理のことには絶対手を抜かないし、清五郎がなにかやらかした日には鬼みたいな顔で怒る。弟みたいな彦さんに料理を指南するとなったら……」

「弟みたいって……彦之助さんは私より年上でしょう？」

「こう言っちゃあなんだが、やってることは清五郎と変わりねえ。むしろ、近頃の清五郎を見てると、彦さんよりずっとしっかりしてるように思える」

そこでまた源太郎親子がどっと笑った。自分の息子や弟をこんなふうに言われて平気で笑う気が知れない。

伊蔵は清五郎を褒めてくれたけれど、彦之助にしてみたら散々な言われようだ。もしも、清五郎と彦之助が入れ替わっていたら、きよは烈火の如く怒るに違いない。

「おお恐……」

知らず知らずのうちに睨み付けていたのだろう。伊蔵はひっと首を竦《すく》め、出汁《だし》を取る作業に戻る。ぐらぐら湯が沸いた鍋に削り節を振り入れ、それきりこちらを見ることはなかった。

そんな伊蔵を呆れたように見たあと、源太郎が言った。

「じゃあおきよ、明日の朝は頼んだぜ」

「わかりました。できるだけ早く来ます」

「そうだ、清五郎もいっしょに来てこっちで朝飯食ったらどうだ？」

「それはどうでしょう……あの子はもう自分でご飯を炊けますし、ちょっとでも長く寝ていたいと思うかも」

「それはそれで、寝坊しねえか気にかかるんじゃねえのか？　そうだ！　どうせ明日作る分は店には出さねえ。いっそ炊き立ての飯に出来立ての田麩《でんぶ》ってのはどうだ？　それなら清五郎もすっ飛んでくるだろう」

「早起きしやーす！」

通りかかった清五郎が元気な声を返してくる。ちゃっかり話を聞いていたらしい。なんて地獄耳と感心しつつも、炊き立てのご飯に田麩をのせてわしわしと掻き込む弟を思い浮かべ、きよはにっこりと笑った。


翌朝、起きてすぐ『千川』に行ってみると、すでに鰤《ぶり》は捌《さば》き終わり、あらが平笊《ひらざる》に盛られていた。どうやら源太郎も早起きして仕事にかかってくれたようだ。

「仕込みのうちとはいえ、普段使わない者が板場に入るのは弥一郎にも面倒だろうと思ってね。ま、そうでなくても年寄りは長々とは寝てられない。わざわざってほどじゃねえよ」

源太郎はそんなふうに言ってくれたが、いくら長々と寝ていられなかったとしてもさすがに早すぎる。なにせきよが『千川』に着いたのは明け六つ半（午前七時）にもならない時分だ。それなのに鰤を捌き終わっていたのだから、源太郎は明け六つ（午前六時）の鐘を聞いてすぐから板場に立っていたことになる。

――旦那さん、やっぱり彦之助さんのことをちゃんと考えてるのね……

平笊を受け取りながら、きよは嬉しさと安堵が入り交じった気持ちになる。本人が招いたこととはいえ、同じ親から生まれた兄弟で扱いが違うというのは切ない話だった。

「それで彦之助さんは……？」

「あいつは家にいるよ。今ごろへっついで湯を沸かしまくってるだろう」

「それじゃ、急がなきゃ……」

すでに湯が沸いているのはありがたい。湯通しさえ終われば、あとは骨を取って炒《い》りつけ、味をつけるだけで済む。うまくすれば、いつもと同じくらいに『千川』の板場に戻れる。仕込みに遅れることもないだろう。

「よろしく頼むよ」

もう何度目になったかわからないほど頭を下げられ、きよは大急ぎで源太郎の家に向かう。『千川』の脇の小道から裏に入り、蔵を抜けた先が源太郎の家だった。

「おはようございます」

戸口でとりあえず声をかける。

きよが来ることはわかっているだろうけれど、いきなり入るのはためらわれる。おそらく彦之助が来てくれるだろう、と待っていると、小走りにやってきたのはさとだった。

「ああ、おきよ。早くからすまないね」

「とんでもないことです。それで……」

源太郎の家には前にも入ったことがある。弟ばかりではなく己《おのれ》の身繕《みづくろ》いもしろ、とりょうから心付けをもらったものの、どうせ着物や小物は買わないだろうと見越した源太郎が、さとの若いころの着物を譲ってくれたときのことだ。

だが、あのときは戸口からまっすぐ奥の部屋に通されたから、台所がどこにあるかわからない。井戸の近くに勝手口を設けていることが多いから、おそらくこのあたりという見当はついているが、やはり案内してもらうに越したことはなかった。

「こっちだよ」

さとは先に立って案内しながら、申し訳なさそうに言う。

「悪かったね」

「え？」

悪いねとか面倒をかけるねではなく、悪かったねと謝られ、きょとんとするきよに、さとは立ち止まってぺこりと頭を下げた。

「あんたを追い出すようなことばかり言ってさ……」

彦之助を『千川』に入れるということは、誰かを追い出せと言うようなものだ。となると、長年奉公している伊蔵ではなく、きよに白羽の矢が立つに決まっている。きよが具合を悪くしていたときだけならまだしも……とさとは言うのだ。

彦之助は追い出されるなら伊蔵だと言ったが、年季の入りようからすればさとの考えのほうが道理だろう。

「ごめんよ……ついあの子のことになると正気を失っちゃってさ……」

「そんな……おかみさんが彦之助さんのことを心配するのは当たり前ですよ」

「そりゃそうだろうけど、うちの人にも度が過ぎるって叱られてね。危うく引っぱたかれるところだった。おきよがどれだけ『千川』の儲《もう》けを増やしてくれたかよーく考えろってさ」

「言うほどじゃないと思いますよ。それに、彦之助さんならきっと私と同じぐらい、いいえ、もっともっといい工夫を考えつくと思います」

「どうだろうね……でも、あの子もおきよと同じぐらい料理が好きだってのは確かだよ。弥一郎も真面目に仕事をしているけど、それはあの子が跡取りだからのような気がする。その点、彦は料理そのものが好き、料理を楽しんでるんじゃないかって……」

「どうでしょう……板長さんも料理はお好きだと思いますけど……」

本当に好きで修業に励まない限り、弥一郎ほどの腕にはならないだろう。

実家にいたころ、きよが料理を覚えられたのは料理が好きだったからだ。家に籠もりきりで、できることが限られていたといっても、縫い物をしたり絵を描いたりすることはできた。限られた道の中で、あえて料理に勤しみ、母に教わりながら一通りのことを身につけられたのは心底料理が好き、さらに自分が作った料理を食べて喜ぶ家族の姿を見るのが好きだったからに違いない。

ましてや跡取りだからというだけの理由で、『千川』ほどの店の板場は仕切れないし、弟子を育てることも難しいに決まっている。

「とはいえ……」

首を傾げているきよを見て、さとがまたなにか言いかけたとき、廊下の向こうから彦之助が顔を出した。

きよを見つけて、大声で呼ぶ。

「こっちだ！　すまねえな、朝っぱらから」

「じゃ、あとは頼んだよ」

さとはそう言うと元いた部屋に戻っていった。きよは曖昧な気持ちになったが、さとのほうはとりあえず詫びを言えて気が済んだのだろう。

源太郎の家の台所は、孫兵衛長屋の住まいの倍ほどの広さだった。店でもないのに二口のへっついがあり、隅には七輪《しちりん》もふたつ置かれている。さすがは料理人の家だと感心するばかりだった。

「なにをぼうっとしてるんだ。とっくに湯は沸いてるぜ……って、こんな口のきき方はねえな。今日はあんたが先生だった」

よろしく頼む、と彦之助は頭を下げる。釣られてきよもぺこりとお辞儀をする。同時に頭を上げたふたりは、目を見合わせて笑い出した。

「先生とかよしましょう。たかが田麩《でんぶ》、しかも捨てるはずのあらを使った田麩ですから」

「そうか？　あんたがそう言うなら……俺もそのほうが助かる。どうにも鯱張《しゃちほこば》ったのは苦手で」

「私もです。さ、こんなことを言ってる暇はありません。さっさとやっつけてしまいましょう」

「やっつける……あんた、意外にはすっぱだな」

「はいはい。どうせ姉さんとは大違いですよ」

「誰もそんなこと言っちゃいねえだろ」

そこでまた彦之助は笑い出す。その声は、今まで聞いたことがないほど朗らかだった。仕事を与えられてほっとしたのか、あるいは本当に料理が好きで、なにか作れることが嬉しくてならないのか……

いずれにしても、機嫌の悪い男の相手はしたくない。なにかを教えるなら余計に、である。この調子なら、田麩《でんぶ》はあっという間に仕上がるだろう、と安堵しつつ、きよは平《ひら》笊《ざる》のあらに塩を振る。その量に彦之助が軽く目を見張った。

「お、たっぷりいくねえ……」

「ごめんなさい。もったいないですよね。しばらく置いておけるなら少しでもいいんですけど、今日は……」

「ばーっと振って一気に臭みを消すってことだな。いいってことよ。多少の塩ぐらいじゃ『千川』は潰れたりしねえさ」

「ですよね」

念を入れて、と振った塩をあらに揉み込む。これでよし、となったあと、流しに置いた平笊に彦之助が湯をかける。柄杓《ひしゃく》で何度も掬《すく》ってはかけ、掬ってはかけするうちに、塩はすっかり流れ、骨に残った身が真っ白になった。

「こんな感じか？」

「十分です。では……」

「皆まで言うな。ほぐせばいいんだろ？」

煮えたぎった湯をかけたあらからはもうもうと湯気が上がっている。さぞや熱かろうに、彦之助は素手で皿に移したあらをさっさとほぐし始めた。

「熱くありませんか？」

「直《じか》に湯を浴びせられるのに比べればこんなもの……」

思わず、そんな目に遭ったことがあるのか、と訊ねかけ、言葉を呑み込む。わざわざ修業中の嫌がらせを語らせるのは気の毒だ。そっとしておくに越したことはなかった。

ふたりがかりであらをすっかり骨だけにし、胡麻《ごま》油で炒《い》りつける。一方彦之助は、骨を小さな鍋に移し、ひたひたになるまで先ほど沸かした湯を入れた。

「魚の骨からはいい出汁《だし》が取れる。捨てちまうのはもったいねえ」

「臭みも抜けてますしね」

なるほどと頷きつつ、丹念に鰤《ぶり》の身を炒《い》る。

これぐらいまで、と彦之助に示したあと、味醂《みりん》を入れようとして手を止めた。

「先に量りますか？」

「いや、大丈夫。入れちまってくれ。量ったところで、あとから足したら意味はねえ。仕上がりの味を確かめられればなんとかなる」

「わかりました」

やはりこの人は、私と同じ質《たち》だ……と少し嬉しくなる。

そういえば弥一郎は、きよが入れる醤油や味醂の量をしっかり見ている。あとで足すにしても、最初に入れる量がわかるのとわからないのとでは話が違うと思っているようだ。あるいは、最初から入れすぎるのは無駄だし、料理そのものを台無しにしかねないと考えているとか……

そのあたりは板長という立場ならではかもしれない。

「うん、やっぱり田麩《でんぶ》と同じ作り方、ただし塩気が強そうだな」

「塩気だけじゃなくて甘みもです。これだけでしっかりご飯が食べられるように」

「握り飯に入れるんだもんな。ただ俺が任されるならもっと量が作れる。なんなら魚河《うおが》岸《し》に出向いてあらだけもらってくるとかさ」

「それはどうでしょうね。『千川』は田麩屋になったのか？　とか言われそうです」

「確かに。このあたりの佃煮《つくだに》屋の商《あきな》いの邪魔にもなる。やっぱり鰤のあらが山ほど出たときに限ったほうがよさそうだ」

「そうですね。珍しいものは人気が出がちですし」

「違いねえ。で、田麩のほうはどんな感じだ？」

「そろそろいいと思います」

醤油と味醂が行き渡り、少し残っていた汁気もほどよく飛んだ。箸で少しつまんで食べてみると、ちょうどいい味加減だった。これなら醤油も味醂も足す必要はないだろう。

「味見をしてみてください」

「どれ……」

小皿にのせた田麩を渡されるなり、彦之助の表情が引き締まった。一箸口に入れてみて目を閉じ、少し噛んでは舌を動かす。隅々まで味わい尽くす気だろう。

「なるほど、塩気と甘みがちょうどいい。このままだと少々濃すぎるが、飯にはぴったりだろう。ちびちびやる酒のあてにもな」

「お店で出すときは青葱《あおねぎ》も一緒にまぜます」

「煎り胡麻《ごま》も入れたらどうだ？」

「え、でも……胡麻油を使ってますし……」

「具として飯の真ん中に入れるなら別だが、まぜ込むなら煎り胡麻の歯触りはけっこう乙だぜ？」

「確かに……」

胡麻油を使っているから風味は十分だと思っていた。だが、時がたてば風味は飛ぶかもしれないし、油には歯ごたえがない。炒《い》り立ての胡麻を使うことで、風味と歯ごたえを加えるというのはいい案だった。

「やってみましょう」

すぐに焙烙《ほうらく》で胡麻を炒る。試しなのでたくさんはいらない。へっついの火はまだ落としていなかったので、ほどなく炒り終えた。きよは小鉢にご飯と田麩《でんぶ》、青葱と胡麻を入れ、丹念にまぜ合わせ、彦之助に差し出した。

「やっぱりな。あるとないとでは段違いだ」

きよも口に運んで確かめる。

「本当ですね。どうして気がつかなかったんだろう……」

「『工夫のおきよ』にもうっかりがあるってことだ」

あははっ！　と大声で笑い飛ばされ、肩に入っていた力が抜けたような気がした。次に押し寄せたのは妙な安堵……それがきよには不思議でならない。

料理のことで後れを取ったのだから、安堵するより恥じたり腹が立ったりするのが当たり前だろうに……

「なんて顔してるんだよ！　修業半ばで逃げ出した男に出し抜かれてびっくりしちまったのか？」

「そんなんじゃありません。それに逃げ出したのにはわけがあるってわかってますし」

「……そうだったな。せい様の文《ふみ》のおかげで、親父《おやじ》や兄貴にも事情が伝わった。あれがなかったら、今も俺は真冬の堀の水みたいに冷てえ目で見られてただろう。それがこうして田麩作りを任されることになった。全部あんたのおかげだ」

そう言ってきよに頭を下げたあと、彦之助は己《おのれ》に言い聞かせるような調子で続けた。

「店に出られなくなって気がついた。俺は本当に料理が好きなんだって。料理っていうより、作った料理を売ることが好きなんだ」

「料理を売ること……？」

「ああ。そりゃあ、今でも料理はしてる。俺が戻ってから、おっかさんより俺のほうが台所に入ってるぐらいだ。だがそれは仕事でもなんでもない。ただ作って食ってるだけなんだ」

「でも……きっとおかみさんは喜んで食べていらっしゃるんじゃないですか？」

源太郎や弥一郎はわからない。そもそも朝から晩まで『千川』にいるのだから、店で食べることのほうが多いだろう。だが、さとは違う。それまで自分で拵《こしら》えていた料理を彦之助が作ってくれるとしたら、それだけで嬉しいはずだ。

ところが、きよの話を聞いた彦之助はため息とともに首を左右に振った。

「それそれ。おっかさんは俺が作った料理を喜んで食ってくれる。だけどそれは自分で作らなくても食えるって嬉しさだよ。それなりに旨いはずだし。あと、息子が作ってくれたってのもあるだろうな」

「それじゃいけないんですか？　美味しいものを手間なく食べられたら嬉しいって思うのは間違いですか？」

「間違いじゃねえけど、それだと、料理の味そのものはどうだっていいんじゃねえかって思うんだよ。親と客は全然違う」

「え……？」

彦之助の言いたいことがわからなくて、きよはぽかんと口を開けてしまう。

鍋から鰤《ぶり》の骨を取り出していた彦之助は、きよの顔を見てまた笑う。

「あんたの顔は本当に正直だな。腹が立ってるのか、喜んでるのか、合点《がてん》がいかねえのか……全部顔に出てきてわかりやすい」

「顔だけじゃなくて、根っから正直です」

「そりゃそうだ」

「で、親と客は違うって？」

改めて問われ、彦之助は考え考え言った。

「手短に言えば、金が取れるかどうか、ってことかな……。兄貴は俺よりうんと腕が立つから別にして、もしもほかに兄弟がいてそいつが料理はからっきしだったとしても、一生懸命こさえたものなら、おっかさんは大喜びすると思う。だが、客は違う。初見はともかく、金を払うに相応《ふさわ》しい味じゃなければ二度と来ねえ。客に出す料理と親兄弟のために作る料理は比べものにならない。そうは思わねえか？」

「そう……ですね……」

曖昧に返事をしたものの、きよはそこまで深く考えたことはなかった。

ただ『千川』で料理人として働かないかと言われたときに不安は覚えた。この年になるまで料理修業なんてしたことはなかった。実家にいたときから料理はしていたけれど、あくまでも素人《しろうと》料理、包丁の使い方ひとつ取っても店で通用するものではない。今から修業を始めても遅いのではないかと……

だが、そんなきよの不安を源太郎と弥一郎は一笑に付した。大事なのはきよの工夫、技量なんて修業次第、あとからついてくると言わんばかりだった。しかもこの年になってから修業を始めることについても、実家で料理をしていたのなら下地はあると気にもとめない様子だった。

だからこそ、きよは思い切って料理人への道を歩み出した。自分の料理を食べて喜ぶ人の顔を見るのが嬉しいと、仕事に励んできたのだ。

けれど、彦之助は喜ぶ人の顔を見るだけでは満足していないらしい。ただ旨い旨いと喜ぶのではなく、金を払うに値する料理を出すことに狙いを置いている。それは、彦之助が、きよよりもずっと真剣に料理の道と向き合っている証のように思えた。

「本当にいい塩梅《あんばい》だ。この味を一発で決められるのはすげえよな」

出来上がった田麩《でんぶ》を鉢に移しながら、彦之助はしきりにきよを褒める。

この機嫌の良さは、やはり田麩作りを任されたからこそだろう。家族ではなく客に出す料理を作ることは、それほど彦之助にとって喜ばしいことなのだ。

「たかが田麩、それもあらを使った振りかけみたいな田麩でも、客に食わせるんだと思ったら背筋がぴんとなる。今まで気がつかなかったが、やっぱり俺は根っから料理屋の子なんだな」

ただ料理ができるだけではなく、料理人であることが大事だと彦之助は言う。聞けば聞くほど、きよは己《おのれ》が情けなくなってくる。

きよの思いなど知るよしもなく、彦之助が鉢を渡して言った。

「こいつはあんたが店に持ってってくれ。俺は出入禁止を言い渡されてるし、あっちもそろそろ飯が炊きあがるころだ。あんたの弟も腹ぺこで待ってるだろう。たぶん、伊蔵もな」

屈託のない笑顔が眩《まぶ》しかった。やはり『千川』で働くべきは、自分ではなく彦之助だと思えてならない。それでも、彦之助の料理への思いを聞いた今、きよの中に今までとは違う気持ちも育ちつつある。

それは、彦之助同様自分も『金を払うに相応《ふさわ》しい味』を出したいという思いだった。

上田家に行けば、りょうは言うまでもなく、あの与力も喜んでくれるだろう。けれど、そこには、さとが彦之助の料理を喜ぶのと同じものがある。料理の出来だけではなく、気にかけている娘が作ったということまで味の評価に加えられるのではないか——それは、覚悟を決めて料理の道に入ったきよにとって、かなり辛《つら》いことだった。

ただ喜んでもらえるだけでなく、商《あきな》いとして成り立つ料理を作りたい。彦之助によって気づかされた思いは、場所を譲ってもいいという気持ちを妨げる。

修業を積むのに『千川』ほどいい場所はない。源太郎ほど情け深い主《あるじ》も、弥一郎ほど腕が立ち、弟子をうまく育てられる板長もそうそういない。なにより、客が何度も通ってきてくれることで自分の上達が知れる。いつも同じ顔ぶれで、多少気に入らなくても出されたものを食べるしかないお屋敷奉公とはわけが違うのだ。

同じ料理を志《こころざ》す者として、彦之助の身の振り方は気になる。道半ばで終えざるを得なかった修業を続けられれば……と思う。だが、それは源太郎たちが考えることだ。

暇《いとま》を出されない限り、真ん中のへっついは自分の場所だ。あの場所を明け渡さずに済むように腕を磨き、新しい工夫を生み出そう。人気の料理を作れる、すなわち『千川』にとって役に立つ料理人である限り、場所を奪われることはない。今は、欣治がたときに『おきよの伸びしろ』を買うと言ってくれた源太郎を信じるだけだった。

――やっぱり私は『千川』にいたい。料理人として、料理の道を極めたい！

そう思った瞬間、きよは悟った。

本来は彦之助の場所だからとか、自分が上田家に行けば丸く収まる、なんて甘えでしかない。そんなことを考えるのは、料理人として身を立てるという気持ちが足りないからだ。こんなことで、立派な料理人になれるわけがない。身も心も引き締めて、もっともっと我武者羅《がむしゃら》に精進《しょうじん》しなくては……

　きよは、彦之助を正面から見据えて宣言する。

「彦之助さん、ごめんなさい。真ん中のへっついを譲るわけにはいきません。私はこれからも『千川』の料理人でいたいんです」

「だから、心配いらねえって。俺が『千川』の板場に入ることはねえし、あったとしても追い出されるのは伊蔵……」

「伊蔵さんは私よりずっと前から、ずっと懸命に修業してきたんです。私のふたり目の師匠でもあります。そう簡単に追い出されたりしません」

「……そうだろうな。ま、親父《おやじ》も兄貴も田麩《でんぶ》を作らせるにしても、家でやれって言うぐらいだ。どのみち俺が『千川』に入る日は来ねえよ」

「『千川』だけが料理屋じゃありません。それに、料理は包丁とまな板とへっついさえあればできます。よその料理屋で働けなくても修業を続けることはできます」

「家の台所で修業をしろってのか？」

「なにもしないよりいいじゃありませんか。今日は田麩を作ったでしょう？　これから先、他の料理を任されることがないとも限りません」

「だったら裏に入れるだろ？」

店の通路の隅にだって洗い場の脇にだってへっついはある。下働きが使うためのもので、板場に入るまではきよも使っていた。

『千川』で働かせる気があれば、家ではなくそれらを使うように言われたはずだ。それでも家の台所に拘《こだわ》ったのは、あくまでも『千川』で働かせるつもりがなかったからに違いない。なにせ俺は『出入禁止』だから、と彦之助はつまらなそうに言う。

確かに、今の彦之助は『出入禁止』だ。だが、それがずっと続くとは限らない。きよはすぐに言い返した。

「彦之助さんが出入禁止を言い渡されたのは、ずっと前のことでしょう? 私に嫌がらせをした上に、『千川』の味を勝手に変えようとしたから」

「……まあな」

「もうあんなことはしませんよね?」

「ああ。あのときの俺は本当にどうかしてた。だが、親父《おやじ》や兄貴が許してくれるとは思えねえし」

「そうとは限りません。これから先の彦之助さんの振る舞い次第じゃないですか?」

「これから先……」

「まったく許す気がなければ、田麩《でんぶ》を任せたりしません。それに旦那さんは、『あいつはきっと腑《ふ》に落ちるまでうるさく訊く。細けえことをいちいちな』っておっしゃってました。それぐらい料理に気を配ってるって言いたかったんだと思います」

「どうだか……ただ貶《けな》したいだけかもしれねえぜ」

「貶してるような顔つきじゃありませんでした。ちょっと困った感じ、でもどこか嬉しそうな、誇らしそうな……」

　彦之助が戻ってきてすぐのころにやったことは、庇い立てできないほど悪い。だがそれは、料理人としての彦之助を根元から打ち消すものではない。だからこそ店ではない場所で田麩を作らせたのだろう。腕が悪いと思っていたら、たとえあらの田麩だろうと、任せたりしないはずだ。

　そんなきよの話を聞いて、彦之助の鼻の穴が少し膨らんだ。

「そうか……じゃあ、いつかは許してもらえるかな」

「そうに決まってます。案外旦那さんと板長さんは、どっちも『出入禁止』を解きたくて様子を窺《うかが》っているのかも……」

「だといいけど」

「諦めずに精進《しょうじん》することです……って、ごめんなさい。すごく偉そうですね」

「いいってことよ。あんたの言うことは間違ってねえ。それに、もしも俺が下働きからでも『千川』に入れたとしたらあんたは兄弟子……いや姉弟子になる」

「あ、姉弟子⁉」

そんな言葉は聞いたことがない、と目を見張るきよに、彦之助は何食わぬ顔で言い返す。

「俺は女料理人だって聞いたことなかった。女料理人があるなら姉弟子だってあるさ」

「そう言われれば……」

あるかも……いややっぱり……と考え込んだきよを見て、彦之助は大笑いしている。

こんなふうに笑えるならば、きっと先は明るい。あの主《あるじ》と板長と同じ血が流れているのだ。懸命に修業すればどんどん腕は上がる。負けないように頑張らなければ……

きよにとって弥一郎は師匠、伊蔵は兄弟子だ。伊蔵はずいぶんきよを認めてくれて、見習いたいとまで言ってくれてはいるが、やはり教えられる立場でしかない。

だが彦之助は違う。姉弟子なんて言葉を持ち出しつつも、どこか負けん気を感じさせるものがあるのだ。

彦之助がいてくれることで、料理の道を歩む足取りにもっともっと力が入りそうだ。

「さっさと戻らねえと、あっちも大変だぞ」

追い出すように彦之助に言われ、田麩《でんぶ》の入った鉢を抱え直す。

足早に店に向かいながら、きよは真の意味で競い合う相手を得た喜びを感じていた。

【参考文献】

『近世風俗志（守貞謾稿）1～5』喜田川守貞　宇佐美英機・校訂　岩波書店
『本朝食鑑1～5』人見必大　島田勇雄・訳注　平凡社
『三田村鳶魚　江戸生活事典』三田村鳶魚　稲垣史生・編　青蛙房
『楽しく読める江戸考証読本一、二』稲垣史生　新人物往来社
『江戸時代　武士の生活』進士慶幹・編　雄山閣出版
『江戸は夢か』水谷三公　筑摩書房
『武士と世間』山本博文　中央公論新社
『江戸城　本丸御殿と幕府政治』深井雅海　中央公論新社
『武士の家計簿　「加賀藩御算用者」の幕末維新』磯田道史　新潮社
『村　百姓たちの近世』水本邦彦　岩波書店
『商人道「江戸しぐさ」の知恵袋』越川禮子　講談社
『幕末武士の京都グルメ日記　「伊庭八郎征西日記」を読む』山村竜也　幻冬舎
『居酒屋の誕生　江戸の呑みだおれ文化』飯野亮一　筑摩書房
『幕末単身赴任　下級武士の食日記　増補版』青木直己　筑摩書房
『お江戸の意外な生活事情　衣食住から商売・教育・遊びまで』中江克己　PHP研究所
『江戸の食卓　おいしすぎる雑学知識』歴史の謎を探る会・編　河出書房新社
『日本人なら知っておきたい江戸の商い　朝から晩まで』歴史の謎を探る会・編　河出書房新社
『間違いだらけの時代劇』名和弓雄　河出書房新社

『時代劇の間違い探し』若桜木虔　長野峻也　KADOKAWA
『実見　江戸の暮らし』石川英輔　講談社
『大江戸えねるぎー事情』石川英輔　講談社
『大江戸テクノロジー事情』石川英輔　講談社
『大江戸生活事情』石川英輔　講談社
『大江戸リサイクル事情』石川英輔　講談社
『大江戸長屋ばなし　庶民たちの粋と情の日常生活』興津要　PHP研究所
『大江戸商売ばなし』興津要　中央公論新社
『一日江戸人』杉浦日向子　新潮社
『大江戸美味草紙』杉浦日向子　新潮社
『江戸へようこそ』杉浦日向子　筑摩書房
『大江戸観光』杉浦日向子　筑摩書房
『絵でみる江戸の町とくらし図鑑』善養寺ススム　江戸人文研究会・編　廣済堂出版
『深川江戸資料館展示解説書』江東区深川江戸資料館
『本当はブラックな江戸時代』永井義男　朝日新聞出版
『古地図で楽しむ江戸・東京講座　切絵図・現代図 比較マップ』ユーキャン　こちずライブラリ・編集
『古地図で楽しむ江戸・東京講座　メインテキスト』ユーキャン　こちずライブラリ・編集

※本作はフィクションであり、その性質上、脚色している部分があります。

人情あふれる居酒屋譚、大好評発売中!!
居酒屋
ぼったくり
1〜5
【原作】秋川滝美
【漫画】しわすだ
なんとも物騒な名前の
この店には
旨い酒と
美味しい肴
暖かい人情がある!
シリーズ累計
120万部
突破!(電子含む)
居酒屋
ぼったくり
5
【原作】秋川滝美
【漫画】しわすだ
物騒な名前のこの店は
来た時よりも少しだけ
心が軽くなる!
117万部
突破!!
傑作居酒屋人情譚、コミカライズ第5巻
東京下町にひっそりとある、居酒屋「ぼったくり」。
なんとも物騒な暖簾のかかるその店では、店を営む姉妹と客達の間で日々、旨い酒と美味しい料理、誰かの困り事が話題にのぼる。そして、悩みを抱えて暖簾をくぐった人は、美味しいものと義理人情に触れ、知らず知らずのうちに身も心も癒されてゆく——。
●B6判 ●各定価:748円(10%税込み)
Webにて好評連載中!
アルファポリス 漫画
検索

第5回
アルファポリス歴史・
時代小説大賞
お江戸人情噺賞
受賞作品

深川 花街たつみ屋のお料理番《ふかがわ はなまちたつみやの おりょうりばん》

著 みお

花街にたゆたう
飯の香りと人の情

深川の花街、大黒で行き倒れていたとある醜女。妓楼たつみ屋に住む絵師の歌に拾われた彼女は、「猿」と名付けられ、見世の料理番になる。元々厨房を任されていた男に、髪結、化粧師、門番、遣手婆……この大黒にかかわる人々は皆、何かしらの事情を抱えている。もちろん歌も、猿も。そんな花街は、猿がやってきたことをきっかけに、少しずつ、しかし確かに変わっていく――

◎定価：737円（10%税込）　◎ISBN978-4-434-28003-0　◎Illustration：alma

フラれ侍

定廻り同心と首打ち人の捕り物控

二上圓

ふたがみ まどか

人情系
捕り物帖
第二弾!!

吉原にて、雨天に傘を持っていながら「思いを遂げるまでは差さずに濡れていく」……という〈フラれ侍〉が評判をとっていたある日。南町奉行所の定廻《じょうまわ》り同心、黒沼久馬《くろぬまきゅうま》のもとに、雨の夜の連続辻斬りが報告される。
そこで、友人である〈首斬り浅右衛門《あさえもん》〉と調査に乗り出す久馬。
そうして少しずつ明らかになっていく事件の裏には、傘にまつわる悲しい因縁があって——

◎定価：737円（10%税込）　◎ISBN978-4-434-26096-4

◉illustration:森豊

この作品に対する皆様のご意見・ご感想をお待ちしております。

おハガキ・お手紙は以下の宛先にお送りください。

【宛先】

〒150-6008 東京都渋谷区恵比寿 4-20-3 恵比寿ｶﾞｰﾃﾞﾝﾌﾟﾚｲｽﾀﾜｰ 8F
（株）アルファポリス　書籍感想係

メールフォームでのご意見・ご感想は右のＱＲコードから、
あるいは以下のワードで検索をかけてください。

アルファポリス　書籍の感想　検索

ご感想はこちらから

アルファポリス文庫

きよのお江《え》戸《ど》料理《りょうり》日記《にっき》2

秋川滝美（あきかわたきみ）

2021年　8月　5日初版発行

編集－塙 綾子
編集長－倉持真理
発行者－梶本雄介
発行所－株式会社アルファポリス
〒150-6008東京都渋谷区恵比寿4-20-3 恵比寿ｶﾞｰﾃﾞﾝﾌﾟﾚｲｽﾀﾜｰ8F
TEL 03-6277-1601（営業）　03-6277-1602（編集）
URL https://www.alphapolis.co.jp/
発売元－株式会社星雲社（共同出版社・流通責任出版社）
〒112-0005 東京都文京区水道1-3-30
TEL 03-3868-3275
装丁イラスト－丹地陽子
装丁デザイン－AFTERGLOW
印刷－中央精版印刷株式会社

価格はカバーに表示されてあります。

落丁乱丁の場合はアルファポリスまでご連絡ください。

送料は小社負担でお取り替えします。


ISBN978-4-434-29199-9 C0193